KB010881

두물머리 사람들

문학나무 소설선 039

두물머리 사람들

1쇄 발행일 | 2015년 01월 11일

지은이 | 곽정효
펴낸이 | 윤영수
펴낸곳 | 문학나무
편집주간 | 황충상

출판등록 | 제312-2011-000064호 1991. 1. 5.
편집실 | 110-809 서울시 종로구 동숭4나길 28-1 예일하우스 301호
이메일 | mhnmoo@hanmail.net
영업마케팅 | 120-800 서울 서대문구 남가좌동 5-5 지하1층
전화 | 02-302-1250, 팩스 | 02-302-1251
이메일 | mhnmu@naver.com

값 15,000원

ISBN 979-11-5629-020-9 03810

두물머리 사람들

곽정효 장편소설

문학나무

| 머리글 |

나는 점점 작아지고

천주교 남방 전래설에 관해 글을 써 보지 않겠느냐는 제의와 함께 국사 교수님으로부터 많은 말씀을 들은 적이 있었다. 지금 생각하면 그것이 천주교와의 첫 인연이었던 것도 같다.

영세를 받은 후 가장 먼저 마음을 붙든 것은 '나는 점점 작아지고 그분은 점점 커져야 한다'는 말씀이었다. 하지만 30년 동안 가장 소중히 생각해 온 것은 계시종교라는 말이었다. ……하느님은 보이지 않고 만질 수 없지만 예수를 통해서 만날 수 있고 지금은 교회를 통해서 하느님을 만날 수 있다, 그리고 우리를 통해서 하느님이 드러나야 한다……. 강론 말씀을 새겨보니 부활의 의미도 밝아졌다. 난곡동 성당에서였다.

조선초기교회 건설의 주역들은 조선사회 전반에 개혁이 필요하다고 느끼고 있었던 인물들이다. 기록과 평가는 엇갈리지만 광암 이벽은 물론 권일신, 이승훈, 황사영, 정약용 등 모두 치열한 삶을 살았다. '두물머리 사람들'에 등장하는 인물들 대부분은 순교 성인에 오르지는 못했지만 누구보다 하느님 사랑을 믿고 사랑의 삶을 살았던 사람들이다.

병들고 소외된 사람들에 대한 시선이 하느님의 벌로 인식되던 때 그걸 뒤집었던 예수를 만나 본 사람이라면 신앙이란 결국 살아가는 방법을 말하는 것 아닌가? 하는 생각에 이를 것이다. 그 시대에 양반을, 양반의 특권을 버릴 수 있었던 사람, 사회적 불평등과 폭력에 온힘으로, 목숨으로 맞섰던 사람들…… 바로 그들을 통해서 예수가 드러나고 있었던 것은 아닐까? 예수를 알고 모르고를 떠나서 이미 그분을 보여주고 있었던 것 아닐까? 라는 생각을 해 본다.

그리고 그분들의 죽음과 공로의 수혜자가 지금 우리들이 아닌가 하는 생각도 해 본다. 역사를 돌아보면 진시황이 죽고 황위 찬탈 사건이 벌어졌을 때 수혜자는 조고, 이사, 호혜 그 세 사람인 듯 보이지 않았던가? 하지만 그들은 얼마 누리지 못하고 비참한 죽음을 맞는다. 많은 이들이 진정한 수혜자는 당시 민간에 숨어 있던 한 고조 유방이라고 말하게 된 것은 후일의 일이다. 당시에는 아무도 몰랐고 본인조차 상상도 못했던 일이다. '두물머리 사람들'을 쓰면서 순간순간, 아무 상관없는 것처럼 보이는 그분들의 공로가 지금, 나에게까지 흐르고 있다고 느껴지곤 했다.

백서 사건으로 능지처참 당하는 황사영, 제주도로 유배 갔던 부인 정난주 마리아. 어머니 정난주 마리아가 노비로 키우지 않으려고 꾀를 내어 추자도에 버리고 간 두 살배기 아들 황경한…….

회개하고 보속으로 쇠사슬을 몸에 감고 지내는 다산의 정약용…….

조선으로 오는 동안 고생이 심해 몸무게가 삼분의 일로 줄었지만 조선 사목의 꿈을 포기하지 않았던 브뤼기에르 초대 교구장…….

조선 땅을 눈앞에 두고 숨을 거둔 브뤼기에르 주교의 뒤를 이어 어렵게 입국하는 세 분의 외국인 신부 모방, 샤스탕, 앵베르…….

믿었던 교우의 어리석음으로 어이없이 체포되어 순교하게 되는 앵베르 주교, 순수하고 열심인 신자였으나 배교자 김춘성에게 속아 앵베르 주교를 죽게 한 정화경 안드레아…….

양반으로부터 도망쳐 나와 교우 집을 전전하던 카타리나, 교리에 따라 고리대금업을 즉각 폐한 남경문, 교회문제에다 여교우와의 추문까지 겹쳐 쫓겨나게 되었으면서도 신학생을 데리고 나가는 유방제 중국인 신부…….

박해로 순교자들이 늘어만 가는데도 입교자들이 늘어나는 신비…… 등등이 초기 천주교사에 있다.

'두물머리 사람들'의 시작은 안토니오였다. 『문학나무』에서 문학기행을 떠났는데 마음에 있는 인물을 선정하여 스마트소설을 써보라는 이야기가 나왔다. 듣는 순간 머릿속을 스치는 인물이 안토니오 꼬레아였다. 임진왜란 때 잡혀가서 서양 노예 상인에게 팔리고 어찌어찌 이태리 수도원으로 들어가 조선인 최초의 수사가 되었으니 신비로운 일 아닌가…… 안토니오를 쓰다 보니 다른 신앙에도 눈이 갔다. 가이오와 빈센트 권, 광암, 권일신, 정약용 등등…… 시간이 흐르면서 작은 나무가 되었다.

2015년 원단

곽정효

차례

두물머리 사람들

1

광암 이벽 세례자 요한

"아버님, 제발 이러지 마십시오."

며칠째 긴장이 계속되고 있었다.

한 시진 전부터 비가 들기 시작했지만 마당에 선 사람 누구도 움직이지 않았다. 광암 이벽은 머리를 조아린 채 울었다. 눈물과 빗물이 둘러 선 가족들의 발을 적시고 마당 곳곳에 고였다. 젖지 않은 사람이 없었다.

흐흠…….

안에서는 신음에 가까운 소리만 흘러나왔다.

"더는 말하지 말라!"

단호하게 내뱉는 일갈이 끊기고 방문이 잠겼을 때 이벽은 자신에게 이미 굵은 줄이 던져졌고 점점 목을 옭죄어 올 것임을 알았다. 아버지의 결심은 굳었다. 아무도 방에 들어갈 수 없었다. 안절부절 못하는 가운데 이틀이 지났다. 식음을 전폐하고 누운 아버지, 이부만은 탈진해가고 있었다.

"이러다 일 당하겠어요."

동생 석이 문을 밀고 들어가자고 했다. 격은 잠시 망설이다 고개를 끄덕였다. 무과에 출세한 형제들이었다. 한두 번 힘을 쓰자 문짝이 떨어져 나갔다. 아버지는 정신이 혼미한 듯 보였다.

어머니는 아버지와 광암 중 어느 한 사람이 죽어야만 이 불화가 끝날 것이라는 예감에 치를 떨었다.

"부모가 중하냐? 그깟 서양 신이 중하냐? 다시는 보지 않겠습니다, 한 마디만 하면 될 일을 가지고 고집을 피우는구나. 끝내 아버지 목숨 끊어지는 꼴을 보고 말겠다는 거냐?"

아버지 못지않게 엄한 어머니의 질책은 차츰 간곡한 당부로 바뀌다가 원망으로 바뀌곤 하였다. 어떤 말을 해도 아버지의 결심을 꺾을 수 없다는 것을, 그렇다고 아들의 마음을 돌릴 수도 없다는 것을 알고 사색이 되어가던 어머니가 이부만이 곡기를 끊으면서 놀라울 만큼 냉엄해졌다.

"너를 벽이라 이름 지은 것이 잘못이었나 보다. 어쩌면 그리도 고집이 세단 말이냐?"

어머니가 앵자봉 쪽을 바라보며 말했다. 이 사단이 거기서부터 시작되었다고 믿는 원망의 눈이었다.

천진암과 주어사에서 강학회를 하고 글을 읽던 때가 꿈인 듯 싶었다. 첫 강학회가 열리고 있다는 말을 듣고 설레는 발길을 재촉하여 백리 길을 달려갔었다. 발목이 푹푹 빠지는 눈길이었지만 힘든 줄 몰랐다. 호랑이가 심심찮게 출몰하는 숲이었지만 두렵지 않았다. 횃불 하나로 길을 여는 정안 스님의 어깨가 든든했다.

돌아보면 아득하기만 했다. 그 시간 속으로 한 번만 더 들어가 보고 싶다는 생각에 광암은 벌떡 일어섰다.

*

"김범우가 잡혀 가고 아버님께서 곡기를 끊었다고 들었는데, 어찌?"

정안 스님이 한눈에 사태를 알아보고 수심이 가득해졌다. 광암은 가뜩이나 상한 얼굴에 급히 달려오느라 몰골이 말이 아니었다.

"예, 스님. 오늘 안 뵈면 아무래도 제가 스님을 한참 뵙지 못할 것 같아서 이렇게 달려왔습니다."

"그 정돈가?"

"아버님께서 저대로 가신다면 제가 어찌 살 수 있겠습니까? 누군가 꼭 죽어야 한다면 마땅히 제가 죽어야지요."

"후우, 거참……. 이익 선생이나 이가환처럼만 했으면 이런 일까지 일어나지는 않았을 것을……. 자, 자, 들어가 차라도 한 잔 하세."

정안 스님이 광암의 등을 다독였다. 안쓰러운 마음이 고스란히 건너왔다.

강학회에 나오는 사람들은 두 부류라고 볼 수 있었다. 그중 학문으로만 서학을 받아들인 사람들은 아무 일이 없지 않느냐, 너도 그렇게 하면 좋지 않겠느냐는 말이었다.

강학회는 시간이 지날수록 진지해졌다. 강도 높은 자기수양과 신학문 연구의 요람이라 자부할 만하였다.

처음 시작될 즈음에는 실학자 이익의 가르침을 따르는 사람들이 대부분이었다. 그와 입장을 같이 하는 대표적인 인물이 이가환이었다. 이승훈도 이가환처럼 수학과 과학에 심취하여 강학회를 아꼈다. 그러나 권일신, 정약종 형제들은 광암과 마찬가지로 천주교에 마음을 두고 있었다.

"이제라도 만천 이승훈처럼 하면 안 되겠나? 저러다 아버지를 정말로 보내게 되면 어찌하려나?"

정안 스님이 조심스레 물었다. 광암은 대답 대신 한숨을 내었다.

이승훈이 북경에서 세례를 받고 돌아와 모임을 끌어온 건 겨우 일년 남짓이었고 아직 교세랄 것도 없는데 집안에선 난리가 났다. 그의 부친이 책을 태우고 온 가족이 설득에 나섰다. 결국 이승훈은 배교할 뜻을 밝혔다. 이승훈의 가족들은 광암을 원망했다. 단지 새로운 학문을 원했을 뿐인 이승훈을 천주교로 끌어들인 장본인이 광암이라고 믿고 있었다. 그의 아내는 남편, 이승훈뿐만 아니라 정약용을 비롯한 친정 피붙이들이 대부분 그의 영향을 받아 천주교에 빠져들었다고 원망했다.

광암은 자기보다 먼저 정식으로 세례를 받고 자신에게 세례를 준 이승훈의 배교에 마음 한 구석이 무너져 내리는 듯했다. 그가 집안에서 궁지에 몰린 것을 보고 미안했던 마음도 잠시, 그래도 첫 세례잔데…… 하는 안타까움을 떨쳐버릴 수 없었다.

"그래…… 광암이야 다르지…… 그때, 암자에서 겨울을 보내고 내려왔을 때 내 분명히 보았네. 내가 만약 신비나 기적에 동하는 사람이었다면 그날 광채를 보았다고 했을 걸세. 앵자봉을 향해 서 있는데 내가 아는 광암이 아니었어. 기쁨이 충만해 보였네. 순간, 내게 불이 옮아 붙는 느낌이었지. 부인도 나와 다르지 않았을 게야. 한 달 넘게 주어사에 와서 암자의 문이 열리기를 기다리고 있었지……."

광암은 항상 말없이 자신을 지켜보던 아내를 떠올렸다. 일찍 세상을 버린 것도 어쩌면 속병이 심해진 때문이지 않을까 싶기도 했다.

그날 암자에서 나와 우리 민족에게 구세주가 오시도록 내가 세례자 요한처럼 길을 닦으리라 했을 때 아내 권씨의 얼굴이 확 어두워졌었다. 친정 아비로부터 무슨 말을 듣는 듯도 했다. 그러면서도 가족들을 향해 '새로운 정신세계를 향한 열정을 어찌 말립니까?' 하며 광암을 편들어 주었다. 그리스도교 성서를 주제로 글을 쓰겠다고 했을 때도 시경의 형식으로 쓰면 어떻겠느냐, 조언을 하기도 했다. 한 장 한 장 완성되기를 기다려 보물처럼 받아 간직했다.

아내는 그때 벌써 큰 풍파가 밀려오리라는 것을 본능적으로 예감하고 있었는지도 몰랐다. 시름시름 앓다가 죽고 난 후에야 혹시, 나 때문에? 하는 생각이 들었지만 아닐 거라고 고개를 흔들었다. 그러나 장인, 권암의 뒷짐 진 모습과 냉랭한 기운은 한 번씩 질책으로 다가왔다.

"이번에야 형조에서도 양반집 학자들이니 어쩌지 못하고 김범우만 쳤지만 문명이 충돌할 때 피바람을 피할 수 없는 법이다, 더구나 당파 싸움이 한창 아니더냐? 이용해 먹으려는 자들이 눈에 불을 켤 것이다. 어디 너 한 몸이더냐? 가문이 멸할 것이다."

김범우의 집이 짓밟히고 관아에 끌려가는 일이 터지자 아버지는 사생결단을 해야겠다고 선언했다.

"왜 꼭 서학과 유학이 대립되는 것이라 보십니까? 중국에서 마테오리치 신부가 했듯이 저도 두 문명의 충돌을 줄이기 위해 방법을 찾아보고 있습니다."

"그 서사西士의 말이 중국에서는 통했을지 모르겠다만 조선에서 통할 것 같으냐? 그건 네 바람일 뿐이다. 조선인이라면 누구나 천주교라는 것은 유교 가치를 뿌리째 흔드는 도전이라 볼 것이다. 지금 조선에서 유학이 어디 단순한 믿음이더냐? 믿음을 넘어 정치 이념인 게다. 신동 소리를 듣고 자란 네가 어찌 그걸 모른단 말이냐?"

아버지는 걱정이 언제 현실이 될지 모를 일이라며 서학과의 단절을 강력하게 요구했다.

"나야 서사西士의 가르침은 모르네만 바탕이야 다 사랑과 자비 아니겠나 싶네. 만천도 며칠 전에 다녀갔네. 몹시 괴로워하더군. 사실 나도 두 번이나 환속했었다네. 그러나 결국 돌아왔지. 어디 처음부터 완전한 것이 있던가? 다 깨지고 뭉개지고 일그러지고 하면서 서서히 모습을 찾아가는 거 아니겠나?"

만천 이승훈의 배교를 탓하지 말라는 말이면서 참극이 벌어질 것을 우려하는 말이었다.

"생각을 넓히고 가치관을 재조정하려면 제물이 필요한 법이지요."

광암은 조용히 일어나 밖을 향해 섰다. 정안 스님이 알아채고 일어나 벽 위쪽에 걸린 열쇠를 건네주었다.

광암은 암자를 향해 걸었다. 정안 스님이 몇 발 따라나서다 멈추어 서서 합장을 했다.

주어사 암자에는 5대조 할아버지 이경상(1603 ~1647)의 책들이 간직되어 있었다. 그는 병자호란 때 소현세자를 모시고 가 8년간 심양에 머물렀었다. 그곳에서 아담 샬 신부를 만났고 천주교를 만났다. 소현세자는 장차 왕이 될 몸이라 세례를 받지 못하였지만 할아버지는 세례를 받았을지도 모를 일이었다. 홍 아무개, 허균 등과 천주교 기도문을 밤낮으로 읽었고 함께 실천운동을 했다는 기록이 있었다.

정안 스님이 지키고 있는 열쇠는 벌써 백 년이 넘었다. 칠서의 난을 도왔던 선사, 지광의 손에서부터 내려오는 열쇠였다. 불가에 보관하기에는 적절하지 않다 여길 법한 책도 여러 권 있었다. 그러나 그 누구도 가려내지 않았다. 소중한 문명의 보고라 믿는 듯했다. 광암은 그들의 기록 전부를 샅샅이 훑었고 그들이 중국에서 들여온 책들도 거의 다 읽었다.

암자에 잠들어 있는 책들에 몰입하면서 다른 세상을 만났다. 책 속에 들어 있던 열쇠들이 수많은 문을 열어 주었다. 공리공론과 명분의 헛바퀴만 돌려대고 있는 사회 지도층이나 폐쇄성만 남은 주자학을 대신할 새로운 정신이 보였다.

특히 중한 책은 손때 묻은 성경이었다. 5대조 할아버지와 허균과 그 밖의 몇몇 사람들의 마음을 빼앗은 책임을 알 수 있었다. 말씀이 사람이 되었다는 구절에 누군가가 점을 찍어 두었다. 몇 날 며칠을 묵상했다. 덧붙여 놓은 쪽지글 속에 연결고리가 있었다.

— 강생하신 말씀의 기능은 첫째는 구원이고, 둘째는 계속적인 창조이며 다음은 성화라고 할 수 있다.

— 그리스도의 참된 구원의 의미는 강생하신 말씀의 기능을 통하여 새로운 창조의 계속이란 뜻이 강하다.

서로 주고받은 말을 정리해 놓은 것 같기도 하고 어느 한 사람이 붙여 둔 덧글 같기도 했다. 어느 순간, 머릿속이 환해졌다. 덧글을 쓴 사람은 허균일 수도 있고 5대조 할아버지일 수도 있고 또 다른 누군가일 수도 있었다. 강학회 이전의 강학회가 이미 존재했었나 싶었다. 이어서 써야겠다는 생각이 들었다. 천주공경가와 성교요지를 쓰는 동안 아내의 도움과 믿음이 힘이 되었다.

"제가 보기에는 부활이라는 게 그 무엇보다 중요한 말 같은데 할아버지들께서 아무도 점을 찍어 두지 않으셨네요."

"당신이 찍으면 되지 않겠소?"

광암의 대답에 아내가 웃으며 붓을 들었었다. 광암은 그때 남긴 아내의 작은 점을 찾아 책을 뒤졌다. 할아버지의 책갈피에 남아 있었다. 희망처럼 또렷했다.

앵자봉을 바라보았다. 처음 강학회를 찾아갔을 때의 설렘이 바람을 타고 몰려왔다. 눈길을 뚫고 천진암에 이르렀을 때 권철신 정약종 이가환 등이 반겨주었었다. 세손 시절 정조의 스승이었던 권철신이 모임을 이끌었다. 엄한 수련을 바탕으로 하였다. 새로운 학문에 매료되어 출세를 등졌다. 극단으로 가고 있는 성리학의 틀을 깨고 새로운 사회를 열고 싶어 하는 뜨거운 열정으로 서로를 격려했다.

정안 스님도 종교를 떠나 합류하였다. 그도 새로운 지식에 대한 열망이 높았고 이론과 명분뿐인 사회에 고개를 돌렸다. 이용후생의 기류가 많은 사람들의 삶에 변화를 가져다주리라 믿었다. 그가 천문 지리 역법 수학에 관한 책은 물론 천주교 서적까지도 귀히 간수하는 것은 그런 열정 때문이었다.

산은 안개 속에 파묻혀 보이지 않았다. 마치 없는 것 같았다. 처음부터 존재하지도 않는 것을 있다고 믿었던 건 아닐까 하는 생각마저 들었다.

돌아가야지, 가서 아버지와 화해해야지……. 민중을 대상으로 하는 구원사상을 덜컥 받아들일 조선이 아니지. 할아버지들은 새로운 세상을, 새로운 세상으로 갈 길잡이가 되어 줄 책자들을 암자 속에 감춰 두고 때를 기다리지 않았던가. 할아버지들처럼 나도 저 산속에 묻어 두고 때가 무르익기를 기다려야지…….

옷깃을 여미고 발길을 돌리는데 눈앞에 앵자산이 모습을 드러내고 턱 버티고 서 있었다. 광암은 크게 손을 흔들어 보이며 집으로 향했다.

*

대문에 들어서는데 통곡 소리가 들렸다. 이리저리 뛰어다니는 발소리가 어지러웠다. 아버지가 목을 매었다는 것을 알 수 있었다. 형이 달려들어 끌어내렸기에 망정이지 큰일이 벌어질 뻔했다는 거였다. 아버지는 누워서 시간 끌 필요 없다, 단숨에 끝을 내리라 작심한 듯했다.

"정신이 드는가 싶더니 너를 찾으시더구나."

어머니는 말을 잇지 못했다.

"내가 이 지경인데도 앵자봉엘 갔단 말이지? 한 마디 하시고는……."

새로 든 아내도 기어드는 소리로 맺지 못하는 한 마디를 입에 물었다. 의원이 애를 쓰고 있는 중이었다. 목에 줄 자국이 또렷한 아버지는 숨이 멎은 듯했다. 한참 만에 숨이 돌아왔다.

아버지가 돌아가셨다고 전해들은 권일신, 이승훈이 달려왔다. 이승훈은 배교한 일로 시선을 피했다.

"혼자만의 몸이 아니니 우선 급한 불을 끄고 보자는 거지 속마음은 변한 것이 없으이……."

이승훈이 말했다.

"여전히 물밑에서 할 일을 하고 있네. 서운히 여기지 마시게."

그의 말은 진심일 것이었다.

"고개 숙일 것 없네. 소명이란 사람마다 다른 것 아니겠나. 그래도 어쨌든 우리의 삶은 아직은 존재하지 않는 존재를 위한 것이지. 아무래도 나는 제물이 되어야 할 듯 싶네. 그 시간이 느껴지네. 이것이 지금은 우리 집안 문제이지만 머지않아 국가적인 문제가 될 수도 있네. 많은 사람이 피를 흘리게 될지도 모르네. 부디 내가 못한 일을 남아서 해 주게."

손을 내밀었다. 맞잡은 손으로 든든한 힘이 건너왔다.

"네 이놈! 꼭 죽겠다는 사람을 네놈이 어쩌자고 자꾸 살려놓는 게냐?"

아버지 이부만의 피끓는 일갈이 의원을 향해 쏟아졌다. 재떨이와 서책 몇 권이 밖으로 튀어 나왔다. 어머니의 울음 섞인 소리, 형과 동생의 웅얼거리는 소리, 만류하는 소리들이 새어나오더니 잠시 후 의원이 땀을 닦으며 나왔다.

"아이고, 이번엔 비상을 구해내라 하십니다요."

진땀이 나서 신도 제대로 못 꿰는 의원을 권일신이 앞세워 나갔다.

그들의 뒷모습을 한동안 지켜보다 마루로 올라서는데 현기증이 일었다. 그래도 아버지를 만나야 했다. 형이 막아섰다.

"지금은 뵙지 않는 게 좋겠다. 하루라도 안정을 취하시게."

형의 얼굴도 사색이었다.

"예, 아버지. 이번엔 제 사발에 비상을 넣으십시오. 인조께서 왜 아들을 독살했는지 알 것 같다고 하셨지요? 소현세자께서도 아마 독이 들어 있다는 것을 알았을 것입니다. 그래서 그 약을 꼭 다 드셨을 것입니다. 아버지……."

온몸이 떨려왔다. 몸을 가누고 서 있을 수가 없을 만큼…….

"열이 높아요."

아내의 외마디 소리가 곧 울음으로 바뀌었다.

동생 석이가 어깨를 들이대 겨우 몸을 지탱할 수 있었다. 그를 의지하여 방으로 들어갔다. 세상이 빙빙 돌았다. 아내가 베개를 높여주고 뒷걸음으로 나갔다. 밖에서 누구도 그 방에 얼씬하지 말라는 아버지의 쉰 목소리가 들렸다. 바람이 윙윙 소리를 높였다. 소리들은 거세지고 빨라졌다. 바람이 문고리를 잡아 흔드는 것 같기도 하고 뚝딱뚝딱 문에 못을 치는 소리 같기도 했다. 모든 사물이 소용돌이 속으로 빨려들며 비잉, 빙 돌았다. 광암은 반듯이 누워 멈추기를 기다렸다. 앵자봉이 머리맡에 와 버티고 앉았다.

"도대체 그 서학이란 게 뭣이기에 사람을 이 지경으로 만든단 말이냐?"

문 밖에선 어머니의 울부짖는 소리가 높아졌다.

2
제물

봄은 볼 때마다 새로웠다. 다시 새로워진 모습으로 돌아와 세상을 바꾸는 봄을 보고 있노라면 늘 푸른 것이 꼭 좋은 것은 아니라는 생각이 들곤 하였다. 이 세상에 변하지 않는 것이 있다면 '모든 것은 변한다' 라는 사실뿐일 것이었다. 정약용은 조선이 변화를 부정하는 나라라는 데에 생각이 미치면 가슴이 답답해졌다.

"왕이나 관리라는 자들이 저 수평선처럼 있는 듯 없고 없는 듯 있는 존재일 수는 없을까?"

정조가 금방이라도 종소리가 들려올 것만 같은 풍경에 귀를 기울이며 나직나직 혼잣말을 했다.

강을 따라 있는 듯 없는 듯 있는 수평선을 사이에 두고 두 세계가 대칭을 이루며 하나의 종을 완성하고 있었다. 수평선 위에 있는 나무와 바위와 하늘은 실체였고 수평선 아래 똑 같은 형상의 나무와 바위와 하늘과 구름은 허상이었다. 비천상은 바위에 뿌리를 내린 나무들 덕이었다. 휘어 늘어진 가지는 날개옷이 늘어진 듯 보이는 형상을 만들었고 잎이 조밀한 부분은 천사의 몸을 만들어 보였다. 종이 울리면 천상과 지상이, 이상과 현실이 한 몸을 이루며 만들어내는 아름다움이 소리가 되어 퍼져나갈 것만 같았다.

봄바람을 뒤흔든 건 막 태어난 듯 보이는 새끼 새들이었다. 쉬지 않고 먹을 것을 찾아 움직였다. 모였다 흩어지며 봄 속으로 사라졌다 나타나기를 반복했다. 새로 난 연두색 잎들은 눈이 부실만큼 싱그럽고 아름다웠다. 한 해를 마무리하고 떠났다 다시 돌아온 몸에만 허락되는 새로움이었다. 옆에 선 소나무들의 늘푸른 자태는 빛을 잃었다. 세상 밖으로 팔을 뻗으며 왕성한 생명력을 맘껏 뿜어내는 새 잎들과는 비교할 수 없었다.

정조가 물었다.

"무슨 일이 있는가? 어찌 내내 낯빛이 그러한가?"

"벗이자 스승이신 광암의 일이 걱정이 되옵니다."

"광암? 광암이라면 녹암 권철신의 매제가 아닌가?"

"예. 신의 죽은 형수가 그의 누이인지라 신과도 인척관계에 있사온데 학문이 높아 스승처럼 따르는 처지이옵니다."

"아, 일전에 내가 내린 중용강의 70여 조를 함께 논하였다 하였었지?"

"그러하옵니다. 이발기발理發氣發에 대한 답을 작성할 때 그는 퇴계의 학설을 주장하고, 신은 율곡의 설로써 짝을 맞추어 바친 적이 있나이다."

"흠, 단연 으뜸이었지. 도승지 김상집도 부러워했느니……."

"그는 정신적 재능이 빛나고 언변은 강물 같사온지라 이가환, 권일신, 이승훈 등도 자주 찾아 학문을 나누며 지내는 터인데 그가 서학에 열심인 것을 두고 가문에서 핍박이 심하다 하옵니다."

"서학? 면면이 모두 이 나라 제일의 학자들이로구먼…… 그러고 보니 형조판서 김화진이 중인 한 명을 귀양 보낸 을사추조적발사건이 서학과 관련이 있다 하던 것을, 내 다른 일에 골몰하느라 잊고 있었네. 그래 자네 보기에 서학이 새로운 문명을 이 땅에 심어줄 것 같은가? 얼핏 듣기로 서학은 구분을 무시하고 없애려 든다 하던데……."

"변화를 가져올 것은 분명하옵니다. 광암은 성리학이 조선을 변화를 부정하는 경직된 사회로 만들었다고 비판합니다. 더 나아가 고질적 폐단에 빠진 사회를 혁신할 수 있는 사상체계를 정립해 보려는 의욕까지 가진 줄 압니다."

"흠, 그러니까 사회적 정치적인 풍토와 병폐를 인식하고 비판할 수 있는 능력을 가진 자라는 말인데…… 헌데 왜 여태 세상에 나오지 않았는가?"

"그는 입신양명에는 뜻이 없고 포의서생布衣書生으로 순수한 학문적 경지를 개척하며 생애를 마칠 결심인 듯하옵니다."

"그런 인재가 있었다니…… 헌데 그가 자기 처신도 못할까 봐 이리 걱정을 하는 것인가?"

"그의 부친께서 서학을 끊지 않으면 죽겠노라 버티시는지라 효심 깊은 광암이 아주 곤혹스러워하고 있나이다. 상심이 깊어 병색까지 비치는지라……."

"이제 배봉산을 돌아 궁으로 돌아갈 생각이야. 가거든 그자를 한번 불러 그의 생각을 들어봐야겠군."

사도세자의 묘를 둘러보고 환궁하겠다는 말이었다. 이번 행차는 급하게 이루어졌다. 이런저런 핑계를 대고 있긴 했지만 정약용이 보기에 정조의 속셈은 이장 준비에 있었다.

"꼭 이장을 하려 하시옵니까?"

"암, 해야지. 이장만은 꼭 해야지."

정조는 금세 표정이 굳어져 다른 사람처럼 보였다. 아버지 사도세자만 생각하면 그동안 참고 누르고 살았던 시간들이 다 솟구쳐 평상심을 흔드는 듯 보였다. 주변의 모든 사람이 사도세자의 난행과 광태를 증언해도 정조는 다른 귀에 담았다. 사도세자에게 그들의 말대로 정말 심각한 병증이 있었다면 그건 노론과 정순왕후의 무고, 영조의 잦은 꾸중 때문일 것이라고 믿었다.

영조는 비천한 무수리의 자식이라는 숙덕거림에 짓눌렸고 형인 경종을 교묘히 살해하고 왕위에 올랐다는 소문에 시달렸다.

장희빈 소생인 경종은 본디 병약했으나 어머니 장희빈 때문에 병을 얻었다고도 했고, 영조가 왕위를 찬탈할 욕심으로 지병에 쓰던 한약과 함께 먹어서는 안 될 음식을 바쳐서 죽음에 이른 것이라고도 했다.

왕이 된 영조는 영민하고 정치적 감각이 있었음에도 늘 편치 않았다. 마음의 병이 깊어 갔고 성격은 날카로워졌다. 아버지는 병을 안으로 앓았으나, 아들 사도세자에게 전이된 병증은 밖으로 튀어나왔다. 누르고 감추려 들면 발악했다. 커질 대로 커진 어둠의 덩어리가 마구 날뛰기 시작했다. 그것이 그만 멈춰서기 위해서는 제물이 필요할지도 몰랐다.

"세상이 손가락질 하는 광증의 사도세자가 어디 하늘에서 뚝 떨어진 것이더냐? 아니면 땅에서 불쑥 솟아나기라도 한 것이더냐? 성심을 다해 고칠 생각을 했어야 하거늘 역모로 몰아 죽이다니……

아, 돌아보면 사도세자는 곳곳에 있다."

영조의 허락도 없이 평양엘 드나든 것이 생각 없는 행동이었다 하더라도 역모 죄를 씌울 수는 없는 일이라는 판단을 하고 있었다. 왕위 계승은 정해져 있는 일이었고 이미 정무까지 보고 있었던 터에 역모라니, 말이 되느냐는 것이었다. 혹자는 몇몇 사람도 아니고 노론 세력과 가족들, 그 많은 사람들 모두가 죄도 없는 사도세자를 음해했겠느냐고 묻기도 했지만 정조는 바로, 그렇다고 끄덕였다.

정조가 가장 괴로워하는 것은 아버지 사도세자를 음해한 사람들의 중심에 어머니와 외가가 있다는 사실이었다. 어머니가, 가장 비통했을 어머니가…… 어쩌면 아버지를 해치려는 자들을 위해 알게 모르게 정보를 제공했으리라는 짐작이 있었다. 아버지 사도세자가 갇혔던 뒤주는 외할아버지가 가져온 것 아니던가. 어머니를 향한 효심이 지극했음에도 정조는 어머니가 남긴 기록들을 외면했다. 결국 사도세자는 당쟁의 희생물이었다는 생각이었다.

어둡고 무서운 시간을 견디고 왕이 되었지만 정조는 아버지를 죽인 자들의 칼이 여전히 시퍼렇게 살아 있으며 그 끝이 자신을 향하고 있다는 불안 속에 살았다. 실제로 즉위 초에만 여덟 번의 암살 시도를 겪었다. 무술을 연마하지 않았더라면, 조금이라도 방심했더라면…… 등골이 서늘했다.

누구도 믿을 수 없었다. 벽 속에 숨어 있는 칼, 어둠 속을 뚫고 날아오는 칼들을 항상 경계해야 했다. 긴장의 연속이었다.

사도세자를 죽음으로 내몬 인사들도 불안을 떨치지 못했다. 정조는 사도세자 건이 정치 쟁점화 되는 것은 원치 않았다. 진상규명과 책임추궁이 있을 것이라는 추측은 빗나갔다. 정조는 처벌 받은 아버지가 죄인이었든 처벌한 사람들이 잘못이었든 진상규명은 얻을 것이 없다는 셈을 하고 있었다. 권위를 손상시키고 피바람만 일으킬 것이었다.

"연산군 때와 같은 어리석음을 반복하랴? 왕의 사사로운 복수로 전락할 일을 또 시작하랴?"

정조는 고개를 저었다.

왕의 처신이 그만하기가 쉬운가…….

정약용은 보기 드문 왕재라 생각했다. 저만한 판단과 생각이라면 어지러운 나라의 현실을 맡을 만하다는 기대도 있었다.

정조가 스스로를 보호해야 한다는 생각으로 무술을 연마하고 의술까지 익히는 모습을 보면 가슴이 아팠다. 언제 누가 교묘히 독약을 내밀지 모를 왕좌였다.

정약용은 채제공의 손을 잡는 정조의 모습에서 인재를 구하는 간절함을 읽었다. 백 년에 한 번 날까 말까한 인사라 여기며 아꼈다. 노신 채제공의 화답도 보았다. 그러나 누이는 어쩌다 친정에 오면 정조가 시아버지 채제공보다 더 아끼는 사람은 바로 정약용이라고 말하곤 했다. 정약용은 문득문득 그것이 자신의 십자가일지도 모른다는 생각이 들었다.

"사도세자의 묘를 이장하고 난 후 도읍도 수원 화성으로 옮길 것이야……."

"언제 그리 하실 것입니까?"

"때를 기다리고 있는 중이지."

도읍을 옮기다니? 정조가 털어놓은 계획은 엄청난 것이었다. 아직 채제공 외에는 아는 이가 없는 일들이었다.

사도세자의 묘를 이장한다는 것도 만만치 않은 반대에 부딪힐 것이지만 도읍을 옮기는 일은 말도 꺼내기 어려울 것이었다.

"도읍을 옮기려는 의도는 이내 대신들에게 읽힐 것입니다."

"도읍을 옮기지 않고는 기득권층의 뿌리를 흔들 수 없어. 세력을 굳혀 놓은 보수권력층의 기반을 무력화하려면 아무리 생각해도 이 방법밖에 없어."

"보이는 것뿐 아니라 보이지 않는 것들까지도 무력화시킬 수 있는 절묘한 방법이긴 합니다만 조정대신들이 결사반대할 것입니다."

"그러니 날 도와 달라는 말이지. 서학이 빌미가 되어 날 떠나게 되는 일이 있어서는 안 될 것이야."

"명심하고 힘을 다하겠습니다."

"화성 이야기가 나오면 조정 대신들이 내게 벌떼같이 덤벼들 것이야. 그들이 감히 걸고 넘어질 수 없을 만큼 훌륭한 도성을 만들어야만 승산이 있지. 그러니 다른 일 다 제쳐 놓고 화성 일에만 몰입해 달란 말이지. 만천 이승훈이 내게 도르래를 이용하면 작은 힘으로 큰 힘을 낼 수 있을 거라며 도면을 보여준 적이 있네. 그런 것도 한번 써 보면 어떻겠나? 고정 도르래와 움직 도르래가 있다던가……."

"예, 고정 도르래는 우물물을 긷는 것처럼 힘의 방향을 바꿀 때 사용할 수 있지요, 움직 도르래는 힘의 방향을 바꿀 수 없지만 작은 힘으로 큰 무게를 움직일 때 사용하고요. 이 두 가지를 적절히 이용하면 용역은 물론 비용도 크게 줄일 수 있을 것입니다."

"그렇게만 된다면 십 년 계획이 이삼 년으로 당겨질 수도 있겠는걸……."

정조의 결심은 확고했다. 며칠 전에도 또 침소에 자객이 들지 않았던가. 화성 이야기를 꺼내면 정조는 더욱 외로운 섬이 되어갈 것이다.

현실이 어떻든 정조가 수원 화성을 축조하라는 명을 은밀히 내린 이후 정약용의 머릿속에는 수원 화성 축조 계획이 익어 가고 있었다. 벌써 기중기도 만들어 시험중이었다.

아, 이럴 때 광암이 힘을 보태준다면…….

정약용은 교단의 조직에만 열심인 광암이 정조와 가슴을 터놓고 이야기할 수 있다면 서로 큰 힘이 되리라 믿었다.

*

"아니, 이렇게까지……."

광암이 방에 못질이 된 채 사람들로부터 격리되어 있었다. 정약용은 가슴으로 쏟아져 들어오는 칼바람에 숨이 멎는 듯했다. 방문에 어른거리는 것이 바람에 쓸리는 나무 그림자가 아니라 끝이 보이지 않는 나락으로 떨어지고 있는 광암의 모습인 것만 같았다.

"도대체 누가 이랬느냐?"

정약용이 맨손으로 달려들어 판자를 뜯어내려 하자 이승훈이 달려들어 말렸다.

"이 사람, 이러지 말게. 광암이 돌림병에 걸린 모양이야."

"그게 말이 됩니까? 그 건장한 몸에 갑자기 돌림병이라니요? 서학 때문이겠지요. 이렇게까지 하는 건 집안에서 너무한 것 아닙니까?"

"아니, 흑사병이라네. 왜, 책에서 읽어보지 않았나, 서양 어디에서는 한때 절반이 넘는 사람들이 죽기도 했다지 않던가. 그러니 여기 이러고 있지 말고 가세. 사람의 힘으로 어째 볼 수 없는 일 아닌가."

이승훈의 손에 끌려 사랑채로 나왔으나 잠이 오지 않았다. 밤이 깊도록 달빛을 밟으며 서성이다가 다시 광암의 방으로 향했다.

"접니다. 좀 어떠십니까?"

"뭐 하러 다시 왔나? 내게 가까이 오지 말게. 화를 당할 걸세."

"지금 병은 핑계고 서학 때문이지요?"

"집안 어른들을 탓할 수 없다는 거 잘 알지 않나? 오래된 생각일세. 쉽게 바꿀 수 없지."

광암의 아버지 이부만의 강경함은 가문의 완강한 태도 때문이었다. 서학을 끊지 않으면 이부만의 가족 전부를 족보에서 파내겠다는 가문의 위협이 점점 거세졌다. 문중은 문중대로 사회적 편견을 감당하지 못해서 곤혹스러울 터였다.

"아무리 그래도 이렇게까지……."

"족보에서 빼겠다는 문중 어른들의 엄중한 경고가 빗발치고 있네. 아버지도 괴로운 처지지."

"그렇다고 문에 못질까지 하신답니까?"

"돌림병인지는 모르겠으나 내가 열병인 것은 분명하네."

"열병쯤 못 이겨내겠습니까? 백 근을 한 손으로 드는 힘이 있지 않습니까? 며칠 지나면 언제 그랬냐는 듯이 좋아질 것입니다."

그랬다. 그는 키가 육척이나 되고 백 근을 한 손으로 들고 웃을 수 있는 건장한 남자였다. 어지간한 병으로 쓰러질 리 없었다.

"그보다 삼미, 나는 지금 한 그림을 보고 있네."

삼미는 어려서 앓은 마마 자국으로 눈썹이 세 개처럼 보인다 하여 붙은 이름이었다. 광암은 마음을 털어놓고 싶을 때 일종의 애정표현처럼 그 이름을 불렀다. 광암은 남은 할 말이 그것뿐인 것처럼 그림 이야기를 꺼냈다. 엉뚱한 그림 이야기 속에 전하고자 하는 다른 뜻이 있을까? 정약용은 아마도 그럴 것이라 여겨 다가앉았다.

"어떤 그림입니까?"

"그 그림은 지금 암자 안에 있네만 나는 그 그림을 아껴 자주 보았고 가슴에 새겨두었네. 지금도 똑똑히 볼 수 있네. 우리네 중에 누가 그림을 저리 그리는 것을 보았는가? 한결같이 보이는 것을 그대로 박아내듯 그리지 않던가. 허나 저 그림은 생각을 그린 것이네."

"무슨 말인지 압니다."

"땅 위에 몸을 세우고 가지를 펴는 나무를 보여주는 듯하지. 뿌리를 확인해 보면 재미있네. 그의 뿌리는 누군가의 얼굴 위에서 시작되고 있지. 뿌리를 따라 조금 더 아래로 내려가 보면 어깨가 있고 배가 있고 몸통 아래 다리가 있다네."

"그런 그림이 있었습니까?"

"뿌리와 본질이 같은 존재의 탄생을 알리는 것도 같고, 어제가 오늘을 만들었고 오늘이 미래를 만들 거라는 말을 하는 것도 같네."

광암은 쉬엄쉬엄 한 마디씩 했다.

"그림을 보는 동안 머릿속에서 우리 사는 세상이 스쳐 지나간다네. 자네도 꼭 가서 보시게. 정안 스님이 열쇠를 가지고 있네. 아,

저기 앵자봉도 보이네."

"주어사 강학회가 생각나십니까?"

그는 못질 된 외로운 방 안에 앉아 있는 것이 아니라 둘러앉아 생각을 주고받던 강학회의 그 자리에 앉아 말을 하고 있는 듯 싶었다. 강학회를 하는 동안 그의 얼굴에서는 환하게 빛이 났었다. 추운 겨울, 눈에 발이 푹푹 빠지는 길을 걸어 주어사의 문을 열고 들어서던 광암의 모습이 손에 잡힐 듯하였다. 다른 사람보다 먼저 뜻을 읽을 줄 아는 눈이 있었고 다른 사람에게 전해줄 수 있는 조리 있는 언변도 있었다. 그는 이제 막 불꽃을 올리는 등불 같았다.

"그 나무들을 그린 사람은 죽은 사람의 세상이 끝이 아니라 나무로 꽃으로 자비와 사랑으로 다시 살아난다는 말을 하고 싶었던 것인지도 모르겠네."

광암은 이미 이 세상의 소리들은 듣고 있는 것 같지 않았다. 점점 침묵이 길어졌다. 숨소리가 고르지 못했다. 그가 온 힘으로 말하고 있는 소리들은 겨우겨우 방 밖으로 새어 나왔다.

"물리적인 변화를 말하는 게 아닐세. 이 세상 가르침이 아무리 훌륭한 이론체계를 갖춘다 해도 주재자를 인식하지 못하면 아무 것도 아닐세."

광암은 숨을 가쁘게 몰아쉬더니 한참 아무 말이 없었다. 울컥 눈물이 솟구쳤다.

"회복되시면 꼭 함께 그 그림을 보러 가겠습니다. 며칠 걸리지 않을 것입니다."

위로랍시고 말을 그렇게 하고 있자니 더 서글퍼졌다.

"나는 하느님이, 우리 가운데 살아 계시고 우리가 하느님을 사랑하며 살 수 있었던 것에 감사하네. 정약종, 권일신, 김범우, 이승훈…… 모두에게 감사하네."

*

그가 서학에 관해 처음으로 진지하게 이야기를 꺼낸 곳은 배 안이었다. 정약종, 권일신, 이승훈 등이 함께였다.

형수의 묘소를 돌아보고 나오면서 옥구슬 이야기를 꺼낸 것은 정약용이었다.

"형수님은 옥을 유난히 좋아하셨지요. 심성도 옥과 같으셨고요."

"흐음, 그랬지……. 자네 아는가? 옥 중의 옥이 무언지?"

"형산의 화씨벽이라고 들어 알고 있습니다만."

"세상에 하나뿐인 백옥이지."

"형수님이 그 화씨벽 이야기를 즐겼었지요. 변화가 원석을 들고 갔다가 왕을 기만한 죄로 두 다리를 잃은 이야기며 세 번째 호소하여 결국 지보至寶로 인정받아 화씨벽이라 부르게 되었다는 이야기를 즐겨 하시던 기억이 납니다."

"어려서 어른들이 하시는 말씀을 함께 들었는데 누님은 온통 마음을 빼앗긴 표정이었어. 변화가 두 다리를 잃고 나서도 이것은 돌이 아니라 세상에 둘도 없는 보물이라며 껴안고 울었다는 이야기 앞에서 유난히 눈이 반짝이더라구. 마치 그 화씨벽이 누이의 눈 속으로 들어간 듯 보이기도 했었지. 그때부터였던 거 같아, 그 욕심 없는 사람이 옥에는 욕심을 부릴 때가 있더라구."

"진시황이 탐을 내어 결국 손에 넣었다지요?"

"옥새로 만들었는데 그 후로, 황제가 된 사람들은 모두 그 화씨벽 옥새를 갖고 싶어 안달이었지. 주원장도 애를 태웠지만 행방을 몰랐다고 하고, 내 요즘 부쩍 그 화씨벽을 생각한다네."

"누이에 대한 정 때문에요?"

"그래서만은 아니야. 내가 지극히 귀한 분을 내 안에 모시게 되었거든. 그리고 그분을 보여주는 삶을 살아야겠다는 생각을 한다네."

광암은 화씨벽 이야기를 서학으로 돌렸다.

"언젠가 얼핏 말씀하셨던 그 서학 말입니까?"

"그래, 어두운 곳에 두면 빛을 발한다는 것도 꼭 같고 귀한 보석인 것도 같네."

"글쎄요, 전 천명이 자신에게 있다는 것을 보여주기 위해서 제왕들이 탐했던 물건이라는 생각이 먼저 듭니다만……."

"제왕들의 입장에선 필요한 일이었을 걸세. 그들은 자신의 자리가 하늘로부터 온 것이라 말하고 싶고 권력의 상징으로 품고 싶었을 테지만 내가 모시고 싶은 건 화씨벽의 옥질玉質일세."

"티끌 하나 머무를 수 없고 사악한 귀신을 물리친다 듣긴 했지요."

"어두운 곳에 두면 빛을 발한다니 신비 중의 신비 아닌가? 뿐인가, 곁에 두면 겨울에는 주위가 훈훈해지고 여름에는 시원해져 백보 안에는 먼지나 해충이 달려들지 못한다더군. 하느님을 모시고 사는 삶이 바로 그와 같을 것일세."

배 안에 타고 있는 사람들 모두는 유학을 숭상하는 선비들이었다.

"그러니까 그 보물을 우리보고도 품어 보라 이 말 아닌가? 지금."

권일신이 물었다.

“맞습니다. 저 혼자 품어서 될 일이 아니니까요.”

“나도 칠극을 비롯한 서책을 읽고 많이 생각했었는데 서양인들의 행위는 영 마땅치가 않아서 말이지. 그들은 하느님 이야기를 하고 있지만 실상은 세상 곳곳을 누비고 다니면서 다른 나라 사람들을 억압하고 강탈해 간다고 들었네. 행실은 반대인 게지. 책이 말하는 서학의 가르침으로 산다면 세상 곳곳에 좋은 삶을 보여주고 심어 주어야 할 거 아닌가?”

이가환은 광암의 말에 고개를 저었다. 정약용은 배 안을 돌아보았다. 누구도 선뜻 동조하지 않았다.

“그래, 우리에겐 유학의 가르침이 있지 않은가?”

만천 이승훈도 말끝을 흐렸다.

“……지금 우리는 진유眞儒에서 멀어져 있네. 일부 양반층들의 학문적 욕구를 충족시킬 수 있는 방편은 되었을지 모르겠으나 일반 민중들에게는 생명력이나 안정된 정신의 중심적인 핵을 제공할 수 없어. 진유의 이념에는 신앙의 대상으로서 초월적 상제의 개념이 거부된 적이 없지.”

그가 처음 정약용의 호기심을 불러일으킨 말이었다. 광암은 진유의 개념이 분서갱유 이후 변질되고 말았다고 주장했다. 정약용은 진유의 개념을 유심히 살펴보지도 않았거니와 현실의 경전과 달리 그 이상의 뜻이 있을 거라고 생각해 본 적이 없었다.

*

그날 배 안에서 멀거니 광암을 보고 있었거나 그가 하는 말에 부정적이었던 사람들도 광암이 병들었고 감금당했다는 소식 앞에서 고개를 번쩍 들었다. 그가 말하던 빛을 향해 고개를 들었고 화씨벽을 만지작거렸다.

"화씨벽을 처음 세상에 내어 놓았을 때 왕은 보석공을 불러 물었고 보석공은 처음 보는 원석 앞에서 먼저 몸부터 사렸네. 뿐인가? 앞일이 두려워 이건 보석이 아니라고 고개를 저었지. 보석을 보석인 줄 모르는 왕은 기만죄를 물어 변화의 다리를 잘랐네."

김위준이 말했다. 그의 말이 예언처럼 들렸다.

"광암이 내놓은 보석도 그와 같을까?"

변화가 화씨벽을 들고 왕을 찾아갔어도 가치를 인정받기까지 오랜 시간이 필요했듯이, 두 다리를 내어주는 고통을 감내해야 했듯이, 광암도 스스로 제물이 되어야 하는 것인가? 어쩌면 그가 죽고 나서도 또 다른 사람들이 이 보물을 보라고, 어두움에 빛을 주는 이 보물을 보라고 외치며 제물이 되어야 할지도 모른다. 모를 일이기는 해도 한두 번으로 끝나지 않을 것이다. 언제까지 계속될지 아무도 모를 일이다.

"이 사람, 삼미! 설사 사람들이 보물임을 알아보는데 시간이 걸린다 하더라도 일단 알아보는 사람들이 늘어나게 되면 그들은 빛이 될 것이야. 그들로 인해 세상이 밝아질 것이야."

광암의 목소리를 들은 듯 싶었다. 정약용은 눈을 감았다. 그날의 강이 자신을 향해 출렁이며 밀려오고 어지럼증이 일었다.

"광암이 태극도란 감괘坎卦와 이괘離卦를 합한 데에 불과하다, 이를 만리萬理의 근원이라 말할 수 없다고 말할 때, 나는 가슴이 철렁 내려앉았네. 성리학 일색인 조선에서 누가 그를 받아들일 수 있겠나?"

물결처럼 밀려오는 또 다른 소리는 이가환의 목소리였다. 이가환은 배 안에 있던 사람 중에서 가장 오랫동안 광암과 설전을 벌였었다. 은근히, 재앙이 될지도 모른다는 생각까지 내비쳤었다.

이승훈은 외숙 이가환을 그림자처럼 따랐으나 점차 광암 쪽으로 생각이 기울었다. 조선의 유학이 합리적인 철학을 강조한 성리학 체계로 자리잡고 말았던 것이 조선 사회를 자유로운 생각을 용납하지 못하는 억압적 세상을 만드는 결과를 초래했다고 믿는 것은 이승훈도 광암과 마찬가지였다.

그도 집에서 서학 책을 모조리 불사르고 성물을 내다 버리는 소동을 겪은 후 단단히 약조를 하고 근신하는 처지였다.

*

"아무리 그래도 사람을 뭇질해 가두고 굶기다니 이게 어디 사람이 할 수 있는 일입니까?"

권일신이 옆에 와 앉으며 말했다.

그는 조선의 사상체계를 마련한 일꾼, 권근의 후손이고 권철신의 아우이다. 그런 그가 누구보다 먼저 서학을 받아들였다.

권일신처럼 좋은 사람을 본 적 없다는 소리에 고개를 끄덕이지 않는 이가 없었다. 조선 성리학이 권근의 공로인 것을 모르는 이가 없는데 그 후손인 권일신을 앞에 두고 성리학을 비판한다는 것은 광암으로서도 쉽지 않은 일이었을 것이었다. 게다가 그의 장인 안정복은 서학이라면 말도 못 꺼내게 하는 사람 아니던가. 그럼에도 권일신은 천주교에 가장 열심이었다. 광암이 열흘이나 공을 들이고도 끌지 못했던 권철신을 이끈 것도 권일신이었다.

"아, 우리 모두 큰 별 하나를 잃었네."

권철신도 소식을 듣고 달려왔다.

이가환의 눈이 면면을 훑고 지나갔다. 이들 모두가 이미 광암의 그림자 속으로 들어와 있다는 우려가 얼핏 표정에 스쳤다.

"그는 분명 조선에 새로운 씨앗을 뿌렸지요. 그는 하늘에 올랐을 것인데 눈물이 왜 이리 흐르는지……."

권일신은 말을 잇지 못했다.

광암과 유난히 금실이 좋았던 첫 부인 권씨의 친정 식구들이었기에 그들의 슬픔은 남다른 것일지도 몰랐다.

새사람이 들어와 아들 현모를 낳았고 아들이 커가고 있었지만 광암은 권씨 부인을 잊지 못했다.

생전에 광암은 소금을 너무 많이 섭취하면 해가 될 것이라 여겼다. 그래서인지 젓갈보다 간이 약한 가자미식해를 즐겼다. 권씨 부인의 가자미식해는 일품이었다. 친정에서는 손수 담가 본 적 없는 것을 광암을 위해 연구하여 누구나 인정하는 솜씨꾼이 되었다. 새사람도 식해를 담갔지만 광암은 자식도 없이 일찍 떠난 권씨 부인이 생각나서일까, 식해를 입에도 대지 않았다. 내막을 아는 이들은 현모 모자를 더욱 안타까운 눈으로 보았다.

사람이 죽었는데도 가문의 냉대는 누그러지지 않았다. 마지못해 장례를 치러 준다는 분위기였다. 형인 격과 동생인 석이 나서서 이것저것 지시를 하고 문상객들에게 인사를 했다. 슬픔은 보이지 않았다. 아버지 이부만은 표정 없이 대청을 지키고 앉았고 어머니는 방 안에서 숨죽이고 있었다. 현모 모자는 구석에서 있는 듯 없는 듯 웅크리고 있었다. 문상 온 사람들은 슬쩍슬쩍 그들 모자를 훔쳐보며 앞으로도 그렇게 죽은 듯이 살아야만 할 것이라고 수군거렸다. 천쇠만이 현모 모자의 곁에 붙어 슬픔을 함께 했다.

천쇠는 광암 이벽이 따로 집을 얻어 교회로 쓰는 곳에 데려다 놓은 아이였다. 살림을 맡은 이말희를 어미처럼 따랐다. 누군가 정안 스님 거처에 버려두고 간 것을 광암이 데려다 보살폈다. 심부름을 시키기에도 아직 어린 나이였다. 그러나 배움이 빨랐다. 광암은 은근히 교회를 지킬 재목으로 키우려는 속내를 보였었다. 관을 덮기 전에 마지막으로 십자가를 넣어 보낼 수 있었던 것은 어린 천쇠의 고사리손 덕분이었다.

"천쇠, 너 상이 끝나면 나랑 가자."

권철신이 넌지시 천쇠를 불렀다. 광암이 키우려던 아이였으니 앞으로 자신이 거두어 주겠다는 뜻이었다.

3
만천 이승훈 베드로

"윤유일이 북경에서 돌아왔네."

"무슨 답을 받아 왔나?"

유항검이 고개를 숙였다. 표정이 어두웠다.

"안 되는 일이라던가?"

"세례를 제외하고는 안 된다는군. 벌 받을 준비를 하고 기다리라고 하더라네. 독성죄에 해당된다네. 신부를 보낼 수 있도록 애쓰겠다는데 쉽지 않을 걸세. 헌데 그보다 더 큰 문제는 제사도 불가라는 것이야."

1789년 10월, 윤유일尹有一을 북경으로 파견하여 자치적 교회의 존재를 알렸다. 그리고 조상 제사에 대한 교리 해석과 성직자 파견을 부탁했었다.

이벽이 떠난 후 교회가 사라지고 말 것 같은 암담한 상황에서 우리도 북경처럼 미사를 봉헌하고 성사를 집행할 수 있겠느냐고 물어온 것은 권일신이었다.

"가성직자라? 될까?"

말이 나고 처음 며칠은 망설였다. 교회를 지킬 수 있다면 당연히 해야 하지 않겠느냐고 유항검이 권일신의 말에 힘을 실었다.

이승훈은 못할 것도 없다 싶었다. 북경에 있으면서 충분히 보고 들었으니…… 권일신, 이존창, 유항검 등 십여 명이 함께 했다. 신부가 되어 차례로 미사를 봉헌하고 성사를 줬다.

미사를 집전하려면 신부라야 되고 신부는 결혼을 하지 않고 신품 성사를 받아야 된다는 것을 알아낸 사람은 유항검이었다.

"잠시 중단하면 어떨까?"

"북경에 가서 답을 받아 와야 하지 않을까?"

의논이 분분했다.

베이징 교구장 알렉산드르 구베아 신부로부터 윤유일이 받아온 회답은 조선 사회가 천주교를 금지하는 것 이상의 타격이었다. 임시성사 집행을 해 오는 동안 자기 순서가 되면 사흘 전부터 집에서 나와 엄격하게 계를 지키며 지내다가 특별히 만든 제례복을 입고 미사를 봉헌했었다. 하지만 자치교회를 인정할 수 없다니, 즉각 중지해야 했다.

사제를 모셔오는 일이 급해졌다. 그러나 제사의 불가 통보에 열심이던 양반들이 너도 나도 교회를 떠나는 상황이라 사제를 모신다는 것은 말도 꺼내기 어려운 일이 되었다. 아예 존립 자체가 어려워지고 말았다. 교회 건설자들은 신앙인이라기보다 문화의 선각자들에 가까웠다.

제사 문제는 만천에게도 보통 난감한 일이 아니었다.

세례를 받을 때도 갈등이 심했었다. 가장 곤혹스러웠던 일이 세례자는 첩을 두면 안 된다는 것이었다. 이미 있는 첩을 어찌해야 하나? 통역을 하는 중국인이 어떻게 전했는지 모르지만 서양 신부는 다시 한 번 일부일처라는 말을 강조하고 세례를 주었다.

이승훈은 아용을 내쳐야 한다는 다짐에 괴로웠다. 그러나 일부일처제가 하느님 앞에 떳떳한 일이라는 생각에 마음을 다잡았다. 그라몽 신부는 적어도 일 년에 한 번은 교회 활동을 적은 서한을 보내라고 주문했다. 그도 쉬운 일은 아니었으나 아용을 버리는 일은 훨씬 더 힘들었다.

아용은 유항검의 고향 마을에 살던 의원의 딸이었다. 유항검의 집은 그의 땅을 밟지 않고는 전주를 지나갈 수 없다는 말이 나올 만큼 부유했다. 만천은 외숙 이가환이 전해 달라는 책자를 들고 유항검을 찾아갔다가 낙마하는 바람에 발이 묶였다. 그때 의원을 찾은 것이 인연이 되어 아용을 들였다. 그런 인연이다 보니 아용은 유항검을 친정오라비라도 되는 듯 따랐고 유항검 쪽에서도 오라비 노릇을 마다하지 않았다.

아용은 북경에 다녀오면 좋은 일이 있을 줄 알았는데 이 무슨 청천벽력이냐고 땅이 꺼지게 울었다. 유항검도 한숨을 들이쉬고 내쉬며 만천의 눈치를 살폈다. 아용은 이 모두가 광암 이벽 때문이라고 원망을 하기도 했다. 벼슬도 마다하고 함께 어울려 다니면서 공부를 하기에 세상을 구할 대단한 연구인 줄 알았더니 겨우 아녀자를 내치는 일이었냐고 하소연도 했다.

"분서갱유로 사라지고 훼손된 진유의 올바른 의미를 찾아야 된다고 하시기에 저는 고대 유학을 바로 세우시려는 줄로만 알았습니다. 서학 때문에 제게 이리 하실 줄은 꿈에도 몰랐습니다."

아용뿐만이 아니었다. 가족들 중 누구도 만천의 행동을 이해하지 못했다. 정실부인 입장에서야 첩을 내보내는 일이 앓던 이 빠지는 것처럼 속 시원한 일이겠건만 부인 정씨도 심기가 편치 않아 보였다. 뭔가 아용이 잘못한 일이라도 있느냐고 물었다. 서학에 미치는 것보다야 첩에게 미치는 게 낫다는 생각을 감추지 않았다.

첫 배교는 을사추조적발사건으로 김범우가 죽은 직후였다. 가족들의 성화로 더는 버틸 수 없었다. 배교를 선언한 마당에 아용을 그대로 둘 수 없는 일 아니냐며 정씨가 서둘러 아용을 집으로 불러들였다. 방으로 찾아가는 일은 피했지만 집에 들였다는 사실만으로도 마음이 편해졌다. 그러나 광암이 죽고 1787년 다시 교회로 은밀히 돌아왔다. 아용을 다시 내보내야 하나 고심했다. 부인의 반대를 못 이기는 척 별채에 그대로 머물게 두었다. 윤유일이 돌아 온 후 양반들이 하나둘 교회를 떠난다는 소식에 희망을 품었는지 아용의 별채에서 기다림이 느껴졌다. 등이 밤늦도록 걸려 있었다. 다른 가족들도 제사 문제가 걸렸으니 이제 서학에는 영영 발을 끊으리라 믿는 눈치였다.

만천은 아용에게 가려다 정약용에게로 발길을 돌렸다. 유항검이 와 있었다. 누가 먼저랄 것도 없이 세 사람은 걷기 시작했다. 약속이나 한 듯, 뒷산을 향해 걸었다. 소나무가 숲을 이룬 곳 동쪽으로 언덕이 좋았다. 풀이 무성했다. 자신의 집이 내려다보이는 곳에서 정약용이 털썩 주저앉았다. 만천은 풀밭에 드러누웠다. 유항검이 풀줄기를 떼어 풀피리를 불었다. 풀피리 소리가 시원찮아지나 싶더니 물었던 것을 뱉고 다른 것을 떼어 물었다.

"광암이 있었다면 뭐라고 할까?"

유항검이 뜬금없이 광암을 입에 담았다.

"광암은 토착화 과정에서 진통이 따를 것이라고 줄곧 걱정했었지. 마테오리치가 천주는 곧 고경서古經書의 상제와 같다고 주장한 것도 결국 중국 그리스도교의 토착화에 논리체계를 세우려고 한 것 아니겠나?"

만천도 줄곧 광암 생각을 하던 터였다.

"토착화가 말이 쉽지 몇 년 세월로 되겠나? 하지만 보유론補儒論은 적어도 주자학의 권위를 추락시키는 한 원인이 될 것임은 분명하지."

유항검이 잘근거리던 풀피리를 내던지며 말했다. 다시 풀줄기를 떼어 물더니 이내 내던지고 풀 위에 누웠다. 정약용도 따라 누웠다. 침묵이 흘렀다. 어느새 달이 밝았다. 구름이 달을 감싸고 있었다. 바람에 흔들리는 건 땅 위에 누운 자신들뿐이었다. 광암은 그저 휘영청 높이 떠 있었다.

"광암은 태극을 우주의 궁극자로 인식하는 개념을 단연히 반박했지. 정약용, 자네도 만물을 생육하는 근본 위에 또다시 이를 주재하는 상제천上帝天의 존재를 인정해야 한다고 한 목소리를 내지 않았던가. 그런데 어쩌면 세상은 점점 유물론의 지배를 받게 될 것 같지 않나?"

달을 올려다보고 있자니 유항검의 목소리가 달에서 쏟아져 내리는 것 같았다.

"배 안에서 광암이 했던 화씨벽 이야기가 생각납니다. 화씨벽의 가치가 드러난 이후에 소양왕은 열다섯 개의 성과 바꾸자고 했고

인상여는 목숨을 걸고 지켰다지요?"

"어디 그뿐인가? 후한 말 십상시의 난으로 어디론가 사라지고 난 후 손견이 낙양성 진군 때 눈에 불을 켜고 찾았는데 우물에서 발견되었다는 거야. 그걸 원술이 얻었고. 나중에는 원술의 부하 서구가 빼앗아 조조에게 바치고 부귀를 누렸다지 않나. 어쨌든 서로 가지려고 눈이 벌게졌다는 얘기지."

두 사람이 주고받는 이야기는 끊어질 듯 다시 이어지곤 했다. 지나가는 구름 사이로 달이 언뜻언뜻 모습을 내보였다. 구름은 멈춘 듯 보이면서도 꽤 빠르게 지나갔다. 어쩌면 배 안에서 들은 이야기들도, 지금 누워 있는 이 언덕도 달빛도 그렇게 지나가는 중일 것이었다.

"이제 생각하니 그날 광암은 그 이야기를 마음먹고 했던 것 같습니다. 박해가 끝나면 오히려 많은 사람들이 하늘나라를 갈구하게 될 거라고 믿었던 듯합니다."

"그래, 육신의 눈으로 알게 된 보물도 그렇게 갖고 싶어 안달인데 영혼의 눈이 알아보게 된 보물이야 더 말할 거 없지 않겠느냐고 했었지."

유항검이 풀피리 소리처럼 작은 소리로 광암의 말을 되짚어보는데 만천은 가슴이 미어졌다. 광암 이벽에게 배교하는 모습을 보이고 말았던 지난날이 떠올라 눈물이 났다. 강학회를 마치고 돌아와 신념에 찬 어조로 성경을 이야기하고 고대 유학을 논하던 그의 열정이 그리웠다.

"지금 조선 사회가 창조된 만물은 모두 하느님 앞에서 평등하다고 말하는 사람을 그냥 두겠습니까? 그런 정신이 뿌리 내리면 기득권을 잃게 된다고 생각하겠지요.”

정약용이 풀잎을 뜯어 멀리 던지며 말했다.

풀벌레들이 세 사람 사이로 뛰어 다녔다. 세 사람 다 소리내어 말하지 않았지만 한두 번의 제물로는 아무 것도 이루어지지 않을 것이라는 생각에서 벗어날 수 없었다.

*

아, 또다시 배교하는 모습을 보여야 하다니, 만천은 현실이 원망스러웠다.

정약용이 결국 돌아섰다. 제사를 지내는 문제 앞에서…… 광암이 죽은 후 줄곧 반촌에서 함께 교리를 연구하고 강술하는 등 교회활동을 영도했던 처남이었다. 유항검도 권일신도 정약용은 결코 돌아서는 일이 없으리라, 상제천을 배반하는 일이 없으리라 하였었다. 그러나 그도 주자학의 조선에서 태어나고 자란 선비였다. 제사만큼은 건드릴 수 없다는 생각을 갖고 있었다.

“제사를 금하라고요? 그럴 수는 없지요.”

고심한 그늘이 역력했다.

정약용이 떠난 뒤 주위를 돌아보니 세상이 텅 빈 듯 허전했다. 애초에 보유론적인 이해에서 출발한 동료들이었다. 유교적 예법과 천주교회법의 상치라는 현실에 직면하여 모진 고문에도 지켜온 교회를 스스로 떠나고 있었다. 권일신만이 홀로 남아 교회를 지키리라 하였다.

만천은 배교를 선언하고 평택 현감으로 나가면서 아용부터 찾았다. 아용은 화색을 띠었으나 부인 정씨는 말수가 적어졌다. 첩을 잊지 못해 불러들이는 만천의 행태가 약속해서만은 아니라는 것을 한눈에 알 수 있었다. 만천 몰래 성경을 읽고 글이 짧은 이도 누구나 읽을 수 있게 한글로 정리한다는 소리가 들렸다.

만천은 아용의 마음을 살피는 일에 급급했다. 왔다 갔다 하면서 마음고생을 시킨 죄로 밤낮없이 아용의 비위를 맞추었다. 조금이라도 보상하고 싶었다.

아용이 모처럼 술상에 정성을 들이고 거문고를 뜯는 중인데 정약용이 들어섰다. 권하는 술을 내려놓으며 은근히 주변을 물릴 것을 청했다.

"외가에 갔었습니다. 형님이 제사를 지내지 않는다는군요."

"제사를 안 지내?"

"예."

정약용의 표정이 심상치 않았다. 묻지도 않은 말을 일부러 찾아와 전할 때는 보통일이 아닐 것이라는 생각이 들기는 했지만 입을 여는 순간 가슴이 철렁했다. 일면 외딴 시골에서의 일인데 싶은 생각도 스쳤다. 그리고 곧, 윤지충이 사는 해남은 멀리 떨어진 곳이니 소문만 나지 않는다면 별일이야 있으랴 싶었다. 그러나 정약용의 생각은 달랐다. 발 없이 천리를 가는 게 소문 아니냐, 소문을 누가 막을 수 있겠느냐는 거였다. 결국 일이 터지는 건 시간문제라는 소리였다. 유항검과 윤지충은 이종 간이니 유항검에게도 불이 떨어질 것이었다. 그동안 유항검이 신주를 조상 무덤에 묻고 제사를 지내지 않았던 것도 밝혀질 것이고 문제가 될 것이었다.

"외가의 일은 일이고, 저는 이해가 안 됩니다."

"무엇이 말인가?"

"제사는 효孝이고 민속인데 왜 교리에 거는지 말입니다."

"나도 그 생각을 하였네. 만일 우리에게 사제가 계시면 시원하게 말을 들어보겠건만 답답하기 그지없네."

"암만 생각해 봐도 그리스도 정신과는 무관한데 사람만 상하게 생겼습니다."

정약용은 일간 다시 찾아가 의논해 보겠노라며 일어섰다. 그는 어려서부터 외가에 정이 깊었다. 그의 외가는 윤선도의 문과 예가 이어져 내려오는 집안이었다. 좀체 속을 드러내지 않는 정약용의 얼굴이 붉었다. 허위허위 걸어 나가는데 그의 머리 위로 몰려오는 먹구름이 보였다.

그가 돌아가고 나서 곰곰 생각해 보니 약용은 마음의 준비를 시키러 온 것이었다. 불길한 예감이 엄습해 왔다. 그의 말대로 소문이라도 난다면? 결국 떼죽음을 예고하는 소리 아닌가? 반대파에 속한 홍낙안, 이기경 등에게 계속 공격을 받고 있는 처지였다. 시파를 몰락시키기 위해 눈에 불을 켜고 있는 사람들은 이미 연결 고리를 눈여겨보고 있을 것이었다. 외숙 이가환을 재상으로 쓸 것이라는 정조의 언질이 있고 난 후 공격 또한 거세지고 있었다.

만천은 오래된 싸움을 거슬러 더듬어 보았다. 임진왜란 후에 화의和議를 주장했다는 이유로 남인 유성룡이 실각되면서 남인이 몰락하고 득세한 북인은 다시 선조宣祖의 후사문제後嗣問題로 대북大北과 소북小北으로 갈라져 대립했다. 인조반정은 광해군과 대북파를 몰아내고 서인들이 집권할 기회였다. 복상 문제로 시작된 서인과 남인의 싸움도 진흙탕이었다. 나라는 분당에 의해 움직이고 싸움은 반복되었다. 경종을 지지하던 소론이 영조 즉위 뒤 노론의 반격을 받았다. 사도세자를 높이는데 찬성하는 시파와 반대하는 벽파로 또 갈라서면서 서로 죽이지 못해 안달이었다. 어느 것이 대의고 진리이냐가 문제가 아니었다.

반대파들은 자신에게 가장 모진 갈퀴를 던질 것이었다. 조선에 천주교를 불러들인 첫 인사로 주목받고 있으니. 처남인 정약용과 외숙 이가환에게 정조가 각별한 관심을 갖고 있어 울타리가 되어 주는 것은 틀림없었다. 그러나 외숙은, 나 때문에 네가 죽을지 너 때문에 내가 죽을지 아무도 모를 일이다, 하며 경계하였다.

외숙은 천주교 교리서를 번역하기는 했어도 합리적인 정신을 받아들이려고 애썼지 천주교에는 확신이 없었다. 누가 청에 간다는 소리만 들리면 달려가 책을 구해 달라고 청을 넣곤 했다. 서학이 중국 문화보다 보편적 수준에 도달했을 가능성이 높다고 믿었다. 서양 신부들을 받아들이고 서양 물자를 실은 선박을 초청하자는 주장도 했다. 반대파들에겐 요사스러운 언행이었다. 외숙은 조선이 내세울 수 있는 유일한 수학자라 할만 했다. 청을 통해 들여온 과학서적들을 그가 얼마나 많이 읽었는지 그것이 무엇을 의미하는지를 아는 이는 얼마 되지 않았다.

"만천, 우리 조선은 과학과 수학을 너무 모른다, 내가 죽으면 조선에 기하의 종자가 마르고 말 것이다. 나는 네게 희망을 걸고 있다."

외숙은 그렇게 말하곤 하였다. 자신의 뒤를 이어달라는 간곡한 당부였다. 그러나 만천은 외숙의 경지를 다 읽을 수 없었다.

그의 학문은 인정받지 못했다. 가치를 인정받기는커녕 몰아내려는 자들이 눈에 불을 켜고 있었다. 장희빈의 아들 경종을 보호하려고 들었던 이잠의 후손이라는 이유까지 들이대었다. 성호 이익도 이잠의 동생이라는 이유로 흔들지 않았던가. 정조가 종조는 종조고 종손은 종손이다, 라고 비호하자 노론은 그가 천주교인임을 트집잡기 시작했다.

이가환과 만천 이승훈이 보고 있는 책들은 조선의 근간을 흔드는 사악한 서적이라는 말들이 이미 파다했다.

윤지충이 제사를 거부하면 천주교가 구실이 되어 대대적인 옥사가 일어날 것이 뻔했다. 처남 매부로, 친척으로 얽혀 있는 것도 불안한 일이었다.

그래서였을까? 떼죽음에 엮이고 싶지 않다는 본능이었을까? 관내에 천주교인이 있다는 말을 들었을 때 버럭 소리부터 질렀다. 당장 잡아들이라 명을 내린 것도 모자라 장을 치라고까지 하였다. 힘없는 노인이었다. 다음날로 풀어주었지만 마음이 영 개운치가 않았다. 아용을 찾았다.

"친정에 가셨다고 합니다."

뜻밖의 전갈이었다. 친정? 친정에는 왜? 그 먼 곳에, 말도 없이? 평소에 가지 않던 친정엘 왜? 꼭 이럴 때 갈 것이 뭔가?

역정이 났지만 부인 정씨에게로 향했다. 정씨가 묵주를 돌리며 기도를 하고 있었다. 처음 얼마간 광암을 원망하던 때가 있었으나 이제는 누구보다 열심이었다. 만천이 배교를 거듭하여도 정씨는 홀로 신앙을 지켰다. 평택으로 오고서도 기도 생활을 하고 성경을 한글로 정리하는 일에 몰두했다. 만천은 소리를 죽이며 다가가서 함께 기도를 바쳤다. 모처럼 고요한 시간이 찾아들었다. 부인 정씨가 곁에 있어도 전혀 방해가 되지 않았다.

"친정에서 사람들이 다녀갔습니다."

정씨가 묵주를 반짇고리 안에 깊이 묻고 돌아앉으며 말했다.

"누가 왔더이까?"

"올케랑 사촌들이 왔었습니다. 윤지충이 해남에서 위폐를 불사르고 제사를 폐지했다는 말을 들었습니다. 허나 집안에서 일어난 일이라 아는 이는 없다 합니다."

"그 소리뿐이오?"

"중국에서 중국인 신부가 올지도 모른다는 말도 얼핏 들었습니다."

아용이 그 소리를 들었겠구나, 싶은 생각이 빠르게 스쳐 지나갔다. 중국에서 신부가 온다면 다시 교회활동이 활발해질 것이라 여기고 다시 배척당할 것을 걱정하여 친정으로 간 것이 분명해 보였다.

부인 정씨가 만천의 마음을 읽고 먼저 입을 열었다.

"아용도 천주교에 들고 싶어 합니다. 지금은 버림받을 것을 걱정하기보다……."

"아니, 아용이 천주교에 들고 싶어 하다니 그 무슨 말씀이오?"

"기도와 실천 생활을 한 지 꽤 되었습니다."

"어쩐지 부인이 하는 일을 자세히도 안다 싶었느니…… 그럼, 그동안 줄곧 아용이 부인과 함께 성경을 한글로 옮겨 적는 일을 해 왔던 것이오? 그렇게도 천주학을 싫어하더니만…….”

“이제는 성경을 저보다 더 잘 욉니다.”

“헌데 친정에는 갑자기 왜 갔단 말이오?”

“아마 제가 쓰고 있던 글을 본 듯합니다. 친정 식구들을 맞이하느라 미처 맺지 못하고 붓과 함께 두었었는데 지필묵만 있고 글이 없습니다.”

“아용이 가져갔단 말이오? 뭐라 썼길래?”

정씨는 대답이 없었다.

만천은 일어나 아용의 처소로 향했다. 아용의 방이 깔끔하게 정리되어 있었다. 간단한 짐만 꾸려 떠난 것 같았다.

남겨진 글이 유서처럼 반듯하게 방을 지키고 있었다. 만천은 그녀가 영 돌아오지 않을 요량으로 떠났음을 알았다.

月落在天 水上池盡

달은 영혼과 신앙을, 물은 잠시의 세도와 권력을…… 하늘은 영원세계, 진리와 본향을…… 연못은 유한하고 불완전한 이 땅의 인간세상을 뜻할 터였다.

그래, 달은 떨어져도 하늘에 있지. 허나 물이 솟구치면?

만천의 머릿속을 글자들이 빠르게 돌아쳤다.

“이것이 부인이 썼다는 글이오? 아니면 아용이 남긴 것이오?”

뒤따라 온 부인 정씨가 대답했다.

“월락재천月落在天은 저의 글입니다만 아용이 제가 쓴 것을 이어서 써놓은 것 같습니다.”

“아, 부인은 내가 또 교회로 돌아갔다가 얼마 지나지 않아 또 다시 배교하는 일이 생길까 염려하십니까?”

그래, 그럴 것이다. 내가 또 그러고 말 것이다. 세상이 부르면 또 기울 것이다. 적당히 타협을 보려들 것이고 합리화하려 할 것이다. 아, 내가 그럴 것이다. 나는 세상을 못 버리고 천상을 탐하는 연옥 영혼일 수밖에 없는 게다.

"아, 하느님!"

만천 이승훈은 고개를 들어 하늘을 우러렀다.

4

권일신 프란치스코 하비에르

윤지충이 돌을 던지고 있었다. 돌들은 배교자, 배교자 소리와 함께 날아다녔다. 자신의 눈앞에서 점점 커지던 돌이 스치듯 사라지고 나면 딱히 어디 맞은 것 같지도 않은데 아악, 아아악, 비명이 터져 나오고 끔찍한 통증이 몸을 조여 왔다. 저 소리가 정녕 윤지충이 내게 하는 소리란 말인가? 저 돌들이 정말 나를 겨냥한 것이란 말인가? 내 속을 누구보다 잘 아는 사람이?

"나으리, 둘이가 와 있습니다요."

마두의 목소리가 들리는가 싶더니 다시 배교자, 배교자…… 소리가 웅얼거림처럼 들려왔다. 눈을 씻고 보니 건너편에 서 있는 사람들이 윤지충을 향해 돌을 던지고 있었다. 그런데도 윤지충은 자신과는 아무 상관도 없다는 듯이 태연히 그 자리에 서 있었고 돌이 그의 몸에 닿아 불꽃이 튀던 순간들은 꽃으로 피어나 윤지충을 감쌌다. 어느새 윤지충의 모습은 사라지고 꽃들이 서로를 끌어안은 채 커다란 꽃다발이 되어 솟구쳤다. 허공은 꽃밭인지 별밭인지 모를 세상을 펼쳐 보였다.

웬 계집아이 하나가 돌을 들어 종이처럼 폈다. 눈에 익은 글씨가 나타났다.

"보세요, 이거 손수 쓰신 글 맞지요?"

바로 둘이가 아닌가.

"그래 그건 네 아비가 나보고 '서양과 동양의 학문은 다르다'라고 써달라기에 써 준 것이구나."

"그런데 저 나으리가 보더니 이곳에 글자 한 자가 빠졌대요. 인재를 잃지 않으려는 임금님의 마음을 알고 저 나으리들이 꾀를 낸 거라는데 여기 서학 앞에 나쁘다는 글자 한 자만 다시 써넣으시면 제주도까지 보내지 않는대요. 노모가 기다리고 계시잖아요. 여기 붓을 가져왔어요. 힘을 내어 붓을 잡아 보세요. 글을 모르니 제가 대신 써 넣을 수도 없고 어쩌지요? 저 나으리보고 써 넣으라 해 볼까요?"

안절부절못하는 아이의 모습과 정신이 혼미한 듯 고개가 꺾인 채 벽에 기대어 있는 자신의 모습이 마치 다른 세상의 일처럼 보였다.

"얘야, 허락을 받았느냐? 그러면 붓을 이리 다오. 내가 대신 써 넣어 주마. 저 양반이 정신이 들락날락 하는 판에 붓을 쥘 수나 있겠느냐?"

관리의 것으로 보이는 우악스러운 손이 둘이에게서 붓을 빼앗아 갔다.

"아, 이제 되었어요. 제주도까지 가지 않으셔도 된대요. 어머니가 계시는 예산으로 가실 수 있대요."

팔순 노모를 두고 먼저 가려 하느냐?

슬픔으로 일그러진 어머니의 작은 몸 위로 허공이 부서져 내렸다. 아! 아, 어머니……. 어머니를 향해 팔을 내젓자 부서진 꽃들이 자신을 향해 빠른 속도로 내려왔다. 순간, 왜 깔려 죽는다는 생각이 들었을까?

꿈에서 깨어나서도 한참을 그것이 이상했다.

"나으리, 둘이가 와 있습니다요."

마두가 문이 열리기를 기다리고 있었던 듯 보였다.

"무슨 일로?"

"제 어미가 곧 죽을 것 같다고 종부성사를 청합니다."

"어허, 아니 될 말. 이제 성직에 관여할 수 없다지 않았더냐. 그동안 모르고 한 것만 해도 죄가 깊거늘……."

"그리 일렀는데도 제 어미 마리아가 꼭 종부성사를 받아야 눈을 감을 것이라며 꼼짝을 안 합니다요."

"그렇겠지. 마리아가 누군가. 그리 열심이었는데 성사도 못 받고 떠나고 싶겠나? 그 마음을 누가 모르겠나. 자, 서둘러 가보세. 성사는 못 받아도 기도 속에 떠나게 해 줘야지."

*

"사람의 살과 피를 먹는 자들이 떼거지로 왔구만."

마리아의 남편이 권일신을 흘끗 보더니 일부러 들으라는 듯이 궁시렁거리며 자리를 털고 일어섰다. 아내의 죽음을 슬퍼한다거나 고통을 나누고 싶어 한다거나 그런 마음은 애당초 기대도 하지 않았지만 가래를 끌어올려 마당 쪽으로 퉥, 뱉으며 마루 끝으로 나앉는 모습이 험상궂기 짝이 없었다.

"도와주러 온 사람들한테 말본새 하고는……."

마두가 가는 눈을 떴다. 그가 누군가. 동네에서 짐승만도 못한 자라고 손가락질 받는 무자비한 인물이다. 죽지도 않은 사람을 벌써부터 죽은 사람 취급하는 것도 모자라 작부를 끼고 주막에서 살다시피 했다.

둘이 어미는 교회를 지키는 숨은 일꾼이었다. 위에 종양이 생긴 지 오래라 손을 쓸 수 없다고 손 의원이 고개를 흔든 지 몇 달이 지났다.

"이 지경이 되자면 무척이나 아팠을 텐데 그간 그렇게 아무 내색도 안 하다니…… 무슨 사람이 이리도 미련하오? 곁에 있던 의원이라는 자가 이제야 알아채다니 나도 참 무심한 놈이오."

손 의원이 고개를 떨어뜨렸다.

마리아는 이미 눈도 뜨지 못했다. 먼저 와 있던 교우들의 기도소리가 구슬펐다. 마리아는 아무 반응도 보이지 않았다. 손 의원이 한 번씩 숨을 확인했다. 바싹 말라 뱃가죽이 등에 붙었다. 몸 어디에도 살이라고는 남아 있지 않았다. 교회 안팎을 쓸고 닦던 손도 뼈만 남아 갈고리 같았다.

이승훈 유항검 최창현 이단원(이존창) 등과 함께 죄인 줄도 모르고 신부 노릇을 해왔다. 사흘 전부터 그들이 심신을 깨끗이 하고 미사를 준비하는 동안 못지않게 삼가고 조심한 사람이 바로 마리아였다. 새벽부터 일어나 기도를 드리고 나서 성체성사를 위한 빵을 만들었다. 손이 필요한 곳이 있으면 달려가 힘을 보탰다.

한 번은 너무 딱해서 보리쌀자루를 보태 준 집이 있었다. 바느질 일로 겨우 살던 홀어미가 산에서 굴러 꼼짝을 못했다. 어린 아이들이 있었다. 마리아는 오며가며 살림까지 보살피는 중이었는데 남편이 찾아가 보리쌀자루를 도로 빼앗아 오고 말았다. 제 앞가림도 못하는 주제에 남에게 보리쌀까지 퍼 준다고 욕을 하고 손찌검을 했다. 화를 못 이겨 낫까지 찾아 들었다. 둘이가 울면서 권일신을 찾아오지 않았더라면 큰일이 날 뻔했다.

그 말을 듣고 호남의 부호인 유항검이 쌀을 보내기 시작했다. 교회에 보내는 쌀 외에 따로 마리아의 집으로도 적지 않은 쌀을 보냈다. 덕분에 마리아는 그토록 소원하던 일을 이루었다. 남편을 교회로 이끈 것이었다. 베드로로 다시 태어난 남편에게 교리를 알려주며 기뻐하는 모습이 마치 세상을 다 얻은 사람 같았다.

그러나 그가 그리 오래 베드로로 살지는 못했다. 투전판을 다시 기웃거리고 주막에도 뻔질나게 드나든다는 소문이 들렸다. 마리아의 얼굴에 그늘이 깊어 갔다. 예전으로 돌아간 그는 술만 들어가면 여전히 서학 하는 것들은, 어쩌구 하며 돌아다녔다. 충효도 팽개치고 반상의 구분도 내다버린 요사스러운 무리들이라고 떠들어댔다. 몇 달 후에는 천주교를 반대하는 양반들에게 정기적으로 미주알고주알 일러바치고 돈푼을 얻어 쓰기도 한다는 소리까지 들렸다.

둘이는 그런 아비 때문에 늘 고개를 숙였다.

아비가 나가며 뱉은 말에 얼굴이 발개진 둘이가 아비의 허물을 조금이라도 덜어 줄 양으로 묻지도 않은 말을 했다.

"마을 애들이 저만 보면 천주교인들이 사람의 살과 피를 먹는다는 말이 참말이냐고 물어요."

제 아비만 그러는 게 아니라 마을에 도는 말이라는 뜻이었다.
"너는 무어라 답했느냐?"
"아니라고 했지요. 우리 엄마가 만드는 빵과 술을 먹는 건데 신부님이 성체로 바꾸어 주시면 예수님의 몸이 된다고 했어요."
"그랬더니 아이들이 무어라 하더냐?"
"말이 안 된다는 아이도 있고요. 대개는 이상하다고 하면서도 정말로 사람의 살과 피를 먹는 게 아니라서 다행이라고 하지요."
"그래, 예수님이 주시고자 하는 몸은 부활하신 몸이란다. 너 예수님을 영하면서 기억해야 할 것이 무엇인지 아느냐?"
"엄마가 예수님 같이 되는 거라고……."
"맞다. 그러면 하느님이 우리 안에 사시며 우리를 통해 활동……."
말을 채 마치기도 전에 둘이가 와락, 울음을 터뜨렸다. 마리아의 머리가 옆으로 툭 떨어졌기 때문이었다.
신부노릇을 하면 죄가 된다고 들었지만 마리아를 위해 마지막으로 한 번만 더 하시지요? 그러시지요. 여태 해 온 일인데 한 번 더 한다고 뭐 크게 죄가 더 무거워지겠습니까? 더구나 마리아는 사실 말이야 바른 말이지 여기 있는 누구보다 하느님이 사랑하셨을 겁니다, 있는 죄도 사해 주실 것입니다, 하던 눈빛들도 모두 고개를 떨어뜨렸다.
세례 후 온전히 교회를 위하여 살아온 둘이 어미를 위해서 장례미사를 봉헌하고 싶었다. 그러나 이제 안 된다는 것을 알았으니 알면서도 신부노릇을 할 수는 없었다. 대신 빵과 떡을 정성껏 나누리라 마음먹었다. 마두를 불렀다. 마두는 교인들이 그릇그릇 떡과 술을 가져왔다고 말하며 교회에 있던 포도주만 한 병 들어 보였다.

*

장례 일을 봐 준 사람들에게 한 자루씩 나누어 주고 나니 유항검이 보내준 쌀도 바닥이 보였다. 교회에 오는 이들과 밥 한 그릇이라도 나누자면 또 곳간에서 쌀을 내와야 할 것이었다.

교회는 이미 지도자였던 사람들이 다 떠나 썰렁했다. 북경으로부터 성직에 관여한 불경죄와 제사 금지가 적힌 서신을 받은 후 양반들은 교회를 등졌다. 남은 이는 오직 권일신뿐이었다.

— 당신은 어떻게 하겠소?

— 당신마저 떠나면 성사는 물론 세례는 어떻게 할 것이며 강론 말씀은 누가 할 것이오?

둘이 어미의 묘를 쓰는 동안에도 면면이 모두 눈으로 물었다.

아쉬운 대로 중인 계급의 손 의원이 어느 정도는 대신할 수 있겠지만 대다수는 글을 몰라 중요한 일은 할 수 없었다.

"양반네는 떠났지만 중인과 상민들이 계속 늘어나고 있습니다요."

마두조차도 걱정이 드는 모양이었다.

"걱정 말게. 나는 목숨이 다할 때까지 교회를 떠나지 않을 것이네. 헌데 내 잠시 다녀올 데가 있으니 뒤주는 알아서 채워 놓게."

"해남엘 가실 것입니까?"

행선지를 묻는 낯빛이 어두웠다. 윤지충의 꿈 얘기를 마음에 담고 있는 모양이었다.

— 제사를 어찌 거부할 수 있단 말이냐? 하늘이 두 쪽 나도 그럴 수는 없다.

교회를 세웠던 사람들이 제사 문제 때문에 모두 고개를 저으며 교회를 떠나는 판에 윤지충이 위폐를 불사른 건 충격이었다.

……나는 위폐를 모시지 않았다. 부모를 대신할 것은 아무 것도 없다. 더구나 누가 만들었는지도 모를 나무토막을 아버지나 어머니로 모실 수는 없다.

……또한 잠드신 다음에는 음식을 드리지 않는데 하물며 영원히 잠드신 후에 음식을 드리는 헛된 짓을 할 까닭이 있는가?

……그리고 지금 양반만 제사를 지낸다. 상민이 제사 지내지 않는다고 벌 받는 법은 없다. 그러니 내가 법을 어겼다면 양반의 법을 어겼을 뿐이다.

……내 비록 제사를 지내지 않아서 선비와 양반들에게 죄를 얻을지언정 하느님의 법은 어기지 않고자 함이었다. 이게 내가 하느님을 공경하는 뜻이다.

진산 군수 신사원을 향한 윤지충의 반박은 교회를 떠나는 양반들의 발길도 붙드는 듯했다. 하지만 사람은 결국 오래된 생각을 따라가기 마련일까? 머뭇거림도 잠시, 무거운 짐을 내려놓듯 훌훌 떠났다.

그러나 권일신은 변화의 싹을 보고 있었다. 중인과 상민 계급의 신자들이 부쩍부쩍 늘었다. 남쪽에서는 윤지충과 권상연이 사형을 당할 때 피가 엉기지 않았고 치유의 기적을 보였으며 그걸 보고 입교자가 생기고 있다는 말도 올라왔다.

*

꿈에 윤지충이 찾아온 것은 혹시라도 마음이 흔들릴까 염려하는 것 같기도 했고 기다리고 있다는 말인 것 같기도 했다.

"하늘과 땅과 사람을 창조하신 천주를 섬기지 않을 수는 없습니다. 이 세상의 무엇을 준다 해도 그분을 배반할 수 없고 그분에 대한 제 의무를 궐하기보다 차라리 죽음을 당하겠습니다."

벌써 임금에게 답을 올렸다.

은밀히 임금의 뜻을 전해온 것은 만천 이승훈과 정약용이었다. 임금이 이렇게까지 하는 것은 임금도 막을 수 없는 죽음이 코앞에 와 있다는 말이기도 했다.

"강이 깊다. 이 강을 무사히 헤치고 좋은 세상에 닿을 수 있도록 부디 든든한 배가 되어 달라. 배 한 척이 아쉽다, 하셨습니다. 이 말이 무슨 말입니까? 부디 목숨을 보존하라는 당부 아닙니까? 윤지충의 죽음만으로도 얼마나 애석해 하시는지 모릅니다."

이승훈과 정약용의 말이 아니더라도 정조가 자신을 얼마나 아끼는지, 그리고 도도한 강이 임금도 건드리기 어려운 신하들이고, 파당이라는 것도 잘 알고 있었다. 적들에게 둘러싸여 있는 외로운 임금, 그 임금을 돕기는커녕 적에게 빌미를 주게 될지도 모를 일이다, 그러나 윤지충이 순교했다면 이제 차례가 온 것이다. 홀로 교회를 지키는 일은 순교를 각오해야 하는 일이었다. 시간이 얼마 남지 않았음을 느낄 수 있었다.

때가 되기 전에 꼭 해야 할 일이 있었다. 더는 미룰 수 없는 일이었다.

"해남에 가려는 것이 아닐세."

"그럼 어디로 가십니까?"

"김범우에게 다녀와야겠네."

"김범우에게요? 그 일로 아직도 그렇게까지 불편하십니까? 함께 옥사에 들여보내 달라고 옥사 앞에 앉아서 며칠을 버티다 끌려나오곤 하셨잖습니까. 김범우도 원망은 없을 것입니다."

"내가 살아오면서 지은 가장 큰 죄 아닌가? 그렇게 몹쓸 죄가 어디 있겠나……."

한 자리에 있었다. 그러나 양반들은 모두 방면되고 중인이라는 이유로 김범우만 홀로 잡혀갔다. 모진 매를 맞고 뼈와 살이 으깨진 몸으로 유배 길에 올랐다. 결국 장독으로 죽었다. 한시도 마음 편히 살 수 없었다. 만사를 제쳐놓고 오늘은 그의 무덤을 찾아 술 한 잔 부으리라. 미안하고 죄스러운 이 머리를 숙이고 무릎을 꿇으리라.

말에 막 오르는 참에 마리아의 남편이 들어섰다. 제법 슬픈 표정을 하고 있었다.

"이름도 없는 것을 마리아라 이름 불러 주시고 가는 길까지 살펴주셨으니 마땅히 인사를 올려야 합지요."

처의 장례를 후히 치러 준 것에 감사한다는 말이었다.

"무슨 바람이 불었는감?"

마두는 그 입에서 저런 말이 나오다니? 하는 놀라움을 숨기지 않았다.

"제가 이번 일로 깊이 깨달은 바가 있습니다요. 저도 과거를 뉘우치고 다시 교회에 나가려 합니다. 안 된다고 마십시오. 아, 지체 높으신 만천 이승훈 나리도 몇 번이나 나갔다가 뉘우치고 다시 들어오시지 않았습니까? 뭐 딱히 어른을 물고 늘어지려는 것은 아닙니다. 제가 그동안 마리아에게 얼마나 모질게 굴었는지 잘 알고 있습니다요. 지은 죄도 많고 염치도 없지만 앞으로 속죄하며 살고 싶습니다요. 이 어리석은 놈을 부디 용서해 주십시오."

이번에는 권일신도 말에서 내렸다. 귀를 의심하면서.

"듣던 중 반갑고 고마운 말일세."

"일단 다녀오시고 나중에 말씀하시지요."

마두가 믿을 수 없다는 표정으로 말고삐를 바투 잡으며 다시 말에 오르기를 재촉했다. 잠시 속을 뻔했지만 이내 제 정신이 들었다는 말투였다.

"제가 문밖에서 얼핏 들으니 단양으로 가신다는 듯하던데 한 말씀 올려도 되겠습니까?"

"말해 보게."

"김범우는 단양에 가지 않았습니다요."

"아니, 그 무슨 소린가?"

분명 그는 단양으로 유배를 갔다. 세상의 눈이 가라앉을 즈음에 찾아가려고 때를 기다리고 있었다. 이승훈이 와서 고개를 저으며 장독으로 죽었다는 말을 전하지 않았더라면 어떻게든 만나러 갔을 것이었다.

유배 가기 전날, 감시의 눈을 피해 마두를 보냈었다. 그러나 마두는 들어서지도 못하고 돌아왔다. 아들 하나가 찾아 주어 고맙다는 말과 함께 안으로 들이려 했지만 다른 가족들이 냉엄한 눈으로 그를 보고 있었고 그 아들은 그만 그 자리에 얼어붙어 더는 아무 말도 못하더라 하였다.

"너희는 양반이라 하나도 다치지 않고 우리만 매를 맞고 반 주검이 되었다. 무슨 염치로 우릴 찾느냐?"

마두가 돌아온 것은 달빛도 없는 밤이었지만 마두가 차마 다 전하지 못하는 원망과 한이 고스란히 건너왔다.

"왜 아니겠나. 암, 죄인이 무슨 말을 하겠나……."

그때의 비탄과 참담함은 시간이 흐르면서 물밑으로 가라앉았지만 시시때때로 솟구쳐 마음을 어지럽혔다.

"김범우가 밀양 단정이라는 곳으로 갔다는 말을 주막 패거리들에게서 들었습죠. 포졸들에게서 나온 말이라 했고요."

"밀양, 단정? 그렇게 멀리, 더 아는 것이 있는가?"

"더 아는 건 없지만 이놈이 모실 수는 있습지요."

마두가 차라리 자신이 모시겠노라 막아섰지만 권일신은 둘이 아비를 앞세웠다.

*

설마, 포졸들이 기다리고 있을 줄은 꿈에도 몰랐다. 심증을 가지고 둘이 아비의 뒤를 밟은 것일 수도 있었다. 둘이 아비와 입을 맞추고 기다렸을 수도 있겠다는 생각이 든 것은 고문으로 만신창이가 된 다음이었다. 고문 중에 나오는 말들이 하나같이 기가 막혔다.

……마리아의 상을 치르던 날 서학의 무리들이 빵과 술을 나눠 먹었는데 사람의 살과 피를 먹으면 뭐, 하느님이 사람 안에 살게 되는 것이라나 뭐, 그런 말을 서로 하더라……. 그들은 모두 권일신을 신부님이라 부른다. 그리고 임금님 명을 어길지언정 그의 명은 어길 수 없다며 그를 따르더라……. 뿐인가, 을사추조적발사건 때 죽은 죄인 김범우를 두고 나라에서 생사람을 잡았다 하여 원망을 하

더라…….

그리 증언한 사람이 한둘이 아니라는 거였다. 둘이 아비와 패거리들이 홍낙안, 목만중 등에게 서학의 우두머리로 자신을 지목해 고했다는 소리였다. 그렇게 이용당했다는 뜻이었다.

"임금님께서 절대 잃고 싶지 않은 신하라 하셨답니다."

"그래? 그럼 일단 유배 정도 가게 해놓고 가는 길에 쥐도 새도 모르게 처리하세. 뭐 장독으로 죽었다 하면 될 일 아닌가?"

혼미한 의식이 저들의 말을 알아들었다.

"진심으로 마지막으로 좋은 일을 하려는 것입니다요."

이번에는 둘이 아비의 말이 그 어느 때보다 진심인 것 같았다.

"관리들이 임금님 의중을 읽고 방법을 구한 것이랍니다. 형님인 권철신 어른께서도 어머니 돌아가시는 것이라도 볼 수 있어야 하지 않겠느냐 하십니다. 제가 죽일 놈이라 증인까지 섰지만 가시는 길에 한 번은 마음 빚을 꼭 갚고자 합니다. 부디 한 글자만 써 넣으십시오. 이제 와서 이러는 게 말도 안 되는 소립지요만 이대로 가시면 지가 평생 걸려서 어찌 삽니까요?"

목소리가 애절했다. 눈물도 보았지 싶었다.

둘이가 종이를 내밀었다.

"여기 한 글자가 빠졌답니다, 한 자만 써 넣으시면 목숨을 구하고 귀양을 가셔도 노모가 계시는 예산으로 가실 수 있답니다."

아, 그것이 꿈이 아니었던가.

"배교자, 배교자, 배교자……."

윤지충의 돌들도 꿈이 아니었다.

5
천쇠

하늘로 올라갔다는 것은 하느님과 온전히 하나가 되었다는 뜻이니 바로 우리 마음으로, 우리 곁으로 왔다는 뜻 아닌가.

광암이 떠났을 때 권일신은 그렇게 스스로를 위로했었다.

그가 죽지 않았다면 그는 우리와 함께 있을 수 없소. 언제까지나 멀리 있는 존재일 뿐이오. 그러나 그가 사랑으로 죽어 하느님과 하나가 되었으므로 누구나의 사랑이고 누구나의 자비인 것이오.

예수의 죽음을 말하면서 광암이 늘 하던 말이었다.

오 년인가, 육 년인가? 돌아보면 서학에 심취했던 시간이 꿈인가 싶었다. 끊어버리기로 결심하는 즉시 모든 관계를 접었건만 설교하던 광암의 목소리는 끊을 수 없었다. 생전에 그가 하던 말 그대로 광암은 배 안에도 있고 주어사 뜰에도 있고 달빛 속에도 있었다.

"제사는 미신행위이니 금하랍니다."

"제사를 금하라니 나는 절대 그럴 수 없소!!"

교회를 떠나면서 허공에 대고 몇 번이나 소리쳤었다.

올려다 보이는 것은 슬픔이고 괴로움이었다. 사람은 공간 속에 사는 것이 아니라 시간 속에 사는 것이라더니 과연 그런 것인가. 그들은 정말 죽어 누구나의 사람이 되고 누구나의 목소리가 되고 누구나의 사랑이 된 것인가.

슬프다, 이 나라 사람들이여,
주머니 속에 갇힌 듯 궁벽하구나.
성현은 만 리 밖 먼 데 있으니
그 누가 이 몽매함 헤쳐 줄 건가
고개 들어 사방을 둘러보아도
또렷한 정신 가진 자 보기 드무네…….

나직이 시를 읊조리는데 누군가 어깨에 손을 얹었다. 놀라 돌아보니 언제부터 지켜보았는지 정조가 권철신과 함께 서 있었다.

"아직도 떠난 사람들 생각에서 헤어 나오지 못하였나? 좋은 세상에 갔을 거라고 믿어 보세."

"예. 그래야지요. 슬퍼하는 것은 떠난 분들을 위한 것이 아니라 못난 저를 위한 것입니다."

권철신의 눈썹이 꿈틀거렸다. 임금에게 너무 편하게 말하는 것 아니냐는 질책이었다. 그러나 정조는 신하들에게 형식에 얽매이지 말라고 주문해왔다. 형식보다는 소통을 원했다.

"광암은 방에 갇혀 있다가 굶어 죽었다지? 내 아버지 사도세자께서 뒤주에 여드레나 갇혀 있다가 돌아가셨으니 내 어찌 그의 죽음이 남의 일 같겠나……."

"흑사병에 걸려 그리 되었다 하지만 저는 믿지 못합니다. 정안 스님도 고심하는 빛이긴 했지만 전혀 병색은 보이지 않았다고 했고요. 제가 마지막으로 문을 마주하고 앉았을 때도 열에 들뜬 몸이기는 했지만 죽음까지는 생각하지 못했습니다. 독살당했다는 소리도 들립니다."

"서학으로 인해 가문이 화를 입을까 봐 제 식구들이 그리 했다는 건가?"

"아무 증거도 없으니 단언이야 못하옵니다."

광암의 문에 못질해 놓았던 판자가 눈앞에 어른거렸다. 아, 왜 그걸 뜯어내지 못했던가. 정약용은 가슴이 미어졌다.

"광암 이벽에 이어 윤지충, 권일신까지……. 서학을 빌미로 귀한 인재들을 잃고 말았어."

— 권일신이 고문으로 반 주검이 된 상태에서 손을 내어 주어 배교를 하겠다는 내용에 수결을 한 것도 정조의 심중을 들여다보고는 무슨 수를 써서든 살릴 방도를 찾으라고 명한 관리가 있었기 때문이었다.

— 제주도가 아닌 팔순 노모가 사는 곳으로 유배지를 바꿔주겠다고 하자 수결을 했다.

소문은 언뜻 들으면 권일신이 효자라는 말을 하고 있는 듯했다. 그러나 그것은 하느님을 위해서라면 기꺼이 목숨을 내놓으리라는 권일신을 욕되게 하는 것이었다.

"이제 제 차례가 된 듯하옵니다."

권철신은 동생 생각에 목이 메는 듯 싶었다. 그는 권일신 사후 거의 문밖출입을 끊고 지냈다. 곧은 성격, 부드럽고 온화한 인품, 학문에 대한 열정…… 형제라고 해도 그 두 사람처럼 닮기는 쉽지 않을 것이었다. 권철신이 세례를 받고 난 후, 그 즉시 노비들을 풀어

준 걸 알고 광암도 정약용도 역시 권철신이라고 무릎을 쳤었다.

권일신이 교회재건운동을 위해 찾아왔을 때 정약용은 망설였다. 희생이 불을 보듯 뻔하다는 말로 말렸다. 교회를 처음 건설했던 양반들이 모두 떠날 때도 권일신은 홀로 남았다. 광암이 주교가 될 사람이라고 했던 말이 틀리지 않는다 싶었다.

믿음이라는 게 꼭 드러내야 하나? 교회에 모여야만 하는 것인가?

정약용은 확신이 없었다.

"각자 마음으로 덕을 쌓으면 되지 않겠습니까?"

"아니, 그렇지가 않네. 우리는 애덕을 통하여 하느님과 일치를 이룰 수 있네. 또한 신덕이 아니면 하느님을 올바로 알아보고 깨달을 수 없지. 마음만으로는 그분이 우리의 희망임을 밝힐 수 없네. 하느님을 향하여 나가는데 도움이 되는 이 모든 덕행들이 교회에 있네."

권일신은 망설임이 없었다. 누구도 꺾을 수 없는 의지가 있었다. 의심도 걱정도 없었다.

— 이보게 삼미, 우리가 도달할 곳은 하느님이 계신 곳, 하늘나라가 아닌가?

그의 선량한 눈빛 앞에 앉으면 아무 말이 없어도 따뜻하고 부드러운 소리가 들려왔다.

"내 도대체 서학이 무엇이기에 이런 사단이 벌어지나 싶어 서학책을 조금 펼쳐 봤더니 뭐 내가 읽은 건 극히 일부분이겠지만 하느님 앞에 모든 인간이 똑같이 귀하다고 말하고 있더군. 지금 우리 조선에서 반상의 경계를 허물자고 하면, 누구나 하느님 앞에 똑같은 존재라고 하면 화살이 날아오지 않겠는가?"

정조가 말했다.

"맞습니다. 인간은 끊임없이 하느님의 말씀을, 그 아들을 죽이려 들 것입니다."

정약용이 대답을 망설이자 권철신이 나섰다. 정약용은 이미 끊어 버리기로 결심한 서학을 정조 앞에서 논한다는 것이 뭔가 마땅치 않았다.

"스승님께서는 집에 있던 노비들을 다 풀어주셨다 들었습니다. 그도 서학 때문입니까?"

"믿음은 실천이 따라야 하니까요. 주자학에서는 모든 인간윤리, 도덕, 제도, 법률 등이 인위적이고 사회적으로 제작된 것이 아니라 절대적인 천리天理에 의한 것으로 생각하지요. 그러니 권력을 가진 사람들이 약자에게 일방적으로 요구하는 것을 당연하다 여기게 되는 것이고요."

"그럼, 스승님 말씀은……. 부자, 부부, 주종主從, 군신君臣, 군민君民 등의 상하관계를 부정하는 것입니까?"

"그런 인간관계를 절대시하고 우상화하는 것을 부정하는 것이지요. 그 때문에 덕이 상호적일 수 없고 조화를 이룰 수 없으니까요."

"그러나 그런 정의와 평등을 조선이 받아들일까요? 그리고 그런 세상이 현실에 있을 수 있을까요?"

정조는 어디가 불편한지 몸을 뒤로 젖히며 미간을 찡그렸다.

……스승님, 제가 그런 정책을 편다면 기득권을 가진 세력들이 저를 살려두겠습니까?

정조는 그렇게 묻고 싶은 거였다.

……아무리 왕이라 해도 절대 살아남지 못할 것입니다. 누군가의

손에 사고를 가장한 죽임을 당하거나 거센 반발에 부딪혀 스스로 무너질 것입니다. 사도세자가 그랬던 것처럼요.

정약용은 속으로 그렇게 대답했다. 어느 날인가 정조가 말했었다.

……내 아버지 사도세자는 정말 죄인이었을까? 아무리 생각해도 그건 아니지 싶어. 적어도 내가 어렸을 때는 아버지만큼 사리 밝은 사람이 없었네. 내 눈에 아버지는 하늘이었지. 어느 날부턴가 아버지에게 먹구름이 몰려들었던 것 같아. 아버지의 얼굴이 점점 어두워졌거든. 아버지가 괴물이 되어간다고 사람들이 수군거리기 시작했어. 어머니가 비명을 지르고 궁녀들이 비명을 지르며 도망쳤어. 저기 괴물이 있다고 가리키는 곳에 아버지가 서 있었지. 대신들은 아버지가 병들었고 정신이 온전치 못하다고 말하면서 한 손으로는 역모 죄를 들이대더군. 지금 생각하면 아버지의 죄는 조선이 허락하지 않는 꿈을 꾼 거였어.

그때는 정조가 아비의 죄를 인정하고 싶지 않아서 하는 말일 거라고 생각했었다. 괴로움을 견디기 위한 자기 위안이라고…… 권일신까지 그렇게 죽고 나자 정조가 했던 그 말이 자꾸 새롭게 들려왔다.

"소신 등의 꿈으로 끝날지 모르겠으나 조선 사회는 새롭게 혁신되어야 합니다. 모든 부문에서 모순과 부조리가 창일漲溢하기 때문이지요. 온갖 것이 아주 작은 부분에까지도 병들지 않은 데가 없으니까요."

권철신은 더 이상 말할 기력이 없어 보였다. 관자놀이를 손가락으로 지그시 누르더니 입을 굳게 다물고 옷을 여미었다. 서둘러 집으로 돌아갈 생각인 듯했다.

추위가 기승을 부리고 있었다. 보이는 것은 텅 빈 산과 앙상한 가지들뿐이었다. 매서운 바람이 제법 큰 나무들까지 흔들었다. 바람은 억울한 사람들이 울며 지나가는 흐느낌처럼 기이한 소리를 냈다. 궁궐이라고 해도 을씨년스럽기까지 했다.

발길을 돌려 꼭 하고 싶은 말을 잊었다는 듯이 청을 넣는 권철신의 모습은 뜻밖이었다.

"광암이 떠나면서 천쇠라는 아이를 맡아 거두었사온데……."

아, 천쇠라면……. 광암이 주어사에서 데려다 교회 살림을 하는 이말희에게 맡겨 교회를 보살피듯 키우고 있던 그 아이 아닌가? 정약용은 까맣게 잊고 있었다. 교회 재건운동을 펼치면서 교회에서 몇 번 본 기억이 났다. 권일신도 어린 녀석이 총기가 보통이 아닌걸, 하며 귀여워했었다.

"그 아이를 청으로 보낼 길이 있었으면 합니다."

"가는 거야 뭐 어렵겠습니까? 헌데 왜?"

"지난번에 만천 이승훈이 가져온 망원경이랑 기하원본을 보면서 아이가 제법 반응을 보입니다. 청은 지금 다른 세상의 문명이 모여들고 있으니 아이를 보내 보고 싶습니다."

"그 아이가 그만한 재목이 될런지요?"

"예, 신의 생각으로는……."

정약용은 천쇠의 거취까지는 미처 생각하지 못하고 있었다. 광암으로부터 사제로 키우고 싶다는 말을 들은 기억이 났다. 사제를 밖에서 모셔와야겠다는 의논이야 진즉부터 있었다. 권철신의 기대는 중국이나 서양 사제보다는 방인사제에 있었다. 내심 천쇠를 키워 조선 천주교의 기둥으로 삼고 싶은 거였다.

정조의 부름을 받은 것은 꼭 닷새 후였다. 홍삼을 싣고 청으로 가는 상단이 있으니 촉박하지만 그들을 따라 가라는 명이 떨어졌다. 동상東商이라는 이름은 낯설었다. 채제공이 시전의 특권을 박탈하고 자유로운 상업을 보장하려 하였으므로 상단의 명암이 엇갈리는 때였다. 채제공은 상도를 아는 상단이니 도움이 되리라고 말했다. 그들의 활동이 명분만 일삼는 사회를 자연스레 변화시키는 데 일조할 것이라고 희망을 두고 있었다.

"정약용은 권일신, 윤지충과 한 가지라는 상소가 빗발치고 있네. 소나기는 피해간다는 말도 있지. 이참에 청국에 한 번 다녀오게. 청은 서양과도 길이 가깝고 우리보다 통하는 곳이 많으니……. 세상을 움직이는 수레가 어떻게 굴러가고 있는지, 그 힘이 어디서 나오고 있는지 자세히 보고 오게."

"혹, 천쇠도 데려갈 수 있는 것입니까?"

"물론이네, 허나 너무 오래 있지는 말게. 화성을 축조하는 일에 차질이 없도록 돌아오게."

진산사건의 여파가 가라앉을 동안 몸을 낮추고 눈에 띄지 말라는 정조의 말 속에 수원 화성 축조에 과학적 지식을 더할 수 있기를 바라는 속내가 얼핏 스쳤다.

외사촌인 윤지충과 교류가 많았다는 것은 세상이 다 아는 일이니 한통속으로 엮자고 드는 인사들이 한둘이 아닐 것이었다. 권일신을 도와 교회재건에 힘써 온 것도 큰 죄였다. 제사 문제로 더는 관여치 않게 되었다고 몇 번이나 입장을 밝혔지만 소용없었다.

"사학도로 규탄 받는 처지 아닌가? 주상께서도 정약용 자네만큼은 절대 잃고 싶지 않으실 걸세."

권철신이 말했다.

아, 권철신이 천쇠를 청으로 보내고 싶다는 청을 넣은 것은 바로 자신을 청으로 피신시키라는 충언을 에둘러 한 말이었던가? 그것이 자신을 위한 말임도 알아채지 못했으니, 정조가 대번에 알아듣고 서두른 것도 모르고 있었으니, 정약용은 뒤늦게 권철신의 깊은 생각을 읽고 고개를 숙였다.

"권일신이 실제로는 독살당한 거라는 소문을 자네도 한 번쯤 들어보았을 걸세. 내가 너무 아낀다고 시샘하는 자들이 그리 했을 것이라는 게야. 권일신이 덕을 통하여 하느님과 가까워진다고 말하지 않던가? 나를 도와 백성을 살피는 것이 권일신이 말한 것과 크게 다르지 않을 것이야."

국가를 경영하는 일도 권일신의 일도 결국 바탕은 애민이 아니냐고 묻는 정조의 말은 당부에 가까웠다.

1789년, 사도세자의 묘를 이장할 때, 정조는 또 한 번 억장이 무너졌었다. 배봉산은 도성에서 거리가 먼 곳인데다 묘는 초라하기 짝이 없었다. 수원에 새로운 도시를 세울 셈이 이미 있었기에 새 묘터는 자연 수원 가까운 곳이 되었다.

관을 드러내던 날, 곁에 섰던 사람들은 차마 정조의 얼굴을 바로 보지 못했다. 묘를 파헤쳐 보니 관이 물에 잠겨 있었던 듯 젖어 있었다. 관을 열어보니 물이 흥건하였다. 난행과 광태를 더 이상 볼 수 없어 죽여야 했다면 시신이라도 불쌍히 여겨 좋은 곳에 묻었어야 하는 거 아닌가?

"이 비극의 핵은 당쟁이야."

말은 단 한마디뿐이었다. 차분하고 나직했다. 하지만 거친 숨소리는 흐느낌과 다르지 않았다.

그 모습을 바로 곁에서 보았다.

— 어찌 수원 화성 일에 소홀할 수 있으랴? 내 목숨을 어찌 내 것이라 할 수 있으랴? 어찌 내 것이라고 내 마음대로 할 수 있으랴? 제사문제도 제사문제지만 정조를 도와 백성을 유익케 하는 것이 내 목숨값일 것이다. 그것이 바로 하느님이 내게 맡기신 일일 것이다.

정조의 총애를 자신의 십자가라고 여기던 일도 부끄러운 것이었다.

"한 달 안에 한강에 다리를 놓을 수 있겠는가?"

정조가 뜬금없이 그렇게 물어왔을 때 감이 왔었다. 말도 안 되는 소리라고, 어떻게 한 달 안에 한강에 다리를 놓느냐고 주위가 수군거렸지만 정약용은 정조가 자신을 믿고 싶어 한다는 것만 생각했다. 누군가를 믿고, 손잡고 함께 정무를 펴보고 싶은 마음이 얼마나 간절한지 알아야 했다. 없는 힘도 내야하고 불가능한 일도 해내야 하는 거였다.

여러 척의 배를 이어서 한강을 건널 수 있도록 배다리를 만들어 보여 준 것은 불가능해 보이는 일도 최선을 다하겠노라는 응답이었다.

*

천쇠의 눈이 부쩍 소견이 들어보였다. 귀엽다는 말을 들어야 할 나이건만 눈이 똘망똘망하고 다부져 보였다. 권철신이 누군가. 조선의 선비라면 누구나 그에게 무언가 가르침을 받았다. 단연 제일의 학자라 할만 했다. 그의 가르침을 받아서 그렇기도 하겠지만 천쇠 자신의 역량도 보통은 아닌 듯 싶었다. 아, 그래서…… 권철신이 그에게 새 세상을 열어주고 싶어 하는 이유를 알 것 같았다.

배에 오르고 처음 얼마간은 천쇠에게 마음 쓸 겨를이 없었다. 머릿속이 망망한 바다와 다르지 않았다. 앞으로 무슨 일이 일어날지, 어떻게 살아야 할지 막막하기만 했다. 천쇠도 말이 없었다.

배가 유난히 출렁거리는 한낮이었다. 문득 바다를 바라보고 있는 천쇠의 일부가 바로 광암이라는 생각이 들었다.

"그래, 부모 형제들은 만난 적이 있더냐?"

"아닙니다. 부모 형제는 물론 저는 제 자신에 대해서 아무것도 아는 것이 없습니다."

"그래, 대신 정안 스님을 만났고 광암과 직암을 만났지 않았나?"

"……."

"앞으로 커서 무엇을 하고 싶으냐?"

"사제가 되고 싶습니다."

"사제, 그런 꿈이 있었느냐?"

"예."

"혹 아직도 광암의 처자와 왕래가 있느냐?"

정약용이 물었다.

"예, 자주 들러 보았습니다."

"어찌 지내더냐?"

"유항검 어른이 많이 도우십니다. 그리고 본댁에서도……."

"흠, 유항검이 쌀을 보낸다는 소리는 나도 들었다. 본댁과도 연락을 하며 지내신다니 다행이구나"

"식해를 만들어 보내시는 걸 몇 번 보았습니다."

광암이 가자미식해를 즐겨 먹던 것을 알고 새 사람이 가자미식해를 만들어 내었었다. 새 사람이 공들인 것이 무색할 만큼 광암은 입맛을 바꿨다. 권씨 부인이 만든 것은 그리도 맛나게 먹더니, 가자미식해를 쳐다보지도 않는 광암을 두고 가족들은 돌아서서 혀를 찼었다.

"가자미식해 말인가?"

"예."

아, 그랬구나. 며느리가 안쓰러워 그렇게 마음을 쓰고 있는 게구나. 세상의 눈을 의식해 며느리를 집에 들이지는 않아도 광암을 생각하는 마음을 식해를 통해 주고 받고 있는 것이구나.

영조도 그랬을까? 정약용은 눈을 감았다. 배가 흔들려 속도 메슥거리고 어지러웠지만 머릿속을 스쳐 지나가는 일들은 또렷했다.

"물 한 잔 드십시오."

천쇠가 물을 내밀었다. 물맛이 달았다.

눈앞에는 파란 하늘과 바다뿐이었다. 바다는 끊임없이 만들어지고 솟아오르다 사그라지는 파도였다. 쉬지 않고 움직여 자신을 변화시키는 푸른 물이 모인 곳이었다. 정약용은 물이 공간을 변화시키고 시간을 변화시키는 모습을 하염없이 바라보았다. 돌아보니 그 바다가 천쇠의 눈으로 빨려 들어가고 있었다.

"천주교 신자더냐?"

걸쭉한 목소리가 뒤에서 물었다.

"예."

천쇠의 대답에 망설임이 없었다. 정약용은 이도 저도 아닌 말을 입 안에 우물거리고 있었다.

"나도 이전엔 천주교 신자였느니라."

걸쭉한 목소리는 상단의 견습생 딱지를 겨우 면한 듯 싶었다.

"천주교 신자였소? 본 적이 없는데……."

"아, 나으리도 신자요? 본 적이 없다니, 그럼 나으리는 조선의 신자를 다 안다는 소립니까?"

"뭐 어지간하면 안면이 있다고 보오만."

"흠, 그럴 리 없소. 하긴 우리 집이야 양반이 아니니 양반 나으리가 알 리 있겠소만 우리 마을에서도 우리가 신자인 것을 아는 이가 별로 없소. 언제부터랄 것도 없이 오래된 신자 집안이지만 나는 별 흥미가 없어서 멀어졌소."

걸쭉한 목소리는 거리낄 것이 없어 보였다. 나이는 물론 반상의 구분 따위는 전혀 신경 쓰지 않는 말투였다. 파도가 높아지고 있었다. 배가 몹시 흔들렸다. 이 망망한 바다 위에서 양반이 무슨 소용인가 싶기는 정약용도 마찬가지였다. 파도가 뒤집기로 들자면 양반 상놈의 구분이 다 무엇이랴? 바다는 네가 중하다 여겼던 것들, 그것들 모두 아무 것도 아니다……. 그리 말할 요량인 듯했다. 점점 기세를 높이고 있었다.

"그게 대강이라도 언제부터인지 아시는가?"

"아마도 임진왜란 때부터 아닌가 싶소."

"그럴 리가? 세스페데스 신부가 왜군의 종군신부로 왔었다는 말을 듣긴 했소만 신자가 났다는 말은 들은 적이 없소."

"백성들 사이에 생긴 일을 관에서 다 꿰고 있다고 믿으시오? 우리 조선의 백성과 관이 그리 가까운 줄 아쇼? 이보쇼, 양반 나으리. 백성을 세금 걷는 대상으로만 아는 게 관리요. 경서 구절이나 암송하고 시를 읊다가 지방 수령으로 내려오는 관리들이 백성들이 어찌 사는지, 무엇이 필요한지, 마음속에 무슨 생각이 들었는지 어찌 알겠소?"

"실무에 무능하다는 원망을 들어 싸다는 것쯤은 나도 알고 있소. 허나 천주교가 임란 때 전해졌다면 그 정도는 알 수 있는 일이오."

"아니, 모를 것이오. 그 신부가 마을을 지나가면서 틈나는 대로 드문드문 불씨를 심었소. 그렇지만 별 소득은 없었을 것이오. 그 누가 확인할 수 있었겠소?"

"그럼 그때?"

"아니, 그 신부와는 상관이 없소. 우리 집안에는 포로가 되어 일본으로 잡혀갔던 조상이 있었소. 포로가 된 그들이 그곳에서 신앙을 갖게 되었다 들었소."

"포로 생활에 도움이 되었을 법하오."

"그러나 그들 중 상당수는 일본에서 순교자가 되었소. 우리 조상님은 천행으로 서양인들의 배를 얻어 타고 돌아왔소. 어떻게 돌아올 수 있었나 싶지요? 조선의 관이 그렇게 허술하다면 믿겠소?"

국경이 바다 쪽으로는 뚫려 있다는 말 아닌가? 임진왜란 때 코와 귀가 잘린 자들이 얼마고 포로로 끌려간 백성이 얼마던가?

정약용은 난간으로 달려가 뒤집히는 속을 쏟아 내었다. 별 먹은 것도 없건만 노란 물이 나올 때까지 정신을 차릴 수 없었다.

"그래 속은 좀 어떠시오?"

걸쭉한 목소리가 지나가며 물었다.

"바다가 잔잔하니 속도 괜찮아졌소."

"우리네는 마구 굴러다니다 보니 바다가 뒤집어져도 속까지 뒤집어지는 법은 없소. 하느님이 공평하다는 생각 안 드오?"

정약용은 기운이 없어 대답 대신 입술만 달싹여보였다. 일리 있는 말이다 싶었다. 걸쭉한 목소리가 말린 삼 뿌리를 내밀었다. 제 입에도 이미 한 가닥 물고 질겅질겅 씹고 있었다.

"이 길을 자주 다니시는가?"

"이 길뿐이겠소? 난 저 멀리 사막까지 다녀온 적도 있소."

"흠, 그럼 다니면서 본 중에 가장 맘에 남는 게 무엇이오?"

"하, 나야 뭐, 장사치라…… 굳이 말하자면 쇠를 다루는 이들 모습이 머릿속에 자주 떠오르긴 하오."

"쇠를 다루는 사람들?"

"왜요? 까짓 대장장이들? 하고 말하고 싶소? 하긴 몸 고생이야 말도 못하오만 나는 그들이 일하는 모습만 보면 나도 모르게 불뚝불뚝 힘이 솟고 살아 있다는 느낌이 듭디다."

"나도 한 번 데려가 보여 줄 수 있소?"

"에이, 가봤자 나하고는 같은 걸 느끼지 못할 게요. 꼭 원한다면 한 번 가보기는 가봅시다. 아, 내 거기서 얻은 것이 있소."

걸쭉한 목소리가 사라졌다가 이내 돌아왔다. 손에 칼 두 자루를 들고.

"이게 보기에는 얼추 비슷해 보이지만 이건 한 쪽만 날이 있는 도刀요. 그리고 이건 양쪽 날이 있으니 검劍이요. 도는 자르기만 하고 검은 찌르고 베는 거요."

"그 정도야 조선에도 흔하지 않소?"

"아니, 이 건 쇠를 몇 만 번 두드려 얻은 칼이오. 그리고 재료부터 다르오. 강바닥에서 채취한 쇳조각을 용광로에 넣어 강철로 만들어 재료로 삼았기 때문에 보통 칼과는 만들어진 과정부터 다른 것이오."

"흠, 공이 많이 들었으니 당연히 가치가 다르겠소……."

걸쭉한 목소리는 칼을 햇빛에 비추어보기도 하고 한 쪽 눈을 가늘게 뜨고 이쪽저쪽 살피기도 하다가 칼집에 넣었다. 기분이 좋아 보였다. 청에 가면 볼만한 곳들을 안내해 주마, 제 쪽에서 먼저 약조까지 하였다.

배는 어느새 청국에 가까워지고 있었다.

6

만 권의 책을 읽다

저것이 무엇인가? 쥐었다 펴는 손 같기도 하고 모였다 흩어지는 빛 같기도 하고 줄었다 늘어나기를 반복하는 마술 같기도 하다. 아니, 어찌 보면 커다란 눈 같지 아니한가?

누구도 피할 수 없는 눈길, 어디에 숨어도 환히 꿰뚫어 볼 것만 같은 눈.

두렵기까지 하다. 그럼에도 분명한 건 자신이 그것을 향해 가고 있다는 것이었다.

'그것'은 그의 문 앞에 걸려 있었다. 들고 나는 사람의 몸짓이 아무리 조신해도 '그것'은 흔들렸다. 작은 돌 하나가 호수의 수면을 깨우면 수많은 동그라미가 퍼져나가듯 바람이 그것에 닿으면 그것이 가지고 있던 온갖 몸들이 흔들렸다. 몸을 흔드는 바람에 있는 줄도 몰랐던 수많은 문들이 열렸다. 문들이 열리면 눈이 부셔 잠깐잠깐 아무것도 보이지 않았다.

마음을 앗아간 것이 이것이었던가.

누군가 커다란 원 안에 작은 원들을 그려 넣었을 것이었다. 내부의 원들은 일정한 간격을 가지고 조금씩 작아져 갔을 것이고 그것들의 끝부분을 남겨 둔 채 오려서 분리시킨 다음 살포시 비틀었을 것 같았다. '그것'은 마치 조금씩 비틀며 짜 올리는 풀여치통처럼 시선을 끌어올렸다. 양파 껍질을 까듯 '그것'의 비밀스러운 조직을 풀어보는데 엇갈린 채 연결되어 있는 내부의 원이 앞을 막았다. '그것'의 또 다른 몸이라는 생각이 들었다. 그 내부의 작고 단단한 원과 조금씩 방향을 틀며 다가가서 만나고 있는 외부의 원은 분명 별개의 것인 듯 보였다. 그러나 그 두 원은 틀림없이 한 몸이었다. 두 원이 어디서 어떻게 연결된 것일까? 아무리 집중해도 알 수 없었다.

바람이 없으면 그는 '그것'을 살짝 건드려 '그것'이 빙그르르 돌면서 만들어내는 기쁨과 변화무쌍함을 즐겼다. '그것'은 이쪽저쪽 몸을 돌리며 환상적인 도형과 빛을 만들어내 보여주다가 멈추곤 하였다.

'그것'이 멈추자 그가 말했다.

"신비롭지? 겨자씨만한 빛이라도 닿기만 하면 숨어 있던 다른 빛들을 찾아내 빛나게 해 주잖아? 아무리 봐도 빛이 빛을 일으키는 모습은 신기하기만 해. 뿐인가? 아주 쉽고 부드럽게 몸을 뒤집어. 방향이 바뀌는 것도 뒤집히는 것도 감지하기 힘들지. 그저 부드러운 물살이 지나가는 것만 같아. 보고 있노라면 고통이 영광으로 바뀌는 일이 저렇게 순했으면 얼마나 좋을까 싶어."

그의 입에서 고통이라는 말을 듣는 것은 뜻밖이었다. 왜 그에게는 아무 두려움도 고통도 없겠거니 여기고 있었을까? 그가 만능으로 보이는 때문일지도 몰랐다. 필요하다 싶으면 뚝딱뚝딱 무엇이고 만

들어 내고 끼니때마다 시답잖은 재료로 재료 이상의 맛을 내는 모습을 보면서 어떤 고통도 그에게는 위력을 발휘하지 못할 것이라고 믿고 있었는지도 몰랐다. 그가 부드러운 눈을 들어 정약용을 보았다. 정약용은 어쩐지 감당할 수 없는 슬픔이 밀려올 것만 같아 얼른 눈을 돌렸다. 그럴 때 눈을 두기에 '그것'이 만만했다.

'그것'이 움직일 때마다 느낄 수 있는 정교한 동선과 빛줄기들, 그 빛줄기들이 내뿜는 신비한 기운, 어쩌면 한 사람의 지혜가 아닐 것이다. 오래 축적된 지혜의 산물일 것이다. '그것'은 이제 제 앞으로 사람들을 모아들이고 사람들에게 신비의 문을 열어 줄 수 있는 힘을 갖게 되었다. 힘이 어디서부터 시작되는지, 그 원천은 쉬이 드러나지 않을 것이며 쉬이 마르지도 않으리라. 정약용은 시간이 갈수록 '그것'에 매료되었다.

"나는 벌써부터 연결부위를 찾아보고 있었는데 도저히 내 눈으로는 구분이 되지 않아. 순간순간 마치 저것 속에 사람이 들어 있는 것처럼 보여. 아니 사람 속에 저것이 들어 있다고 해야 하나? 뭐 어쨌든 저것을 보고 있으면 사람이란 것이 자기만으로 온전히 저를 이루고 있는 게 아니라는 생각이 자꾸 들어. 어때? 그대가 보기에도 그렇지 않은가?"

정약용의 말이 채 끝나기도 전에 그가 맞장구를 쳤다.

"왜 아니야? 그걸 보고 있으면 우리가 신과도 연결되어 있고 타인과도 연결 부위를 찾을 수 없을 만큼 밀접하게 연결되어 있다는 생각이 들지."

그가 쓰러진 정약용을 발견한 것은 그의 집 문 앞이라 했다. 정약용은 약초꾼들과도 멀어져 방향감각을 잃은 채 헤매다 '그것'에 이끌려 무작정 걷던 중이었다.

정신을 잃고 쓰러진 것을 구해 주었는데도 감사는커녕 경계하는 빛을 숨기지 못했다. 너무 큰 키, 움푹 들어간 파란 눈, 온몸에 북슬북슬한 털…… 같은 인간이라는 생각이 들지 않았다. 눈 마주치는 것조차 껄끄러웠다. 처음은 그랬다.

그와 정이 들다니…… 부러진 뼈가 조금만 일찍 붙어 주었더라면 훌훌 떠났을 것이다. 불편이나 혐오감 같은 것은 양면이 동가일 것이니 그쪽도 못지않게 껄끄러웠겠지. 만신창이가 된 사람을 싫은 내색 없이 살펴 준다는 게 어디 쉬운 일인가? 그것도 불쑥 나타난 날아온 돌을…… 내색은 안 했지만 고마운 줄도 모르는 동양인이라 생각하고 있었을 것 같았다.

아침 햇살 속에서 '그것'이 빛나고 있었다. 무릎을 꿇고 앉아 있는 그의 모습이 경건했다. 그도 빛나고 있었다. 어디 숨어 있었을까? 평온함은 생김새와는 아무 상관이 없었다. 기도하는 옆모습은 성스럽기까지 했다. 기도를 마치고 몸을 일으키는데 광암의 어깨선을 본 듯도 싶었다.

오두막 안 낡은 책들 속에 다른 세상이 있었다. 본 적 없는 도형과 숫자들, 그들이 만나고 헤어지는 원리와 인체의 신비가 들어 있었다. 그의 도움에도 불구하고 아주 조금씩밖에 읽을 수 없었다.

사람이 새처럼 날아볼 생각을 하다니? 아무리 무거운 돌도 들어 올려 원하는 곳에 옮길 수 있는 방법, 힘이 옮겨 다니는 길, 도형들이 가지고 있는 법칙들…… 이가환은 이런 것들을 이미 다 꿰고 있었던 걸까? 물도, 불도 동양과는 다른 눈으로 이야기하고 있었다.

*

아, 여기가 도대체 어디란 말인가? 나의 삶으로 돌아갈 수 있을까? 불꽃놀이의 화려함에 취해서 길을 잃다니, 혹 내가 환상을 따라갔던 걸까? 걸쭉한 목소리의 장두수는 도대체 어디에 있는 것일까? 대상들로부터 서역의 책과 물건들을 건네받을 것이라 하지 않았던가. 만나게 해 주마 약속했던 연금술사들은 만났을까?

동상東商들은 난리가 났을 것이다. 동지사 일행은 지금쯤 아마 조선으로 돌아갔을지도 모르겠다. 돌아올 때는 동지사와 함께 돌아오라는 정조의 명이 있었다.

장두수를 따라 나섰던 곳은 사뭇 서북쪽이었다. 혼자 힘으로 북경까지 가는 일도 자신 없는 곳이었다. 그럼에도 호기심을 버릴 수 없었다. 그 화려한 불꽃놀이에 홀려 숙소를 나온 것이 화근이었다. 가까운 듯 보였는데 가깝지 않았다. 저들도 같은 방향으로 움직이고 있었던 것일까? 몇 발 가까이 다가갔다고 생각하면 저들은 어느새 몇 발 앞으로 나아가 있었다. 잡힐 듯한 불꽃들이 좀처럼 거리를 좁혀주지 않았다.

방향을 잃고 헤매다 험악해 보이는 패거리들의 외침을 들었다. 다가오는 말발굽 소리가 요란했다. 누군가가 손을 내밀었다. 곧 말발굽에 짓밟힐 것만 같았다. 생각할 겨를이 없었다. 들어올려진 후 안도의 숨을 내쉬었다. 순식간에 벌어진 일이었다. 먼지와 요란한 말발굽 속에서 한참을 달렸다. 당신은 누구요? 어디로 가는 것이요?

몇 번이나 물었지만 소용없는 짓이었다. 아무 것도 안 보이는 어둠 속에서 다만 떨어지지 않으려고 안간힘을 쓰며 매달려 있어야 했다. 살아남기 위해 할 수 있는 유일한 일이었다.

화살에 맞은 것은 말이었다. 말이 고꾸라지는 순간 정신이 아뜩해졌다. 말에서 떨어져 나뒹군 곳이 풀더미 위여서 그나마 다행이었다.

날이 밝아오고 있었다. 숨이 끊어지지 않은 채 고통스러워하는 말과 말에서 몇 발짝 떨어진 곳에 목이 부러진 시신이 보였다. 어둠 속에서 손을 내밀었던 남자였다. 가진 것을 화적떼에게 다 털리고 흙바닥에 널브러져 있었다. 말이나 의복으로 보아 유복한 젊은이 같았다.

정신을 놓으면 안 된다는 생각뿐이었다. 뼈가 부러졌는지 가슴도 얼얼하고 왼팔을 움직일 수 없었다. 숨 쉬기도 괴로울 만큼 고통이 극심했다. 아, 하느님! 기도가 절로 나왔다. 그러나 곧, 배교를 선언한 주제에 급하다고 하느님을 찾다니 아니 될 말…… 가슴 저 밑바닥에서, 다른 소리가 올라왔다. 걷다가 주저앉기를 반복하는 동안 누구 하나 도움을 청할 사람도 집 한 채도 발견할 수 없었다. 먼지와 바람 속에서, 흙바닥의 끝이 안 보이는 이런 곳에서 아무도 모르게 죽어가는구나 싶었다. 한 발짝도 움직일 수 없었다. 바닥에 쓰러진 지 얼마나 되었을까? 긴 그림자가 눈앞을 막아섰다. 이런 곳에도 사람이 살고 있었구나, 지나가는 사람이 있구나……. 목숨이 위태로운 지경인데도 그런 생각이 들었다. 왜소한 체구의 남자는 지팡이를 짚고 등에는 커다란 약초 망태기를 메고 있었다. 변방에 사는 약초꾼인가? 아니, 하느님이 보낸 천사일 것이다.

왼쪽 어깨가 부러진 듯했고 움직일 때마다 통증을 견디기 힘들었다. 아직 놀란 피가 가라앉지 않아 온몸이 떨렸다. 약초꾼 중 한 명이 상처를 봐 주었다. 능란한 솜씨였다. 고통이 확 줄었다.

약초꾼들은 산으로 가는 길이었다. 목숨에는 별 문제 될 것 없으니 당신 갈 길을 가라며 막대기 하나를 내어 주었다. 똑바로 가면 사람 사는 마을이 곳곳에 널려 있다는데도 혼자 버려진 느낌이었다. 막막했다.

얼마나 걸었을까? 또렷한 빛 하나가 눈에 들어왔다. 불꽃놀이도 환상도 아니었다.

*

혹, 자신을 불러낸 불꽃이 '그것'에게서 나오고 있었던 것일까? '그것'이 몸을 흔들면 머릿속에 묘한 물결이 일었다. 하지만 '그것'이 그의 문 앞에서 발하고 있는 빛은 넋을 빼앗기고 찾아 나섰던 그 불빛이 아닌 것은 분명했다.

가까이 다가가 손으로 만져 보면 '그것'은 정말 하찮은 물건이었다. 그러나 그가 '그것'을 대하는 태도는 그 불꽃을 따라 숙소를 나오던 자신의 모습과 별로 다르지 않았다.

그는 자신이 이 황량한 땅에서 살 수 있는 것은 '그것' 덕분이라고 말했다. 서양인이 사막을 건너, 험한 산을 넘어 이곳에 왜 왔을까? 이곳에서 무엇을 하는 걸까? 그것도 혼자서.

하루는 비가 억수같이 퍼부었다. 하늘과 땅이 붙어버리는 거 아닌가 싶을 만큼. 지척을 분간할 수 없었다. 아주 낯선 세상에 홀로 떨어졌다는 걸 절감했다. 죽을 때까지 조선의 이웃들 대신 간혹 지나

다니는 대상이나 변방의 소수민족들을 이웃으로 삼아야 할지도 모른다. 불행하다거나 슬프다는 느낌은 들지 않았다.

달포는 지났지 싶었다. 몸도 좋아졌으니 그의 지도와 나침반을 얻어 들고 얼마든지 오두막을 나갈 수 있었다. 그러나 그와 함께 있는 것이 싫지 않았다. 그가 하는 말들은 '그것'을 보고 있는 일 못지않게 영혼을 끄는 힘이 있었다. 그와 함께 빗방울이나 풀뿌리들을 사랑하며, 그들의 노래나 눈물에 귀를 기울이며 살고 싶다는 생각도 들었다. 이곳에서 벗어난다 하더라도 앞으로는 거창하게 백성이나 조정 대사를 걱정하며 살 것 없다 싶기도 했다.

생각할수록 생김새가 다른 그가 청에 와서 거친 잠자리와 음식으로 연명하는 것이 신기했다. 그리고 어디 가서 누구를 만나고 돌아오는지도 궁금했다.

"당신은 누군가?"

"하느님 나라를 널리 펴기 위해 사는 사람, 베드로."

"하느님 나라? 그럼 선교사?"

대답 대신 싱긋 웃기만 하던 그가 사자와 양이 함께 살고 있는 초원을 그려보였다. 정약용은 고개를 저었다.

"글쎄, 사자와 양이 함께 살 수 있을까?"

그는 빙긋 웃으며 '그것'을 한 바퀴 돌릴 뿐이었다. 마치 대답은 '그것'의 몫이라는 듯.

한 소년이 허리가 구부정한 노파와 함께 불쑥 들어섰다. 알고 보니 그는 뛰어난 의술을 가지고 있었다. 붉은 점 부족인 소년은 힘겨루기 대회에서 최강전까지 나갔으나 끝내는 상대에게 밀려 몸만 크게 상했다고 했다. 베드로에게 꾸준히 치료를 받아 이제는 한 달에 한 번 정도 치료를 받고 돌아가는 정도였다.

노파는 관절염으로 고생을 하고 있었다. 베드로가 오두막 밖에 돌을 고아 놓고 불을 피웠다. 계란으로 기름을 낼 것이라 했다. 시커먼 철판에 넣고 한동안 가열하자 검은 물이 생겨났다. 계란기름이었다. 그는 그 기름을 노파에게 발라 주었다. 내일 한 번 더 발라 주마, 하였다.

노파는 혼자 살기에 불편함이 많을 거라며 이것저것 가져온 물건들을 꺼내놓았다. 치료비 대신인 셈이었다.

그는 인간에게 필요한 모든 약은 식물에서 구할 수 있다고 믿었다. 실제로 그런 능력이 있는 듯 보였다.

"어떻게 그런 능력을?"

"대자연과 하나 되려고 노력하다 보니……."

노파는 그를 온전히 믿고 있었다. 여기저기 아픈 곳을 들이밀었다. 다른 가족들의 아픔도 호소했다. 그는 간단한 설명과 함께 노파의 주머니에 이것저것 마른 약초를 챙겨 넣어 주었다. 사는 곳이 멀어 자주 올 수 없는 때문이었다.

소년에게는 사막을 건널 때 약이 되는 풀에 대해 설명을 해 주기도 했다. 혀 아래 놓으면 침이 생겨 갈증을 풀어주는 풀, 열을 내려주는 풀, 뱀에 물렸을 때 목숨을 구해줄 수 있는 풀……. 그의 말대로 온갖 약이 풀에 있는 모양이었다. 소년은 풀의 모양을 그림으로 그려 보여 달라고 졸랐다.

그는 저녁 기도가 끝나고 소년을 불러 산을 바라보고 나란히 앉았다. 교리를? 선교사라 했으니 이 좋은 시간에 교리를 가르치려는 것이겠거니 여겼다. 그러나 그는 그저 초원을 바라보며 낮은 소리로 노래를 불렀다. 소년이 따라했다. 바람도 따라 하듯 윙윙거렸다. 생각해보니 그는 한 번도 정약용에게 그의 하느님을 이야기한 적이 없었다.

노파도 소년도 그를 다른 나라 사람으로 여기지 않았다. 그렇게 나붓나붓 사람을 끌어당길 때 보면 얼핏 권일신이 스쳐 지나가는 것 같기도 했다.

그의 하느님은 느긋하기도 하군…….

정약용은 나직하게 혼잣말을 하며 '그것'을 손가락으로 살짝 건드려 수많은 반짝임을 만들었다. '그것'은 뱅그르르 돌며 이쪽저쪽 사방으로 빛을 뿌려대었다.

*

"이제 우리 헤어질 때가 된 것 같아."

아침 기도를 마치고 나서 돌아앉으며 그가 말했다.

"아, 그래, 이제 내 갈 길을 가야지. 언제까지 그대에게 신세를 지고 있을 수는 없지. 내가 책에 빠져 그만 너무 오래 폐를 끼치고 말았어."

이제 그만 나가 달라는 말인 줄만 알았다.

"그게 아니야. 내가 떠나야 할 때가 되었기 때문이야."

"떠나야 할 시간? 서양으로 돌아가려나?"

"명에 따라야 하니까……. 오늘은 다른 책을 보러 가지 않으려나?"

"다른 책?"

"저 산 뒤쪽으로 만 권의 책이 있어. 나도 딱 한 번 지나쳤을 뿐 가까이 가 본 적은 없어. 떠나기 전에 가 보려고. 조금 더 깊은 곳 어딘가에 가면 신의 귀를 물고 늘어지던 거인의 얼굴도 볼 수 있대. 목이 비틀려 곧 죽을 것 같이 고통스러웠으면서도 신의 귀를 놓지 않았다던가……."

그는 느닷없이 얼룩무늬 부족들 사이에 전해 오는 말을 들려주었다. 혼자라도 가겠다는 듯 준비를 서둘렀다.

"얼룩무늬 부족? 지난번에 약을 얻으러 왔던 부족?"

"노인들 말이 신과 거인들의 싸움이 볼만했다는 거야."

"신과 싸운 거인을 대견하다 여기는 건가?"

"그럼, 싸우면서 만드는 시간과 공간들이 자신의 영역을 이룰 것이니까. 그 안에서 자신을 찾을 수 있고 새롭게 할 수 있었을 거야."

"그래도 인간이 어찌 신의 상대가 되겠나?"

"인간 세상이 복잡해질수록 신의 얼굴도 다양해지고 싸움도 다양해지는 법이지. 우리는 뭐 거인까지는 아니지만…… 적어도 내게는 우상들과의 싸움이 그 싸움에 비할 만한 것이라 할 수 있지 않을까?"

"우상과의 싸움?"

"흠, '저것'이 동조를 해 주네. 들어보게. 목숨보다 대단해진 권력, 사랑보다 귀해진 돈, 영원히 깨지지 않는 유리, 너보다 중요해진 나…… 이 모두는 우상이라는군. 너보다 커진 나는 우상이라는 말이 가장 그럴듯하지?"

그의 말을 듣고 보니 '그것'이 움직일 때마다 나타나는 무수한 선과 빛, 그것들이 교차하는 모습이 눈부심을 넘어 신비롭기까지 했다. '그것'이 몸으로 하는 말을 인간의 언어로 옮길 줄 아는 그가 바로 거인이라는 생각이 들었다.

옷을 챙겨 입는 새를 못 참고 먼저 나서더니 그는 어느새 성큼성큼 걸어 저만치 멀어져 가고 있었다. 정약용은 서둘러 걸음을 맞추느라 숨이 찼다.

"그렇게 말할 것 같으면 살아가는 동안 얼마나 많은 우상들과 싸워야 할지……."

"신과 싸우다 죽은 거인의 팔은 아직도 썩지 않았다네. 그리고 그가 쓰러진 후에 더 많은 거인들이 여기저기 생겨났다나."

그는 정약용의 말은 듣는 둥 마는 둥, 하고 싶은 말을 이어나갔다. 그가 하는 말이 '그것'의 말이라는 건지 얼룩무늬 부족들의 말이라는 건지 구분이 되지 않았다.

그가 보라고 가리키는 곳에는 마치 만 권의 책을 꽂아 놓은 듯한 형상의 바위가 있었다. 깎아지른 절벽에 매달려 사는 풀포기들을 바람이 흔들며 지나갔다. 다람쥐 한 마리가 재빠르게 바위를 타고 오르다 바위틈으로 사라졌다.

"하하, 다람쥐 녀석이 우리보다 먼저 와 책을 읽고 있었군."

"만 권의 책이란 게 저것을 말한 것인가?"

그는 대답 대신 심호흡을 했다.

"가까이 가서 읽어도 좋고 이렇게 먼발치에서 읽어도 좋지."

"흠, 그럴듯한 이름을 붙인 것 같네."

오두막을 떠나면서 그가 했던 말들이 실은 다 저 만 권의 책 속에 들어 있는 말들이었나 싶었다.

"중국인들이 오악이라 칭하는 숭산에 진짜 만 권의 책 바위가 있다네. 가히 장관이더군. 이곳에 있는 저 만 권의 책은 규모로 봐서는 비교할 수 없지만 모양은 거의 같아. 본질이 같으니까."

"본질이 같다? 그 말을 들으니 갑자기 어떤 사람 생각이 간절해지는군. 영세자들이 걸핏하면 그에게 예수가 누구냐고 물었거든. 그들을 향해 예수는 하느님과 본질이 같은 분이라고 말하곤 했었지. 그래, 그도 지금은 저 만 권의 책 속에 한 권의 책으로 누워 있을지도 몰라."

"조선에 예수를 아는 사람이 있었단 말이야? 그럼 교회가 존재하나?"

"물론, 그는 교회밖에 몰랐네. 그는 결국 연금상태에서 죽었고 교회는 미미하게 이어지고 있지. 명맥을 보전할 수 있을지는 알 수 없네."

"아니, 그럼, 순교자가 났단 말인가?"

"한둘이 아니야. 광암, 김범우, 내 외사촌 윤지충 등등이 순교했네. 아 내가 존경하던 권일신……."

그가 바로 무릎을 꿇고 성호를 그었다. 광암을 본 적도 없는 그가 광암을 위해, 순교자들을 위해 기도하는 것을 만 권의 책 바위가 내려다보고 있었다. 정약용은 만 권의 책 속에 한 권의 책이 더 덧붙는 순간이라고 느꼈다.

"헤어지기 전에 함께 저 바위를 보고 싶었어. 높고 험한 숭산에 오르지 않고도 만 권의 책을 읽을 수 있는 건 근사한 일이지. 성자를 통해서 하느님을 만나고 느낄 수 있는 것이 복된 일이듯이…….
아, 조선에 이미 교회가 생겼고 순교자가 났다는 사실이 놀랍기만
하네."

"실은 나도 세례를 받았었네."

"그래, 그런 선배가 있었다면 세례를 받았을 거라 생각했네. 그동
안 들었던 느낌이 막연하면서도 특별했었지. 학자 냄새이겠거니 했
는데 바로 그래서 그런 거였어. 그런데 세례를 받았다는 말을 왜 안
했나?"

"배교했으니까."

"배교?"

그는 더 이상 묻지 않았다. 손가락으로 콧등만 툭툭 건드릴 뿐 한
동안 말이 없었다. 자리를 옮겨 가며 만 권의 책을 한 장씩 넘겨보
듯 바라보곤 했다. 절벽 쪽으로 나아가니 보이지 않던 또 다른 길이
나타났다. 만 권의 책도 또 다른 모습을 펼쳐 보였다. 걸음을 옮길
때마다 새로웠다.

"우리 조선에서는 하느님에게 자리를 내 주지 않을 것 같아."

"쉽지 않겠지, 그래도 난 조선에도 꼭 가 볼 생각이야. 1600년에
이태리에 온 소년이 있었어. 안토니오 꼬레아라고. 수사가 되었는
데 조선 사람이었대."

"무어? 조선 사람이 이태리에? 그것도 수사?"

"응, 분명 조선 사람이라고 했어. 그림을 아주 잘 그렸고…… 이
태리의 한 수도원에 가면 곳곳에 그의 그림이 걸려 있어."

"잘못 안 거 아닐까?"

"전쟁 통에 일본에 포로로 끌려갔다가 노예로 팔린 아이들이 있

었는데 카를로스 수사님이 사서 풀어주고 한 명만 이태리로 데리고 갔다는 거야. 너무 귀엽고 정이 가더라나. 그 아이가 수도원에서 자라 수사가 되었다고 해. 나도 들은 이야기야."

"그럼 임진왜란 때?"

"무슨 전쟁인지는 모르겠고 하여튼 무슨 전쟁 때라고 했어. 어린 나이에 포로로 잡히고 노예로 팔렸으니 얼마나 참담했겠어? 하지만 하느님의 섭리는 오묘한 거지. 카를로스 수사님 손에 이끌려 서양으로 갔고 수사가 되었으니, 아마 조선인으로서는 최초의 수사일걸."

"아, 그런 일이 있었단 말이지?"

1600년에 서양으로 간 조선인이 있었다니, 그것도 고아가 된 어린 아이가? 수사가 되었다고? 아, 어떻게 그런 일이…… 조선을 벗어나면서 놀라운 일들이 이어졌었다. 그 중 제일 놀라운 일이 바로 안토니오 수사의 일이었다.

그는 청국과 비슷한 상황을 예상하는 듯 보였다. 그러나 조선이 닫아 건 문들은 보다 견고한 빗장으로 굳게 닫혀 있었다. 서양인이 들어오기 만만치 않을 것이었다.

"선교사가 조선에 들어오려면 피를 흘리게 될 것이야."

굳이 그에게 양반과 상놈으로 나뉜 두 개의 세상, 귀천이 뒤바뀌고 정당한 보상을 꿈꿀 수 없는 사회, 뼛속까지 곪고 있는 부정부패, 인권이라는 말을 써본 적도 없는 백성들의 삶, 그런 것들을 이야기 하고 싶지 않았다.

"하느님을 믿는다고 공언한 사회라고 해서 온전히 하느님 보시기에 좋은 사회를 이루는 것은 아니야. 우리 프랑스에는 하느님을 위한 교회가 성대하게 지어지고 가정마다 십자가를 높이 걸고 살지만 사실 예수님은 곳곳에서 죽어가고 있지. 나부터도 아직 그분 앞에 부족하기 짝이 없는 존재고."

그가 '그것'의 말을 번역하듯 느릿느릿 말했다. 마치 정약용이 말하지 않은 말까지 듣고 있었던 것처럼.

"동양으로 오면서 죽을 고비를 여러 번 넘겼지. 고생이 말로 다할 수 없을 정도였어. 그런데 어느 날 평생 느껴본 적 없는 기쁨으로 황홀경에 빠졌지. 모래바람 속에서 기가 막힌 꽃을 발견했거든. 물론 이름도 몰랐어. 아니, 이름이 있을 것 같지도 않아. 아무리 거친 땅이라도 하느님의 손길이 닿아 이렇게 아름다운 꽃이 피는구나, 감탄했지."

그가 느닷없이 사막의 꽃을 들먹이는 것은 조선이 그렇지 않을까 싶다는 말일 것이었다.

돌아오는 길은 바람이 몹시 사나웠다. 그가 얼룩무늬 부족의 마을로 길을 잡았다. 관절염을 앓고 있는 노인들에게 계란기름을 전해주고 갈 것이라 했다. 사는 형편이 시답잖으리라 짐작하고 있었는데 오두막이긴 해도 집들이 제법 꼴을 갖추고 있었다.

동네에 들어서자 많은 사람들이 그에게 아는 체를 했다. 어린 아이들은 날려와 그에게 안겼다. 설을 수 없는 노인을 찾아 성사를 주고 태어나자마자 죽은 아기를 위해 기도했다. 정성이 각별했다. 이 길이 마지막이 될지도 모른다는 거였다.

마을을 떠나려는데 젊은 여자가 먹을 것을 내밀었다. 베드로가 받아들며 허리를 굽혀 고마움을 표했다.

정약용은 그것이 말린 애벌레들인 것을 오두막에 와서야 알았다.

"아니, 그 부족들이 야만인이더란 말인가?"

"야만? 그들은 그들 나름대로 좋은 음식이라 생각하지. 나도 처음엔 징그럽다 여겼는데 지금은 나 역시 즐겨 먹고 있네."

"이 징그러운 벌레를?"

"그건 생각하기 나름일세. 우리가 벌레를 못 먹는 건 관념을 못 먹는 거지. 제대로 된 농사를 지을 수 없는 척박한 땅에 살면서 벌레보다 좋은 영양 공급원을 어디 가서 찾겠나? 내가 알기로 인근 부족 중에 저들이 가장 건강하고 현명하다네. 아마도 벌레 덕을 보고 있는 거 아닐까 싶네."

"듣고 보니 그럴 수도 있겠군. 허나 벌레라는 것이 어디 깨끗한 것이던가? 여러 가지 병의 원인이 될 수도 있고."

"그래서 익혀 먹을 것을 당부하고 있지. 사실 나는 말려서 가루로 먹는다네."

"그럼 내가 먹은 가루들이?"

"그동안 잘 먹었지 않나? 덕분에 건강을 지킬 수 있었고. 그들은 지혜로운 부족이라네. 나는 물도 줄곧 먹는 물만큼은 그들에게서 얻어다 먹었어."

"특별한 물이 있던가?"

"우물 속에 무슨 돌을 넣어두었던데 잘은 모르지만 자수정 원석 같았네. 물이 어느 정도 치유의 효능이 있는 것도 같고."

정약용은 그동안 모르고 먹은 벌레들이 배 안에서 꿈틀거리기라도 하는 것처럼 느글거려 몇 번이나 침을 뱉었다.

그는 눕자마자 이내 코를 골며 잠에 빠져들었다. 정약용은 잠이

오지 않았다. 그가 건너왔다는 사막의 모래바람이 오두막을 향해 불어오는 듯했다.

*

천쇠가 찾아오다니! 동상이 장두수와 천쇠를 보내 자신을 찾고 있었다니! 정약용은 까맣게 잊고 있었던 자신의 뿌리를 만져보았다. 아, 다시 조선으로 돌아가는구나. 조선에서의 삶이 기다리고 있구나.

"하핫, 세상에서 버려진 것 같았다고요? 조금 멀리 나오긴 했소만 그래도 여긴 뭐 그리 먼 곳은 아니오. 조금 더 가면 광대한 초원이 있고 사막이 있고 사막을 지나면 서양이 있다 하오. 나도 끝까지 가본 적은 없소만……."

걸쭉한 목소리의 장두수는 임금의 지엄한 명을 받았는데 사람을 잃었다고 상단의 우두머리로부터 닦달을 받은 듯했다. 속마음을 잘 드러내지 않는 자였음에도 안도의 표정을 숨기지 못했다.

"나으리, 저어……."

천쇠의 표정이 굳어 있었다.

"앞일이 걱정이 되느냐? 한동안 북경에 머물 수 있도록 마련해 두었다. 그리고 앞으로도 인편을 보내 살펴 줄 터이니 걱정할 것 없다."

"동상 사람들에게 들으니 서양의 수도원에 가면 사제가 될 수 있다고 합니다."

"사제?"

아이가 떠듬떠듬 조심스레 말을 꺼냈다.

"내게 뭔가 할 말이 있는 듯 싶더니 그런 말이었나?"

베드로가 다가와 천쇠의 눈을 들여다보며 말했다.

"사제가 되면 혼인도 못하고 혼자 살아야 한다는 것을 알고 있느냐?"

"예, 들어서 알고 있습니다."

"조선에서 서학을 하면 어찌 되는지도 아느냐?"

"광암과 권일신 나으리의 죽음을 바로 곁에서 보았지요. 그리고 교회에 살 때도 그랬고 권철신 나으리 댁에 가서도 대문만 나서면 돌이 날아오곤 했습니다."

"그 무슨 소리냐? 누가 그리 했단 말이냐?"

"서양에서 온 악귀가 붙었다며 돌을 던지는 사람들이 있었습니다. 광암께서 교회로 쓰는 집에서 저를 키웠으니까요."

"흠, 그런 일이 있었구나."

그러고 보니 권철신이 설마 하면서도 아이의 목숨을 위협하는 자들이 있을 수 있다, 걱정하는 것을 들은 기억이 났다.

"그래서 저를 청에 보내기로 결심을 하신 걸로 압니다."

"조선이 생각하는 서학은 그런 것이다. 그래도 사제가 되고 싶으냐?"

"예. 사제가 되어 조선으로 돌아갈 것입니다."

"허나 그 먼 길을 네가 어찌 가려고?"

"베드로 신부님이 하시는 말씀을 들었습니다. 서양으로 가는 대상이 곧 이곳을 지나갈 것이고 신부님도 함께 가실 것이라고……."

"진정 가고 싶으냐?"

"예, 수도원에 가고 싶습니다."

베드로는 아이가 가게 된다면 최선을 다해 돕겠다고 말했다. 그가 돕는다면…… 그러나 멀고 먼 미지의 땅으로 어린 천쇠를 홀로 보내도 되는 걸까? 아이는 아직 어려 두려움을 모르는 것이다. 정약용은 선뜻 답할 수 없었다. 아이의 미래가 어찌 될 것인지, 그저 깜깜하기만 했다.

"하느님의 부르심일지 아나?"

그래, 안토니오는 노예로 팔린 몸으로 그 낯선 곳엘 갔다지 않던가. 그는 천쇠보다 적어도 한두 살은 더 어렸을 것이다. 그 어린 소년의 두려움에 비할까. 안타깝게도 아무 것도 도울 것이 없었다. 걸쭉한 목소리가 주머니를 털었다. 없는 것보다야 낫지 않겠느냐면서.

천쇠와 헤어지는 것이 이토록 마음 아프다니, 꿈에도 생각하지 못한 일이었다. 광암이 줍다시피 데려온 아이였고 권철신, 권일신이 인정으로 데려다 보살핀 아이였다. 줄곧 도움을 주고 은혜를 베풀었다고 생각했는데 그렇지가 않았다.

돌아보면 천쇠는 광암이 죽었을 때 제 식구들도 냉대하는 광암의 가족들 곁에 함께 있어 준 광암의 일부였고 동생을 잃은 권철신의 위안이었다. 그들이 추구했던 것들을 위해 먼 길을 가리라는 결심까지 보여 주고 있지 않은가. 그들이 못다 산 생명을 이어서 살 운명이라도 되는 겐가. 정약용 자신도 청나라에 와서 지내는 동안 천쇠가 있어 힘이 되었다. 보살필 아이가 있다는 사실은 사람을 강하게 만드는 마력이었다. 동상에게서 받은 도움 못지않은 도움을 받고 있었던 것을…… 뒤늦은 생각이었다.

마지막 미사가 있는 날이라며 인근 부족들이 모여들었다. 그가 하루 종일 오두막을 비웠던 날들은 그들을 찾아 갔을 때였다.

몇몇이 서둘러 제대를 마련했다. 이미 많이 해 본 일인 듯 미사 준비가 능숙했다.

베드로가 제의를 걸치고 나왔다. 전혀 다른 사람 같았다. 정약용은 당황했다. 어떻게 해야 할까? 미사를 봉헌한다는 말을 듣지 못했으므로 마음을 정하기가 쉽지 않았다. 배교자라는 말을 들었기 때문에 아무 말도 하지 않은 듯했다. 미사 참례를 할 것인지도 묻지 않았다. 천쇠는 처음 보는 아이들인데도 전부터 알고 있었던 것처럼 아이들과 어울려 앞자리를 차지했다. 걸쭉한 목소리는 머뭇거리며 뒤로 가 섰다. 금세 사람들의 수가 불었다. 그들의 경건한 분위기에 사뭇 다른 사람들을 보는 느낌이었다. 복사를 서기 위해 옷을 갈아입고 기도를 올리는 소년들이 조금 전에 보았던 그 어린 아이 맞나 싶게 의젓했다. 정약용은 성체를 영하지는 못해도 함께 미사는 드려야겠다고 마음을 정했다.

이 낯선 땅에서 중국 변방의 여러 부족들과 함께 서양인 사제가 집전하는 미사에 참례하게 될 줄이야. 광암이나 권일신이 있었다면 생애 가장 거룩한 시간을 갖게 된 것이라고 했을 것 같았다. 배교자의 몸으로 성체를 영할 수는 없지만 특별한 은총임에는 틀림없었다. 미사 중에 노래로 바치는 베드로 사제의 기도가 마음 깊은 곳까지 흘러들었다. 근심 걱정을 씻어주는 힘이 있었다. 조선에는 없는 낯선 운율이었다. 장두수 쪽을 돌아보니 머리를 숙이고 두 손을 모은 채 강복을 받고 있었다. 인근 부족들이 부르는 성가가 오래도록 가슴에 남아 미사가 끝나고도 미사가 계속되고 있는 느낌이었다.

*

놀랍게도 '그것'이 천쇠의 가슴에서 빛나고 있었다. 아무것도 아닌 것이 천쇠가 움직일 때마다, 입을 열 때마다 움직이며 마법의 가루들을 뿌리기 시작하였다. 천쇠는 한 번도 드러내 보인 적 없던 모습을 드러내며 힘차게 걸었다. '그것'의 힘인지 천쇠의 힘인지 아니면 '그것'과 천쇠를 움직이는 그 어떤 또 다른 힘인지 모를 일이었다. 정약용은 하찮은 작은 몸의 인간 천쇠와 당당하고 두려움을 모르는 천쇠를 한 몸에서 보고 있었다. 도저히 같은 사람이라고 볼 수 없는 두 모습이 어떻게 연결되어 있는 것일까? 그 둘을 연결하는 힘이 무엇일까? 두 개의 원이 이어졌다고 느꼈으나 그 두 원이 이어진 곳이 어디인지 찾지 못했듯이 두 사람이 하나가 된 신비를 찾을 수 없었다.

손을 흔드는 베드로와 천쇠의 모습이 점점 작아졌다. 드디어 보이지 않을 만큼 멀어졌다.

영원히 깨지지 않는 유리, 몸을 떠난 손, 점점 빨라지는 눈 먼 화살, 너보다 중요해진 나, 너보다 커진 나는 우상이라는군.

베드로는 '그것'의 소리를 번역해주듯 우상이라는 말을 여러 번 했었다. 사람보다 높아진 권력, 사랑보다 귀해진 돈…… 그가 사람이 하느님보다 중요하게 여기는 것들에 대해 그토록 힘주어 말했던 것이…… 돌이켜 보면 남을 향한 말이라기보다 자신을 향한 다짐이었을 것 같았다. 그리고 혹시라도 현실과 타협하게 될까 봐, 육신 때문에 하느님과 멀어지게 될까 봐 '그것'의 소리에 언제나 귀를 기울이고 있었던가 싶었다.

아, 왜 몰랐을까? 그도 시시때때로 인간적 고뇌와 외로움 속에 갇혀 있었던 것을…… 커보였지만 작았고 항상 미소 지었지만 그만큼 외로웠을 것이다. 사막에, 낯선 눈빛에, 고독에 갇히지 않기 위해 틈만 나면 '그것'을 돌리고 '그것'의 말을 들었을 터였다.

거인과 신의 싸움이 대단했다더군. 싸우면서 만드는 시간과 공간들이 자신의 영역을 이룰 것이야.

정약용은 이미 자신의 가슴에 자리 잡고 있는 '그것'을 살짝 건드려 보았다. '그것'이, 오두막 문을 지킬 때처럼 빙그르르 돌았다.

7 암행

정조는 또 화성에 관한 그림과 문서들을 늘어놓고 확인하고 있었다. 벌써 몇 번씩 확인을 끝낸 후였는데도 마치 처음 대하는 것처럼 했다. 보고 다듬고 또 살피는 것은 간절한 마음 때문일 것이었다.

"그러니까 각루角樓는 주변을 감시하고 비상시에는 각 방면의 군사 지휘소 역할을 하게 되겠군. 포루鋪樓는 성벽의 일부를 밖으로 돌출시켜 만든 이 치성雉城 위에 검정벽돌로 쌓는단 말인가?"

"예, 그리고 군사들이 몸을 숨길 수 있는 건물을 세워 초소나 대기소로 쓰고 삼층 마루 아래 성벽 여장(담장)에는 총구를 뚫어 적을 공격하는 일을 가능케 할 것입니다."

"적군의 침투를 어렵게 만들 수 있다 이 말이지? 흠, 장대將臺가 두 곳, 수문水門 두 곳, 포루鋪樓 다섯 곳, 포루砲樓 다섯 곳, 각루角樓와 암문, 대문이 네 곳, 공심돈空心墩 세 곳, 그리고 치성雉城…… 주요 시설물은 이걸로 다 된 것인가?"

"예, 시설물은 모두 곡선의 미를 보일 것이며 평지성과 산성의 장점을 고루 갖춘 평산성의 형태가 될 것이옵니다."

"그 거중기라는 것이 꽤 쓸 만하다면서?"

"40근의 힘으로 25,000근의 무게를 움직일 수 있습니다."

"흠, 한몫 단단히 하겠군."

정조가 손으로 하나하나 짚으며 확인해가던 도면을 옆으로 밀어내고 주위를 물렸다. 이럴 때는 무슨 긴한 말이 있다는 소리였다. 자세히 보니 눈도 좀 충혈된 듯했고 안색이 좋지 않았다. 고심한 흔적이 역력했다.

"일전에 아버지 사도세자의 묘를 돌아보고 오는 중에 너무 높다 싶게 올라가는 한 상여를 보았었네. 마치 산꼭대기를 향해 올라가고 있는 것처럼 보였지. 마침 내가 이장하기로 작정하고 있을 때여서 그런지 눈을 뗄 수 없더라구. 함께 간 지관 박장희를 시켜 알아보았더니 그 자리가 보통 명당이 아니라는 거야. 헌데 조금만 올려 쓰면 명당 중에 명당인데 바로 아랫자리에다 묘를 쓰려고 한다지 뭔가. 그렇긴 해도 평생 머슴살이를 했다는 자가 제법 명당을 잘 골랐다고 탄복을 하더군."

석재가 201,400덩이, 기와가 530,000장, 목재가 26,200주, 벽돌이 695,000장…… 정조의 명당 이야기를 들으면서도 정약용은 화성 축조에 필요한 자재 목록에서 눈을 떼지 못했다. 대답도 건성으로 나왔다.

"한 수 알려줘서 더 좋은 자리에 묘를 쓰게 했다는 얘기를 박장희로부터 들은 적이 있습니다."

박장희는 그 일을 자랑처럼 여기저기 옮기고 다녔다. 겉으로는 주상께서 얼마나 자상하신지 그 머슴에게 비단까지 내렸다고 침을 발랐지만 한눈에 명당을 알아보는 자신의 능력을 알리고자 하는 속셈이었다.

"실은 그 자리를 귀띔해 준 자가 있었다기에 내 그를 불러 아버지 사도세자의 묘를 어디로 옮기면 좋을지 물었었지."

"박장희 말로는 그 지관과 둘이 의논하여 골랐다고……."

"그랬지, 그 시골 선비가 박장희를 대접할 양인지 자신은 본업도 아니고 그저 작은 도움을 줄 정도밖에 안 된다고 몸을 낮추었거든. 그 머슴이 명당 중의 명당에 제 어머니를 모시게 된 것도 하늘이 그 자의 효성에 감동해서 내린 것일 뿐 자기는 별 도움을 준 것이 없다고 했고."

"그 선비를 다시 불러보고자 하시옵니까?"

"그게 아니야. 그 선비가 지금도 겸손하고 감동을 주는 인물이면 얼마나 좋겠나?"

"하오시면?"

"그게…… 걸리는 게 좀 있어. 잠행을 다녀오게."

"화성 축조보다 급하다 여기시옵니까?"

정조는 몇 달 전에 했던 말을 다시 하고 있었다. 그때도 정조는 자신이 구중궁궐에서 어떻게 수령과 백성들의 구체적인 상황을 살펴 알 수 있겠느냐는 한탄 끝에 암행을 명했었다. 하지만 지금 화성 축조에 정약용이 없어서는 곤란하다는 채제공의 반대로 암행은 비껴갔었다.

지방의 주州, 부府, 군郡, 현縣에 수령을 파견하고 그들로 하여금 백성을 직접 다스리게 하는 관료체계에서 암행은 반드시 필요하다는 것이 정조의 생각이었다. 전제적 권한을 갖고 있는 수령의 선치 여부를 평가하고 보고하도록 관찰사를 임명하고 있지만 결과는 부정적이었다. 대부분의 관찰사들은 되레 행정을 부패하게 하는 원흉이 되어버리기 일쑤였기에 정조는 시름이 깊었다.

"특별히 마음이 쓰이는 지방이 몇 군데 있는데 관찰사도 두리뭉실 넘어가는 판이지. 소신 있는 암행어사가 필요하네. 암행을 나가면 수령의 선치 여부를 꼼꼼히 조사하고 백성의 고통을 몰래 찾아내 바로잡아야 할 것이야. 화성 일이 중하긴 하지만 백성의 고통이 먼저 아니겠나?"

정조가 다른 어떤 일도 이보다 급하지 않다며 강경하게 나오는 것으로 보아 그 대상이 보통 인사는 아닐 것이었다. 이번에는 채제공도 더는 말이 없었다. 정조가 뜬금없이 그때 그 선비를 들먹이는 것이 무슨 관련이 있어서일까? 하는 생각이 얼핏 스쳤다. 봉서를 받기 전까지는 그곳이 어디인지 알 수 없고 봉서는 사대문을 나서기 전까지 뜯어 볼 수 없었다. 내일이면 알게 되겠지…… 화성 일을 이것저것 일러두고 떠나자면 어차피 사전조사는 여력이 없었다.

*

정조는 정약용에게 적성積城 마전麻田 연천漣川 삭녕朔寧 등 네 고을을 염문하라고 지시했다.

적성현감, 마전군수는 모두 선치수령善治守令이었다. 특히 박종주는 그가 떠날지도 모른다는 소문에 백성들이 정말 떠날까 두려워했다.

연천현감 김영직과 삭녕군수 강정길은 백성들을 착취한 전형적인 탐관오리로서 백성들의 원망과 한탄의 대상이었다. 정약용은 비로소 정조가 만사를 제쳐놓고 암행을 명한 이유를 알 수 있었다. 김영직은 정조의 아버지인 사도세자의 묘소를 옮길 때 묏자리를 봐 준 바로 그 시골 선비였고, 강정길은 사도세자의 부인이자 정조의 어머니인 혜경궁 홍씨의 주치의로 일했었다. 이 사실을 잘 알고 있었으니 주위에서 함부로 뭐라 할 수 없는 형편이었다. 결국 김영직과 강정길은 임금을 팔며 드러내놓고 백성들의 피를 빨아먹고 있는 중이었다.

"아, 박무돌이 죽은 지가 언젠데 아직까지 세금을 뜯어 가는가 말이야."

"그렇게 걷어간 세금이 어디 나라로 들어가겠나? 다 수령 손으로 들어가고 마는 거지."

"쌀을 내줄 때는 흙모래 섞어 싹 깎아 주고, 받아갈 때는 알곡으로 말 넘치게 고봉으로 받아가니 이게 도적놈 아니고 뭔가?"

주막에 돌아앉아 듣는 하소연들은 하나같이 기가 막혔다. 관직을 받아 나온 자들이 죽은 자에게서도 여전히 세금을 뜯고 백성을 상대로 고리대금에 사기까지 친다는 말이었다.

구리 수저 이정里正에게 빼앗긴 지 오래인데
엊그젠 옆집 부자 무쇠 솥 앗아 갔네.
닳아 해진 무명 이불 오직 한 채뿐이라서
부부유별 이 집엔 가당치 않네.
어린 것 해진 옷은 어깨 팔뚝 다 나왔고
날 때부터 바지, 버선 걸쳐 보지 못하였네. 지난봄에 꾸어 온 환자미가 닷 말인데
금년도 이 꼴이니 무슨 수로 산단 말가. 나졸 놈들 오는 것만 겁날

뿐이지
관가 곤장 맞을 일 두려워 않네.

골목을 돌아서는데 어디선가 한숨과 눈물이 노랫소리에 실려 흘러 나왔다. 마을의 끝자락으로 갈수록 집과 집 사이가 벌었다.

어느 집인가? 아이의 울음이 그치지 않았다. 살펴보니 울타리도 없이 산을 향해 앉은 집이었다. 정약용은 그냥 지나칠 수 없어 마당으로 들어섰다.

"아이가 먹을 것을 찾는데……."

울음은 힘이 없었다. 바닥에도 온기라곤 없었다. 정약용은 관가에서 긍휼미라도 얻어다 먹을 것 아닌가, 싶었다.

"글쎄, 이 종이 쪼가리가 영수증이라는데 관에서 주길래 받았지 그런 엄청난 말을 하는 물건인 줄은 몰랐습니다."

"그럼 이 영수증만 받고 곡식은 받지 못했다 이런 말이오?"

"언제 주나 기다리다 어린 것은 굶고 있고 하는 수 없이 관에 가서 물었더니 곡식 받은 영수증까지 가지고 있으면서 또 곡식을 내놓으란다며 호통을 치지 뭡니까? 곡식도 못 빌리고 빚까지 짊어졌으니 이 일을 어찌합니까?"

"그러니까 관원들이 작심하고 영수증만 내줬다는 말인데 그렇게 당한 처지가 또 있는가?"

"요 골목 안으로는 다 그런 줄 압니다요."

"흠, 다 함께 가서 말을 해 보면 힘이 되지 않겠는가?"

"벌써 가봤지요. 곡식을 두 번 받을 요량으로 작당을 하고 떼로 몰려왔다면서 감옥에 처넣겠다지 뭡니까? 일을 바루기는커녕 된서리만 맞았지요. 글이라곤 읽어본 적 없는 무지렁이들이니 어쩝니까?"

일을 바로잡자면 시간이 걸릴 것이다. 당장 굶주리는 이들을 어이 할꼬? 정약용은 비상용 주머니를 열었다. 벌레를 말려 가루로 낸 것과 메뚜기를 잡아 말려둔 것을 꺼냈다. 집을 떠날 때면 비상시를 대비하여 곤충 말린 것부터 챙겨 넣었다. 베드로 사제와 헤어진 후의 버릇이었다. 아낙은 가루는 덥석 받아 먹으면서도 메뚜기는 망설였다.

"메뚜기를 볶아 먹으면 좋다는 소리도 못 들었소?"

"가루는 무슨 가루입니까?"

"그건 굶주림에 먹는 약이라 생각하시오."

젊은 여인과 두 아이가 가루와 물을 삼키고는 감사 인사를 했다. 정약용은 저들이 벌레 가루라는 것을 알면 어찌 나올까 염려도 되고 사람을 속이는 것 같은 생각이 들어 서둘러 자리를 떴다.

"에구, 벌레를 말려 가루 낸 것이라 했더니 그 아낙이 토악질을 하고 난리도 아니었습니다요. 젊은 선비가 꼴은 추레해도 인정이 있다 싶어 믿고 신세 한탄까지 했는데 백성에게 벌레나 먹으라고 주는 고약한 인사였더냐며 고개를 돌리더이다. 옆집에 산다는 여자는 양반이란 것들이 백성을 대놓고 벌레 취급한다며 욕까지 퍼붓는 바람에 봉변만 당했습니다요."

넌지시 반응을 살펴보고 온 수하가 손을 내저었다.

"허어, 그렇게까지……."

정약용은 벌레에 대한 거부감을 없애자면 아무래도 조력자가 있어야겠다 싶었다. 누가 좋을까? 아, 그자라면 다를지도 모르겠다, 이계홍이 떠올랐다.

"이계홍이를 불러오게."

정약용은 관아에서 요주의 인물로 주목하는 사람들을 눈여겨보고 있었다. 주막 패거리들에게서 알아낸 정보에 의하면 이계홍은 관아에 찍힌 밉상 중 첫째였다. 이계홍은 전임 부사가 부당하게 세금을 징수하자 일천여 명의 백성들을 인솔하고 관청에 들어와 항의하다 욕을 본 적이 있는 자였다. 사람들은 스스로 관아에 나아가 항의할 줄은 몰라도 앞장서 준 이계홍을 의롭다 여기고 있었다. 그가 하는 말은 먹힐 것 같았다. 적어도 거부감을 덜어 줄 것은 분명했다.

그는 품속에 백성들의 고통 12가지를 적어 가지고 다녔다. 신임 관리가 부임하면 달려가 고할 것이라며…… 신임 관리가 안 되면 암행어사라도 만날 것이라 했다.

"암행어사가 곧 출도할 것이란 소문이 파다하오."

"암행어사가 이곳까지 출도하겠소? 고을이 얼마나 많은데……."

"그래도 나라에서 가끔이라도 백성들이 어찌 사는지 실상을 알아볼 것 아니오, 발 없는 말이 천리를 간다 했소, 나라님 귀에 누군가가 어째도 말을 넣었을 것이니 곧 암행어사가 오기는 올 것이오. 벌써 몇 번 암행어사가 출도했다 해서 달려갔었는데 번번이 허탕이었지 뭐요. 그제도 누가 이번에는 틀림없는 진짜라 하길래 달려갔더니만 에이, 이번에도 가짜 암행어사더이다. 암행어사를 사칭하는 자들이 판을 치니 이거야 원……."

정약용은 속이 뜨끔했다. 이자가 혹 자신이 잠행 중이라는 것을 눈치 챈 건 아닐까 염려도 되었다. 수하들도 멀찍이 떨어져 다니게 했고 해진 옷에 비렁뱅이 꼴로 주막에 묵으며 몸을 감추고 있었지만 워낙 눈이 매운 자라 조심스러웠다. 정약용이 품안의 글을 읽어

보니 백성이 사람답게 살 수 없으면 나라와 정치는 아무 의미가 없는 것 아니냐고 일침을 놓아가며 수탈현장의 실상들을 조목조목 적어 두고 있었다. 이 정도면 목숨을 걸고 지킬 것을 지키겠다는 결심이라고 봐야 했다. 새로 부임하는 관리가 이걸 읽어줄지 내칠지 모르겠지만 시도는 해 봐야 하지 않겠느냐고 말하는 이계홍이 믿음직스러웠다. 수령이 선정을 베풀지 못하는 이유는 폐정을 보고도 수령에게 항의하지 않기 때문이다. 이계홍 같은 사람은 관청에서 마땅히 돈을 주고라도 사야 할 사람이다, 정약용은 그렇게 외치고 싶었다. 잠행 중이라 속마음을 숨기고 있어야 하는 것이 안타까웠다.

벌레 이야기를 꺼내자 그가 껄껄 웃으며 말했다.

"내가 한때 도망다니면서 먹고 산 것이 바로 그것이오. 헌데 남에게 먹일 생각까지는 못해 봤소."

"지금은 추워서 벌레를 찾기 어려우니 어쩔 수 없지만 내년부터는 벌레를 잡아 말렸다가 궁할 때 먹을 수 있도록 해 보시오. 설마 나라에서 백성들이 이리 살도록 내버려 두겠소? 허나 사람 사는 세상에 언제 무슨 일이 있을지 모르니 비상시에 대비해 두면 좋지 않겠소? 며칠씩 굶는 아이를 데리고 하늘만 쳐다보는 것보다야 이리라도 꾀를 내어보라는 말이오."

벌레가 고약하다고만 할 것이 아니다. 이 안에는 사람을 보하는 물질들이 들어 있다. 변방에서 내가 직접 본 적이 있다. 그들은 농사를 거의 짓지 못했지만 대신 곤충으로부터 필요한 양분을 얻어 건강을 유지하고 있었다. 생각을 조금 바꾸면 못 먹을 거 없다. 나도 비상시에는 그 가루에서 양분을 취한다.

정약용은 벌레를 먹으라고 권하는 자신의 꼴이 우습기도 하고 죄를 짓는 기분도 들고 하여 안 해도 될 말까지 장황하게 늘어놓았다.

"맞소, 내 생각도 같소. 먹을 수 있는 것을 찾아 먹고 사는 게 사람다운 일이지 더럽고 징그럽다고, 사람이 먹을 것이 못 된다고 고개 돌리고 굶어 죽는다면 그거야말로 사람으로서 할 짓이 아닐 것이오."

그저 묵묵히 듣고 있던 이계홍이 불쑥 한 마디 던지고는 밖으로 나갔다. 아직은 벌레를 구할 수 있다는 자신이 있었다.

다음날 땅 속에서, 짚더미 속에서 찾아낸 벌레들을 들고 나타났다. 이미 몇몇에게 말을 꺼낸 듯했다. 함께 온 자들도 모두 벌레가 든 자루를 들고 있었다. 자루 속에는 구더기도 있고 지네도 있고 처음 보는 것들도 있었다.

"자식을 굶겨 죽이는 것보다야 이렇게라도 하는 편이 백 번 낫지, 헌데 왜 이리 기분이 더러울까?"

"소나 돼지나 닭을 먹는 것도 생각해보면 못할 짓이지. 오래 전부터 먹었고 당연하다 여겨서 그렇지 남의 살 먹는 건 마찬가지 아닌가? 따지고 보면 벌레를 먹는 것과 크게 다를 것도 없지."

자기들끼리 주고받는 말이 적극적이다 싶었는데 한술 더 떠서 개구리와 뱀까지 고아 먹는다는 말이 들렸다.

"뱀이 딱 닭고기 맛이더라구. 고아 놓으니 국물 맛이 그만이야."

정약용은 동면에 든 개구리와 뱀이 수난이겠구나 싶었다. 곤충을 먹으라는 것은 어디까지나 비상수단이고 보조방책일 뿐, 탐관오리들을 뿌리 뽑고 백성들의 생활을 근본적으로 도와야 했다.

어쩌면 반계 유형원의 주장이 대안이 될지도 모를 일이었다. 따지고 보면 암행으로 탐관오리들을 살피는 일이나 관리들을 단속하는 일 따위는 벌레를 먹으라는 것과 다를 바 없는 차선책에 불과했다. 백성들이 자립해 농사짓고 생계를 유지할 수 있는 기본 장치를 나라에서 해 주는 것이 애민의 첫걸음일 것이었다.

유형원은 최소한의 생계유지와 납세 및 국방의무를 수행할 수 있도록 1호당 1경頃(40 마지기)의 토지를 균등하게 지급하여야 한다고 주장했었다. 비록 토지의 비옥도를 고려하지 않았고 계급체제와 신분질서의 울타리를 뛰어넘지 못하는 한계를 보이고 있긴 하지만 정약용은 논의되고 있는 제도 중에서 가장 합리적인 주장이라고 믿었다.

세상을 다스리는 뜻이 진지하기로는
반계 유형원을 보았을 뿐이네.
세상을 구할 큰 목표는 균전법에 있었고
천만 개의 그물눈이 서로 통했네
정확하고 세밀한 생각으로 틈새를 기워 가면서
뼈를 깎아 고치고 다듬고 가늠하려 애를 썼네
임금을 보좌할 만한 찬란한 재목이었지만
산림에 묻힌 채 늙어 죽으니
남긴 글 세상에 가득하지만
백성에게 혜택을 끼친 공적을 이루지 못해…….

유형원을 생각하며 흙바닥에 시 한 수를 적고 있는데 마무리를 다 하기도 전에 억센 손이 달려들어 다짜고짜 뒷덜미를 낚아챘다.

"네, 이노옴! 네가 암행어사를 사칭하고도 살아남기를 바랐더냐?"

나졸 둘이 방망이를 휘두르며 달려들었다. 내가 암행어사를 사칭하였다고? 가짜 암행어사라고? 순간, 머릿속에서 빠른 계산이 지나갔다. 맞는 한이 있어도 신분을 숨길 것인가, 마패를 들어 보일 것인가? 멀찍이 앉은 수하들이 안절부절못하고 있었다. 살필 만큼 살펴봤으니 이제 출두할 때가 되었다 싶었다.

그동안 신분을 숨기고 여러 고을을 다니며 민정을 살피고 사실을 거듭 확인했다. 이제는 출두하여 관청의 행정을 빗질하듯 철저히 조사하고 마무리할 때다.

마패를 들어올렸다.

*

"연천현감 김영직과 삭녕군수 강정길의 뇌물 수수, 세금 착복, 고리대 등의 비리가 이같이 악랄했더란 말이냐? 부정부패가 심하다는 소리를 듣긴 했지만 생각보다 훨씬 심각하구나. 모두 내가 부족한 탓이로다."

임금과 왕실을 배경으로 팔았기에 악행이 도를 넘었으며 아무도 감히 막지 못했으리라는 자책이었다.

"믿음에 보답하지 못하는 자였지요."

"제도를 바꾸어볼까? 소용없는 짓이겠지? 그동안 머리를 맞대어 정비한 결과가 지금의 제도 아닌가? 효과적인 통치 방법이라고……."

"그 어떤 제도도 실제 운용 측면에서는 폐단이 드러날 수밖에 없을 것입니다."

"암, 제도가 문제겠나? 폭정이 문제지."

하늘에서 뚝 떨어진 것 같은 완벽한 제도가 있다한들 폭정을 막을 수 있을까? 아마 그럴 수 없을 것이다. 법으로도, 암행어사로도 부정부패를 막지 못할 것이다.

"지주가 될 사회 정의와 정신이 살아 있다면 제도가 어떠하든 백성들은 잘 살 수 있을 것입니다."

"광암이 정신적 지주로 서학을 언급했다 했던가?"

정조가 물었다. 이렇게 정신적 지주 운운하다가 또 서학 이야기를 꺼내게 될 것만 같아 말머리를 돌리려던 참이었다.

"암행 중에 이계홍이란 자를 만난 것은 큰 수확이었습니다. 그런데 그자가 헤어질 때 몇몇 비리가 적발된 관리들을 벌준다고 해서 백성들의 삶이 크게 달라질 리 있겠느냐고 묻고는 돌아서 갔습니다. 그자의 말이 아직도 머릿속에서 떠나질 않습니다."

"맞는 말이야. 들키지 않았을 뿐 온갖 비리가 만연해 있고 관행처럼 인식되고 있는 한 가지치기에 불과할 것이니까. 헌데 벌레 이야기는 또 뭔가?"

"아, 그건…… 굶어 죽을 지경에 이르러서도 하늘만 쳐다보고 있을 수는 없지 않느냐는 생각에서……."

"흠, 아직도 청에서 만난 그 서사가 마음속에 살고 있는 게로군."

"서사와 지낸 시간은 가물가물 하지만 '그것'은 여전히 가슴 속에서 돌곤 하지요."

정약용은 한동안 잠잠하던 '그것'이 가슴 속에서 돌기 시작하는 것을 느낄 수 있었다. 가슴 안쪽이 훈훈해져 왔다.

8
백서

아, 나쁜 일은 홀로 오는 법이 없다 하였던가, 흉한 글귀들이 차돌처럼 박혀 있는 백서가 나오다니…….

"이, 이건, 흉서다!"

정약용은 황사영이 작성했다는 백서를 보는 순간 외마디 소리와 함께 집어던졌다. 머릿속이 하얘졌다.

결국 사형선고를 받기 위해 귀양지에서 끌려온 것 아닌가? 전라도 신지도로 귀양갔던 약전 형님도 사정은 마찬가지일 것이었다.

약종 형님이 1801년 음력 2월 11일에 체포된 후, 이미 목숨을 버릴 각오를 했었다. 오가작통법을 시행한 것도 속셈은 천주교 박해를 위한 것이었다. 백 명 이상이 순교했고 유배된 사람이 사 백을 넘었다. 경상도 장기로 귀양 형이 떨어진 것은 배교자로 분류된 때문이었다.

몇 달 지났다고 불러올린단 말인가? 다시 옥에 가둔 건 꼭 죽이겠다는 말과 다르지 않았다.

황사영이 세상을 발칵 뒤집었다. 지난 8개월간 배론의 옹기굴에서 박해상황을 자세히 기록하고 있었다는 소문은 얼핏 들었다. 교회 재건을 위한 방안을 모색 중이겠거니 여기고만 있었다. 백서를 동지사에 끼어 북경의 구베아 주교에게 보내려다 의금부에 발각되었다는 말에 힘이 풀렸다.

그가 조카사위라는 사실만으로도 죽을죄를 뒤집어 쓸 것이었다. 호시탐탐 기회를 엿보고 있던 홍락인, 이기경 등이 정약전, 정약용 형제를 죽여야 한다고 강력하게 주장하고 나섰다.

"이서구가 혼자 구명하느라 애를 쓰고 있었는데 마침 황해도 곡산에 사는 정일환이 진정서를 냈네."

김위준의 말은 뜻밖이었다. 김위준은 광암 살아생전에 함께 배를 타고 남한강을 오르내리던 벗들 중 유일하게 몸을 보존하였다. 그러면서도 남몰래 신앙을 지키고 있었다.

— 나는 신앙이란 자신의 구원을 위한 것이라 믿네. 난사람들이야 신앙을 등불처럼 내걸어 세상의 빛이 되고자 하겠지만 나는 못난 인사라 나 하나 구원하는 것도 쉽지 않은 처질세.

그것이 그의 지론이었다. 울타리들이 다 사라진 지금, 홀로 남은 그가 세상과 통하는 유일한 통로였다.

"정약용은 곡산 사람을 위해 많은 일을 했습니다. 곡산 사람들은 정약용을 부모처럼 생각합니다. 그가 곡산에 있는 동안 한 번도 천주교인들이 찾아온 적도 없고 천주교인으로 살지도 않았습니다. 그가 한때 천주교에 발을 들였을지 몰라도 그는 천주교와 아무 상관없습니다. 그저 백성을 위해 궁리하고 일하는 충실한 관리의 모습뿐이었습니다……. 그리 울며 애원하고 있네."

"이 못난 사람을 위해 울기까지 하더란 말인가?"

"그렇다니까. 곡산에서 좋은 인연이 많았던가 보이."

"글쎄, 그저 내 할 일을 했을 뿐……."

"얼음 이야기도 들었네. 청나라 사신이 돌아가는 길에 더위를 먹어 크게 고생을 한 적이 있었다고? 자네가 얼음을 마련해 두었다가 대접한 일로 곡산 사람들이 덕을 보았다 들었네."

"아, 그때 그랬지. 언젠가 산엘 갔는데 물이 한 방울씩 떨어지는 곳이 있었네. 여름인데 놀랍도록 근처의 기운이 서늘했어. 얼음을 구할 수 있겠다 싶었지. 그래 땅을 파고 기름종이를 구해다가 깔아 두었더니 물이 고이더군. 그 위로 더는 물이 떨어지지 못하게 하고 짚으로 덮어두었더니 얼음이 되더란 말이지. 그렇게 보관했던 얼음들을 유용하게 쓰곤 했었네. 그해는 유난히 더웠거든. 더위에 지친 청의 사신이 탄복했었지. 마을에 돌림병이 돌고 있었는데 그 사신에게 마침 약이 있었네. 꽤 여럿이 목숨을 구했지."

"그런 일이 있었던가? 하여 그가 그리 성심을 다해 애원을 하고 있구먼."

김위준이 말했다. 죽음을 면하고 열흘만에 다시 유배를 명받게 된 것은 그의 애원 덕이라고. 이렇게 죽을 고비를 넘기고 살아남는 걸 보면 하늘에 특별한 뜻이 있는 것이 분명하다고.

특별한 뜻이 있을 것이라고? 삶을 함께 했던 이들이 다 죽었다. 홀로 살아남아 어찌 살 것인가? 흑산도로 유배 가는 약전 형님이, 네가 있어 삶을 지탱할 수 있겠다, 하였다. 아, 약전 형님의 마음도 한 줌 구름인 것이다.

*

1800년 정조께서 떠나셨을 때 정조와 함께 추구했던 개혁들도 다 그 자리에 멈추어 섰다.

"세제, 군제, 관제, 신분 및 과거제도에 이르기까지 모든 제도를 고치고 기술개발을 하여야 할 것입니다."

"하늘이 채제공, 이가환에 정약용까지 곁에 두게 하셨으니 내가 날개를 얻은 것과 같네. 차근차근 매듭을 풀어가세."

아직도 정조 임금이 어깨에 손을 얹으며 그렇게 말해 줄 것만 같았다. 그러나 이제 아무 꿈도 꿀 수 없게 되었다. 당파싸움은 진흙탕을 마다하지 않을 것이다. 영조의 계비(정순왕후)가 어린 순조를 앞세우고 수렴청정을 하는 동안 벽파는 자신들의 세상을 만들기 위해 수단방법을 가리지 않을 것이다. 정조의 탕평책도 개혁을 위한 노력도 물거품이 되고 말 것이다.

운기雲旗, 우개羽蓋 펄럭펄럭 세상 먼지 터는 걸까
홍화문弘化 앞에다 조장祖帳을 차리었네
열두 전거에다 채워둔 우상 말塑馬이
일시에 머리 들어 서쪽을 향하고 있네
영구 수레가 밤 되어 노량露梁 사장 도착하니
일천 개 등촉들이 강사絳紗 장막 에워싸네
단청한 배 붉은 난간은 어제와 똑같은데
님의 넋은 어느새 우화관于華館으로 가셨을까
천 줄기 흐르는 눈물 의상衣裳에 가득하고

바람 속 은하수도 슬픔에 잠겼어라
성궐은 옛 모습 그대로 있건마는
서향각 배알을 각지기가 못하게 하네

빈소를 열고 발인하는 날 썼던 시를 다시 읊어보는데 눈시울이 뜨거워졌다.

아, 정조가 저승에서 이 일을 보고 있다면 무어라 할까? 총명했던 후학의 일에 누구보다 상심이 클 것이다.

"아직은 너무 어리니 사 년 후에 관직을 내려 중히 쓰고 싶구나, 그동안 공부를 더 하고 있거라."

정조가 황사영에게 학비를 내리며 한 말이었다. 열일곱 나이에 과거장에서 정조를 감동시켰던 황사영이 아니던가. 황사영의 손을 덥석 잡고 함박웃음을 웃던 정조의 모습이 눈에 선했다.

유항검으로부터 황사영이 주문모 신부를 도와 천주교회의 지도자로 활약한다는 이야기를 들었을 때는 그러려니 했었다. 그러나 그가 양반을 버렸다는 말을 들었을 때는 무어? 양반을 버려? 심상치 않은 일이 일어날 수도 있겠다 싶어 줄곧 마음이 쓰였다. 그러면서도 한편으로는 워낙 특출한 인재니…… 싶기도 했다.

권철신은 세례를 받은 후 노비들을 다 풀어주었다. 윤지충은 제사를 거부하며 양반만의 죄를 부정했다. 황사영은 한 걸음 더 나아가 양반을 버렸다. 양반과 상놈을 구분하고 차별하는 일은 하느님 앞에 부끄러운 일이라 여겼다. 해서는 안 되는 일이라 믿었다. 믿는 바대로 실천하기가 어디 쉬운가? 그러나 황사영은 판단이 서면 즉각 실행에 옮겼다. 그로 인해 닥칠 불이익과 고통을 계산할 줄 몰랐다.

"말씀만 있는 하느님이 어디 있습니까? 예수가 바로 하느님이 말씀만으로 머물지 않고 인간으로 존재한다는 표징이 아닙니까? 그래야 한다는 뜻 아닙니까?"

황사영에게 실천 없는 신앙은 말도 안 되는 것이었다.

낮고 천한 신분에서야 당연히 하느님 앞에 사람은 다 평등한 거라고 외치고 싶고 교회에서 힘을 얻어 소리를 높일 수 있었다. 그러나 귀한 몸으로 대접받으며 살 수 있는 신분을 가진 자가 자신의 기득권을 내려놓는 일은 결코 쉽지 않은 일이었다. 그동안 조선 교회는 성리학적 지배원리의 한계성을 깨달은 진보적 사상가와 부패한 봉건체제에 반발하는 민중을 중심으로 퍼져 나갔으니 내부를 들여다보면 양분된 셈이었다. 외부의 억압이 워낙 강경하여 그 경계가 겉으로 드러나지 않았지만 불편한 경계선은 엄연히 존재했다. 권철신이나 황사영의 처신은 그 경계를 없애는 일이었다. 적어도 그럴 수 있는 힘이 생겨날 것임은 분명했다.

그들에 비하면 자신은 머리만의 신앙이었고 그래서 쉽게 교회를 떠났는지도 몰랐다. 제사 문제는 핑계일 뿐일지도 몰랐다.

"아무리 그래도 요한 숙부님께서는 이 조선의 일부임에 틀림이 없으시죠."

어느 날 황사영이 말했다. 세례명에 힘을 주어 말하는 것이 배교에 대한 비난처럼 들렸다.

"그게 무슨 말인가? 내가 자네처럼 양반을 버리지 않았다고 탓하는 겐가?"

"신분의 구분을 없앨 수 없다고 생각하시는 걸로 보입니다."

"맞네. 나는 상하 구분을 없애자는 주장을 펴고 싶지는 않네. 다만 상하를 절대시하고 고정시키는 것, 운용함에 있어 비인간적인 것을 반대할 뿐이지."

"저는 그래서 될 일이 아니라고 봅니다. 그건 눈 가리고 아웅하는 격이지요."

"국가를 운용하자면 구분을 안 할 수는 없네. 사람의 몸도 머리와 팔다리가 구분되어 있고 하는 일이 다르지만 다 한 몸을 움직이는 지체 아닌가."

"저는 국가라는 개념 자체도 바뀌어야 한다고 믿습니다."

"어떻게 말인가?"

"동양이든 서양이든 다 하나의 나라이지요. 하느님 앞에 무슨 구분을 둔단 말입니까?"

"아니, 자네 그럼 청과 왜도 우리와 하나의 국가를 이룰 수 있다 그런 말인가?"

"당연하지요. 하느님 앞에서 그런 구분이 왜 필요합니까?"

"'온 세상이 하느님 앞에 하나'라는 것이 어디 그런 말이던가? 존엄성과 가치가 한 가지라는 게지. 제 민족끼리 사회를 이루고 국가를 이루는 것은 당연한 이치 아닌가? 지역에 맞는 정치와 경제가 필요하지 않겠나? 그리고 조상대대로 내려오는 삶의 방식대로 살아가는 것이 하느님 보시기에도 좋을 거라고 생각하네, 나는."

말이 엇갈렸지만 그 생각이 그렇게 큰일을 몰고 올 줄은 꿈에도 몰랐다. 지금 우리 조선이 죄 없는 국민을 잡아 죽이는 야만스러운 짓을 하는 것을 보고 그런 말을 하는가 보다, 그렇게만 생각하였다. 그는 누구보다 애국심에 불타는 젊은이였고 역사 발전의 원동력은 민民에 있다고 목소리를 보태던 인물이었다. 그런데 백서라는 것을 보니 황사영은 어느새 민족적 관점은 싹 지워버리고 대신 신앙적 관점만으로 나라를 보고 있었다. 국가의 법보다 자연의 법이 우선이고 신앙공동체가 우선이었다.

무어? 교황이 청나라 황제를 압박해 조선에 칙령을 내려 선교사를 받아들이도록 해 줄 것? 청이 국경지대에 무안사를 설치해 조선을 감독하면서 청나라의 부마국으로 만들 것? 조선을 닝구타(영고탑)에 소속시킨 뒤 친왕으로 하여금 조선을 보호 감독케 하고 조선왕을 부마로 삼아? 서양의 선박과 군사, 무기를 얻어와 조선에 출정한 뒤 국왕에게 글을 보내 선교사를 수용토록 하자?

조선을 발칵 뒤집을 말이었다. 아무리 박해가 심하고 죄 없는 사람들이 처참하게 죽어가는 절박한 상황이라 해도 해서는 안 될 말이었다.

신앙에 대한 보편적 가치나 인권 훼손은 어떤 실정법으로도 합법화될 수 없다는 외침일 것이다. 죄 없는 수백 명의 국민을 잡아 죽이는 인권과 사상적인 탄압이 국가 권력에 의해 일어났으니 젊은 혈기에 피가 끓었을 것이다. 인간존엄성과 공동선을 거스른 조정에 대한 불가피한 저항일 것이다.

그렇다 하더라도…… 구체적 실천 계획도 아니고 행동에 옮긴 것도 아니지만 빌미를 잡기 위해 눈에 불을 켜는 정적들에게 아주 큰 먹잇감을 던져준 꼴이었다.

— 극형을 혼자 감당하는 것으로 끝나지 않을 것이다.

정조가 죽고 난 후, 주변을 돌아보면 광풍이라는 말밖에 달리 떠오르는 말이 없었다. 백서가 광풍을 어디로 몰고 다닐지 눈앞이 깜깜하였다.

*

김위중이 유배지로 찾아와 가끔 세상을 전해 주었다.

"비통한 심정이야 누구보다 내가 잘 아네. 하지만 살아남은 이상 살아야지 어쩌겠나. 약전 형님 생각을 해 보게. 그분은 흑산도에서 어류를 연구하신다 들었네. 흑산도 근해의 어류와 패류는 물론 조류까지 꼼꼼히 조사하여 자산어보라는 책을 엮을 것이라 하네."

그는 무심한 듯 보이면서도 자상했다. 발길을 돌려 가다가도 언제나 돌아보며 위로를 할 양으로 꼭 한 마디를 덧붙였다. 하늘에 특별한 뜻이 있을 것이라고.

아침이면 '만 권의 책'이 다가와 한 장 한 장 속을 펼쳐보였다. 그 어느 때보다 정성들여 책장을 넘겼다. 읽다보면 가슴에 고이는 새로운 생각들이 있었다. 붓을 들면 시도 되고 논리도 되었다.

밖이 소란스러웠다. 푸득, 푸득, 소리로 보아 또 은상이네 개가 청둥이 녀석들에게 쫓겨다니는 모양이었다. 하루에도 몇 번씩 쫓고 쫓기는 것이 녀석들의 일상이었다. 개는 가장 가까운 이웃, 은상이네 집에서 기르는 것이었고 청둥오리들은 은상이네 집과 우물을 같이 쓰는 호봉이네 오리였다. 가깝다고는 해도 작은 언덕이 가로막혀 있어서 서로 무슨 일이 일어나는지는 전해 주는 이가 없으면 알 도리가 없었다. 언제부턴가 개와 청둥오리들이 후닥닥 달려왔다가 어디론가 휑하니 달아나곤 하는 것이 눈에 띄었지만 그저 개와 오리도 싸우나? 고개 한 번 갸웃하고는 문을 닫았었다. 오늘따라 싸움이 오래간다 싶어 내다보니 은상이 형제와 호봉이 남매가 멀찍이서 보고 있다가 눈이 마주치자 화들짝 놀라 나뭇단 뒤로 숨었다. 어른들에게서 저 집에 사는 사람은 유배온 죄인이라고, 가까이 하지 말라는 당부를 곁들여 들었을 것이었다.

"도성에서 죄를 짓고 내려온 양반이래."

"무슨 죄를 지었을까?"

길을 걷다보면 애 어른 할 것 없이 수군거리는 소리들이 들렸다. 아이들은 '죄인'이라는 말만으로도 두려울 것이고 다가오기 어려울 것이었다.

"그래도 네가 갠데 어찌 오리 따위에게 맥을 못 추느냐?"

정약용은 아이들은 못 본 체하고 마당에서 마루 밑으로, 마루 밑에서 싸리나무 울타리 밑으로 쫓고 쫓기는 개와 오리에게 말을 건넸다. 옆눈으로 보니 아이들의 머리가 조금씩 올라왔다.

"이리 오너라."

정약용은 마침 청둥오리에게 쫓겨 마루 밑으로 달려오는 개를 덥석 안아 올렸다. 청둥오리들은 그래도 공격을 멈출 기세가 아니었다. 정약용의 품으로 부리를 들이밀어 개를 쪼았다. 자연에 간섭해도 되는 걸까? 하는 마음이 들었지만 오리들을 팔을 휘둘러 쫓았다.

"바둑아, 바둑아."

개를 부르며 다가오는 아이들은 은상이 형제였다.

"청둥아, 청순아"

오리를 부르며 다가오는 아이들은 호봉이 남매였다.

"이 개가 어찌 오리에게 이리 꼼짝을 못하는 것이냐? 둘이 협공을 한다 해도 개가 오리에게 당하다니 이상하구나."

"처음에는 안 그랬어요."

호봉이가 눈을 크게 뜨며 말했다. 할 말이 많은 표정이었다.

"그럼 이 오리들이 지금처럼 사납지 않았단 말이냐?"

"예. 엄청 착했어요."

"흠, 성향이 그리 바뀌는 경우는 흔치 않은데…… 그래도 지금 개를 이렇게 괴롭히는 걸 보면 착하다는 말은 좀 뭣하구나. 이리 성질이 고약해서야 어디 풀어놓고 키울 수 있겠느냐?"

"처음에 오리들이 애기였을 때 바둑이가 엄청 괴롭혔기 때문에 지금 복수를 하는 거예요. 지금도 바둑이한테만 그러지 보통 때는 착해요."

호봉이의 여동생은 제 집 오리를 옹호하느라 숨까지 씩씩거렸다.

"옛날에 그랬다고 이렇게 복수하는 건 좀 너무한 것 같아요."

은상이가 바둑이를 품에 받아 안으며 입을 내밀었다.

"너무하긴 뭐가 너무해?"

호봉이의 눈 꼬리가 올라갔다. 이러다 아이들끼리도 싸움이 날지 모르겠다 싶었다.

"마루에 올라앉으렴. 내가 이야기를 들려주마."

아이들은 서로 얼굴을 쳐다보며 어찌할까? 눈으로 묻더니 거의 동시에 뛰어올라왔다. 은상이가 바둑이를 안고 팔을 내저으니 오리들은 멀찍이 물러났다. 그래도 가지는 않고 흘끗거리며 마당을 돌아다녔다. 은상이 형제가 바둑이 편이고 은상이 형제가 있을 때는 건드릴 수 없음을 잘 알고 있다는 반응이었다.

어찌 보면 오리들의 복수는 당연한 것이라는 생각이 들면서 피식 웃음이 났다. 강약의 세계에서 복수할 수 있다는 건 평등의 한 조각 아닐까? 싶기도 했다. 당파 싸움은 좀체 그런 기회를 용납하지 않는데 오리들은 용케도 기회를 가졌구나 싶었다.

"마루는 오리들이 위협해서 안 되겠다. 방으로 들어가자."

아이들을 방으로 들이고 물 한 대접을 들이켰다.

"이야기요……."

줄에 널어두었던 옷가지를 걷어들고 들어가니 아이들은 눈을 반짝이며 기다리고 있었다.

"아, 그런데 방에 살림살이가 뭐 없네요."

은상이가 방을 둘러보며 말했다.

"혼자 사는데 그럼……."

어른스럽게 말을 받는 호봉이는 열 살쯤 되어 보였다. 아닌 게 아니라 아이들에게 뭐라도 먹이고 싶었으나 줄 것이 없었다.

"흠, 오늘은 첫 손님을 맞았으니 요임금 이야기가 적당할 것 같구나. 옛날 중국에 나라를 아주 잘 다스려서 태평성대를 이룬 임금이 있었는데 바로 요, 순, 우, 세 분 임금님이란다."

"어떻게 다스렸는데요?"

"요임금은 아주 지혜로웠다는구나."

"똑똑했다는 말이지요?"

제일 어려 보이는 호봉의 여동생, 호숙이 물었다.

"가만 좀 있어 봐."

호봉이 여동생을 쿡 찔렀다. 어서 이야기를 계속해 보라는 재촉이었다.

"옥황상제에게 아들이 열이 있었는데 말이다. 매일 수레를 타고 동쪽에서 서쪽으로 하늘을 가로질러 달리곤 했단다. 제 어머니가 단장을 해서 하루에 한 명씩 내보내게 되어 있었는데 어느 날 순서를 기다리기 지겨워진 아들들이 반란을 일으켰다지 뭐냐."

"엄마 말을 안 듣고요?"

말을 자르고 끼어드는 건 이번에도 역시 호숙이였다.

"그래, 아마도 말 안 듣는 미운 나이가 되었던 모양인데 하여튼 열이 한꺼번에 마차를 몰고 하늘 길을 달려 나갔다는구나."

"그래서요?"

은상이 형제가 바짝 다가앉았다.

"저희는 신이 나서 달렸겠지만 땅에서는 난리가 났을 거 아니냐? 해가 한꺼번에 열 개나 떴으니."

"굉장히 뜨거웠겠네요."

"뜨거운 정도가 아니라 타 죽을 지경이었단다. 바닷물도 끓어오르고 어디 동굴 속으로 들어가지 않으면 숨도 제대로 쉴 수가 없었단다. 옥황상제께서 내려다보시고는 큰일 났구나 싶으셨을 거 아니냐? 그래서 하늘에서 제일 솜씨가 좋다는 궁수를 불러 땅으로 내려보냈다는구나."

"죽이라고요?"

아이들이 동시에 물었다.

"그에게 화살 열 개를 주면서 해를 쏘아서 떨어뜨리라고 했지. 그래서 궁수가 땅으로 내려와 하늘을 올려다보며 하나씩 하나씩 쏘아 없앴단다. 땅에서는 조금씩 온도가 내려가고 피신했던 사람들과 짐승들이 돌아오고 있었는데 요임금이 보니 화살통에 화살이 열 개더란 말이지. 이 궁수가 해 열 개를 다 쏘게 생겼구나 싶어 살짝 화살 하나를 감추었다는구나. 물론 궁수는 그것도 모르고 화살 통이 비었으니 임무가 끝난 줄 알았겠지."

"덕분에 해가 하나 남았군요."

호봉이가 다행이라는 표정을 지으며 말했다.

"맞다, 안 그랬으면 땅은 어둡고 추워서 아무것도 살 수 없었을 거 아니냐?"

"정말 똑똑한 임금님이었군요."

은상이 형제도 고개를 끄덕였다.

"더 지혜로운 건 몸으로 낳은 아들에게 왕위를 물려주지 않고 나라를 잘 다스릴만한 젊은이를 찾아내어 왕으로 세운 거였단다."

"그게 누군데요?"

"순임금인데 그분은 덕이 높았단다."

"아이구, 신이 놓인 걸 보니 이 아이들이 여기 와 있구만요."

어른 목소리가 들려 내다보니 은상이 아비가 손을 부비며 서 있었다. 밥 때가 되었는데 아이들이 보이지 않아 여기저기 찾아다닌 모양이었다.

"아부지, 우리 재미난 이야기 듣고 있었는데……."

"아, 얼른 나오지 못하냐? 높으신 양반 어려운 줄도 모르고."

은상 아비가 손짓으로 어서 가자고 몰아대자 아이들은 마지못해 따라가면서도 연신 뒤를 돌아보았다.

"순임금 이야기는 내일 들으러 오렴."

정약용은 손을 흔들어 주었다. 은상 아비는 몇 번이나 뒤돌아 허리를 굽혔다. 싫지 않은 기색이었다.

다산 아래 웅크린 초가집이 조금씩 아늑해졌다. 산이 다가오고 초목이 다가왔다. 이야기를 들으러 오는 아이들이 늘었다. 학문에 목마른 젊은이들도 찾아왔다. 새들에게 모이를 뿌려주는 일도 일과가 되었다. 모이를 흩뿌리면 새들은 마치 숨어서 보고 있던 것처럼 금세 날아들었다.

손을 털고 돌아서다 마당에 흩어진 것이 작은 글자들인 것만 같아 눈을 부비고 다시 보았다. 아, 물에 닿아야 읽을 수 있다는 황사영의 백서…… 물 대신 싸리 울타리 그늘이 글자들을 드러내 주었다. 가슴이 뜨끔했다. 또렷해진 글자들을 집어 올리려는데 새 한 마리가 다가와 콕, 쪼았다. 뒤따라 온 새들도 질세라 부지런히 글자들을 쪼아 먹었다. 마당에 흩어져 있던 글자들은 새의 작은 입 속으로 순식간에 사라졌다. 새들은 그 무서운 글자들을 콕, 콕…… 잘도 쪼아 먹었다.

9
정난주 마리아

"안쓰러운 마음이신 거 압니다. 어른끼리 친구였다니 오죽하시겠습니까. 하지만 생각 없이 말하는 사람들의 입은 무섭지요. 지난번에 정학유가 다녀간 뒤로 부쩍 수군거립니다. 부인이 추자도로 가게 되면 문제가 심각해질 수 있습니다. 아무도 모르게, 라는 건 있을 수 없지요. 바람을 가둘 수 있겠습니까? 어디론가 새나갈 것이고 화를 몰고 돌아올 것입니다. 차라리 황경한을 불러들이는 수가 더 나을 것 같습니다만 그도 아직은 만만치 않은 일일 것입니다."

아들 경한을 만날 수 있을 거라는 기대로 한껏 부풀었던 지난 며칠이 얼마나 어리석었던가. 최대용을 붙들고 자신의 추자도 행을 만류하는 김석구의 말이 하나도 틀리지 않았다.

— 그래, 내 잠시 분별을 잃었던 게야. 추자도가 코앞이라지만 제주도를 벗어날 수 없는 처지 아닌가.

잠깐이면 된다지만 금지된 선을 넘는 일이다. 공연히 저들에게 빌미만 주게 될 것이고 발각되는 날이면 최대용까지 곤욕을 치를 것이다. 최대용은 제주로 부임해 온 이후 줄곧 과분한 대우를 해 주었다. 죄의식을 조금이라도 덜어내고 싶은 건지 모르겠으나 관노가 되어 유배 온 몸을 여전히 양반으로 대접했다.

담을 넘어 들려오는 소리는 지켜야 할 선을 일깨워주고 있었다. 정난주 마리아는 서둘러 발길을 돌렸다. 담 안에서 이야기 중인 사람들이 눈치 채기 전에 돌아설 수 있어서 다행이었다.

최대용을 만류하고 있는 김석구는 관비를 담당하는 관리로 별채를 마련해 주고 이것저것 살펴주었다. 말이 침모였지 두 아들을 맡겨 가르침을 청하며 마치 상전인 양 대했다.

김석구의 아내가 죽음을 앞두고 눈물을 흘리며 말했었다.

"언감생심, 아씨께 제 자식들을 돌보아 주십사고 말할 수야 없지만…… 이렇게 죽음 앞에 서니 두려움도 염치도 없어지네요. 부디 어린 아들들의 어머니가 되어 주시면 저 세상에서도 잊지 않겠습니다."

눈물 반 애원 반으로 잡은 손을 숨 떨어질 때까지 놓지 못했다.

"아니, 이 사람이?"

그날 당황하는 기색을 감추지 못하던 김석구의 모습을 두고 달래는 잊어버릴 만하면 한 마디씩 했다.

"김석구라는 관리가 아씨한테는 꾸뻑하는 거 같아요. 날이 추워지면 안채보다 우리 별채에 땔감을 먼저 들여요. 안채는 썰렁해도 우리 별채는 뜨끈하니 그 내자가 속앓이 하는 거 아닐까 싶을 때도 있어요. 동백도 좋은 것은 전부 우리 별채 둘레에 심어 놓았다니까요."

데리고 온 몸종 달래는 그런 말, 못쓴다고 타일러도 소용없었다. 정난주 마리아는 막연한 동경이 있을지는 모르겠지만 김석구의 호의는 바로 자신의 등 뒤에 버티고 선 사람들 때문이리라 믿었다. 달래가 물어들이는 말 중 절반은 그런 속이 있었다.

"세상이 언제 어떻게 바뀔지는 아무도 모르는 일이지."

세상이 바뀌면 가문의 인재들이 다시 다른 세상의 기둥이 될지도 모르는 일이라는 뜻을 담고 있는 말이었다.

실학자들을 각별히 아꼈던 정조가 비명에 가고 순조가 열한 살의 나이로 보위에 올랐을 때 황사영은 앞날을 예감하고 있었다. 과연 1801년 신유박해로 순조의 치세는 시작부터 핏물이 들었다.

영조의 계비 정순왕후는 수렴청정을 하는 동안 나는 새도 떨어뜨린다는 권력을 휘둘렀다. 김구주를 귀양 보냈던 사람들, 사도세자의 편에 섰던 사람들을 제거하면서 명분이 필요했고 사학을 엄금한다는 명분으로 천주교를 탄압하기 시작했다. 최필공, 이중배, 권철신, 이가환, 강완숙, 오석충, 홍필주, 이존창, 유항검, 윤지헌 등 억울한 죽음에 황사영의 피가 끓었다. 칼날을 피해서가 아니라 할 일을 하기 위해 배론으로 들어갔다. 한 자루의 붓이 되리라는 결심이었다.

이제 순조 비와 그 아비 김조순의 세상이 되었다는 소리를 들었지만 와 닿지 않는 소리들이었다. 1803년 12월로 정순왕후의 수렴청정이 끝나면서 벽파가 힘을 잃고 시파가 득세하였다는 말을 들으면서도 정난주 마리아는 시파도 벽파도 이미 전생의 일인 것만 같았다.

"만 권의 책이 움직인다는 사람, 있잖아요. 그 유진길이라고. 그 사람이 김조순네 사람들과 친분이 두텁답니다. 몇몇은 세례도 받았다지요, 아마. 게다가 김씨 세도는 시파와 가깝다니 천주교를 더는 탄압하지 않을 거라 이런 말이지요."

포졸들도 오다가다 마주치면 위로랍시고 세상 돌아가는 일을 한 마디씩 던지고 갔다. 천주교를 향한 혹독한 탄압이 더는 없으리라는 소리만 귀에 들어왔다. 신원이 되어 돌아가리라는 기대 따위는 가져본 적도 없었다. 다만 추자도에 버려두고 온 어린 아들 경한과 유배 중인 시어머니가 한 순간도 마음을 떠나지 않아 항상 귀를 열어두었다.

최대용이 관직을 받아 제주도로 내려 온 것은 뜻밖이었다. 최대용은 언제나 황사영에게 열등감을 느끼는 처지였다. 두 사람이 겉으로야 친구였지만 혼담이 오고 갈 때 집안 어른들은 최대용과 황사영을 두고 저울질했었다.

만일 외삼촌 이벽이 아니었더라면, 어머니가 일찍 세상을 버리지 않았다면 최대용네서 혼담을 서둘렀을지도 모를 일이었다.

"말이야 바른 말이지 황사영 같은 인재에 비할 사람이 조선에는 없지."

아버지가 황사영을 낙점한 것은 황사영을 탐내서였기도 했지만 최대용 댁에서 그닥 탐탁해 하는 눈치가 아니더라는 서운함도 작용했다.

"단지 당사자가 처자를 워낙에 마음에 들어 하니……."

아버지 앞에서 대놓고 그리 말하더라고 했다. 그런 말을 들어서일까, 정난주 마리아는 최대용의 눈에서 다른 빛을 여러 번 보았다.

줄곧 황사영의 죽음을 두고 안타까워했었다고, 이제라도 그를 위해 친구로서 할 수 있는 일이 있다면 힘을 다하겠다고, 그의 말들은 절절했지만 정난주 마리아는 입에 발린 소리로만 여겼다.

백서를 중국으로 가지고 가는 일에 황사영은 그를 믿었었다는 말을 들었다. 황심과 옥천희가 동지사 일행 편에 끼어 가서 베이징의 구베아 주교에게 전할 수 있도록 배려해 달라는 청을 최대용에게 넣었고 최대용은 약조했다고 들었다. 그러나 백서는 결국 조정으로 들어갔다. 그가 적이었는지 친구였는지 알 길이 없지만 최대용은 벼슬이 높아졌고 황사영은 서소문 밖에서 능지처참 되었다.

그를 보면 이런저런 생각들로 심란했다. 그가 내미는 친절에 손잡고 싶지 않았지만 아들 경한을 한 번만이라도 꼭 만나보고 싶은 마음이 갈수록 간절했다.

*

황사영의 등 뒤에 누군가가 버티고 서 있다는 것을 처음 안 것은 배론에서였다. 황사영은 옹기굴로 들어가면서 자신을 가두고 있는 동굴에서 나올 것이라고 말했다. 그 소리를 듣는 순간 온몸이 떨렸다. 그가 나오고 싶어 하는 어둠, 동굴은 세상이 준 기득권이고 세상을 살아가는 동안 자신을 보호해 줄 방벽들이었다. 그의 등 뒤에 버티고 선 누군가는 그것을 과감히 깨고 나온 높은 정신력의 소유자일 것이었다. 그가 황사영도 자기처럼 될 수 있다고 속삭거리는 듯 싶었다.

추자도에 경한을 내려놓고 돌아서는데 자신의 곁에도 그 누군가가 서 있다는 느낌이 들었다. 막연하기는 했지만 곁에 서 있는 그의 숨결을 느꼈기에 어린 아들 경한을 죽을지도 모르는 맨땅에 홀로 내려놓고 떠날 수 있었다. 황사영이 어린 아들과 처자를, 노모를 남겨두고 떠날 수 있었던 것도 마찬가지였으리라는 생각이 그때 들었다.

— 아, 너무 늦었다.

"어떻게 가족을 두고? 저 어린 아들을 두고 죽을 길을 간단 말인가? 그보다 더 중한 것이 무엇이란 말인가?"

원망이 앞을 가렸었다. 세상 것을 다 버리고 제 일가도 제대로 돌보지 못하면서 누구를 섬기고 누구와 나누겠단 말인가?

사람답게 살기 위해 신앙을 갖는 것 아니냐고, 제 삶의 자리에서 제 몫을 잘 하고 살면 그것이 참된 신앙 아니냐, 하느님은 사람의 삶을 도와야 참 하느님 아니냐고 하늘을 향해 퍼부었었다.

— 어쩌면 늦지 않았을지도 모른다. 이제라도 그와 함께 살 수 있게 되었으니.

"네 아버지의 영혼은 지상에 있지 않았다. 하늘나라를 꿈꾸었다. 생명의 근본, 공경해야 할 것, 믿어야 할 것, 목숨 바쳐 지켜야 할 가치…… 그것들을 하늘나라에 두었다. 하지만 그 때문에 우리는 뿔뿔이 흩어지는구나. 지옥에 살더라도 함께 사는 것이 나을지도 모른다. 몇 날 며칠을 고심했건만 나는 어찌해야 할지 아직도 잘 모르겠구나. 다만 너를 낙인 찍힌 노비로 살게 할 수는 없다는 결심만은 또렷하다."

알아들을 리 없는 어린 아들의 눈을 찾았다. 제 아비를 두고 손바닥 뒤집듯 말을 바꾸는 어미의 마음이 보일까? 맑디맑은 눈동자, 또 다른 영혼…… 아기의 뛰는 심장이 가슴을 울렸다. 손발이 따뜻했다. 놓고 싶지 않았다. 꼭 껴안고 밤새 쓰다듬고 뒤척이는 행복을 누리고 싶었다. 뒤늦게 황사영의 마음이 얼마나 아팠을지 짐혔고 그것이 또 아렸다. 그럼에도, 이 모든 참담함이 그의 탓이라는 원망 또한 한 번씩, 문득문득 솟구쳤다.

"아이구, 아무리 그래도 그렇지. 어떻게 간난아이를 버리고 간답니까? 아, 노비로 살면 살지 뭐 어때서요? 어린 것이 누구 눈에 안 띄면 죽는 건데 죽는 것보다야 사는 게 나은 거 아닙니까? 그리고 우리보고 조정에다 아기가 죽어 수장했다는 거짓말까지 하라니 양반들은 도통 이해가 안 되는구만요."

뱃사람들은 추자도의 절벽을 바라보며 혀를 찼다.

"우리네야 처자식 키우며 먹고 사는 일을 최고로 치지만 양반들은 안 그런 모양이야. 먹고 사는 일보다 더 중한 게 있다니 호강에 바친 건지 양반이라는 게 원래 그렇게 지랄 같은 건지 원."

"이 사람아, 양반이라서 그런 게 아니야. 다른 양반들도 다 저 사람들을 이해하지 못하겠다는 거잖아. 지금."

포졸들은 저희끼리 주고받는 듯하면서도 연신 달래를 흘끔거렸다. 차마 정난주 마리아에게 대놓고 하지 못하는 말을 대신 달래에게 퍼붓고 있는 것이었다. 달래는 혹여 가슴에, 배에 차고 있는 패물 부스러기를 잃을까 봐 고개를 가슴에 박고 움츠린 채 죽은 듯이 있었다. 가끔 곁눈질로 포졸들을 살피다 시퍼런 파도의 서슬에 갈수록 오그라들었다.

"세상에 날고 긴다는 황사영 아니던감. 그렇게 똑똑한 사람이 어째 제일 중한 이치를 모르던감. 허 참, 종교 때문에 죽겠다니 말이 돼?"

"종교 때문에 죽이겠다는 건 말이 되남? 그리구 황사영이야 난사람이니 목숨 값이 우리네랑 달랐을지도 모르지."

"남정네가 그러면 안에서라도 지킬 걸 지켜야지 어미 되는 사람이 어찌, 매정하기가 어찌 그럽니까? 너무합니다. 너무해."

황사영을 향해 쏟아지는 따가운 눈총이 바로 저와 같았지…… 정난주 마리아는 새삼 황사영을 괴롭힌 건 고통보다 외로움이었을 것이라는 생각이 들었다.

세상이 자신을 버리고 나서야 어쩔 수 없이 맨몸으로 더 이상 낮아질 수 없는 곳에 섰다. 황사영이 제 스스로 세상이 준 것들을 버리고 맨몸으로 하느님 앞에 선 것과는 사뭇 다른 것이었다. 그는 보장된 미래, 생존을 위한 본능, 안락한 삶, 자기중심적인 삶을 포기하고 훌쩍 떠나는 일에 아무 망설임이 없어 보였다.

김위중도 정약전도 하느님께 다가가는 일이 어디 쉬운 길이겠느냐며 눈물을 삼켰지만 정난주 마리아는 남편에 대한 도리와 무거운 의무감, 책임만 지고 간신히 버텼다.

아들 경한을 바위 위에 내려놓고 배에 오를 때 심하게 어지러웠다. 바다까지 사납게 날뛰어서 배에 오르기가 쉽지 않았다. 포졸들은 어서 오르라고 소리쳤지만 배에 발을 올릴 수 없었다. 누가 손을 내밀어 끌어 올렸던가, 몸이 붕 떠올랐다고 느꼈다. 의식은 거기까지였다.

"아, 왜 원숭이 이야기 못 들어봤남?"

"자식 뺏기고 울며불며 떠나는 배를 뒤따라와서는 쓰러져 죽고 말았다는 그 얘기?"

"그래 창자가 다 끊어졌더라잖아."

"사람이야 더 말할 것도 없지, 겉으로는 독하게 굴어도 자식을 버려두고 왔으니 애간장이 다 녹은 게야. 저렇게 정신을 놓고 깨나지를 않으니 큰일일세."

"그나저나 저런 사람이 어떻게 관노로 살아갈까 모르겠네. 칵 죽어버리고 말겠다는 생각이 들지 않을까?"

귓가에 떠도는 말들이 빙빙 돌았다. 머릿속이 심하게 흔들렸다. 일렁이는 파도 속에 황사영의 얼굴이 나타났다 사라졌다. 바다 밑으로 사라졌다가 손에 무언가를 들고 나왔다. 그가 내미는 손에 반짝, 빛나는 것이 있었다. 무슨 보석 같아 보였다. 그것을 자신에게 주기 위해 기를 쓰고 있었지만 손이 닿지 않았다. 높은 파도가 몰려와 그를 삼켜버렸다. 물살을 가르고 그가 다시 나타나 또 손을 내밀었지만 도저히 그것을 받을 수 없었다. 그는 물속에 있었고 자신은 높은 배 위에 있었기에…….

*

김석구가 서둘러 새 장가를 들고 난 후 얼마나 지났을까. 정난주 마리아는 거친 욕설과 함께 마당에 툭, 떨어진 것이 무엇인지 처음엔 몰랐다. 김석구의 작은 아이 정협이라는 걸 알아차렸을 땐 이미 달래가 달려 나가고 있었다. 마루에서 바닥으로 떨어진 아이는 한참 일어나질 못했다. 가슴 속에서 뭔가가 툭 끊어졌다. 숨이 막혔다. 달래가 아이를 일으켰다. 별채로 데려왔다. 의원이 왔을 때 새 여자의 입에서 나오는 말들은 엉뚱하기 짝이 없었다. 속엣 것이 다 올라올 것 같았다.

"아이구구우, 워낙 별스러운 애들이라 마루에서 마당으로 뛰어내리기를 재미로 삼더니 결국 이런 일이 벌어지네요. 사고가 순간이지 뭐에요. 잠시도 눈을 못 뗀다니까요."

아이를 보는 눈은 걱정이 가득하고 모성까지 담았다. 아이를 마당으로 내던진 여자는 없다. 분명히 기억하고 있는 광경들은 꿈이었거나 헛것을 본 꼴이다. 이건 사람을 유령 취급하는 거다. 본 것을 보았다 하면 안 되는 것이고 들은 것을 들었다 하면 안 되는 것이다. 유령이 되고 만 것이다. 정난주 마리아는 무슨 이런 일이 있어요? 하는 눈으로 바라보는 달래의 눈마저 외면해야 했다. 법은 자신을 하층민이라고 말하고 있었다. 그걸 잊으면 안 되는 것이었다.

김석구는 아이들이 별채에서 살다시피 한다는 새 여자의 말에 그래에? 하면 그만이었다. 얼마나 개구진지 몰라요. 하는 말에도 사내애들이라……하면 그만이었다. 여자가 찢어 내던진 옷가지들은 김석구에게는 상협이 찢은 것이었고 맞은 자리는 별나게 굴다가 다친 것이었다.

아이들은 전처의 아들을 미워하는 새어머니 앞에서 어떻게 살아야 하는지 일찌감치 깨달은 듯했다. 그 모습을 지켜보고 있으면 불쑥불쑥 경한이 떠올랐다. 상협의 모습과 겹쳐졌다. 넘어졌던 정협이 일어서는데 바로 경한이었다. 눈을 씻고 보니 정협이었다. 다시 보니 경한이었다. 눈물이 목으로 넘어갔다.

마음을 할퀴는 일들은 날마다 이어졌다.

아이들에게 맹물에 만 국수를 먹이고 김석구에게는 다시로 맛을 낸 국수를 주었다. 간장으로 색을 맞추면 김석구는 같은 방 안에 앉아 다른 음식을 먹는 줄 몰랐다.

아침 기도를 바치고 하루 한두 시간씩 바닷가를 걷다 돌아오는 것이 유일한 기쁨이었다. 경한이 살아 있고 오상선이라는 어부가 발견하여 키우고 있다는 소식을 들었다. 옷섶에 넣어둔 '황사영의 아들 황경한'이라는 글을 읽고 혹, 누가 볼까 서둘러 집으로 데려갔다던가. 황사영을 훌륭하다 여겨 정성을 다 한다 들었다. 매일 추자도를 바라볼 수 있는 것만도 다행이었다. 제주도와 추자도 사이에 펼쳐진 바다와 자연은 놀랍도록 아름다웠다. 이 바람과 햇살이 경한을 키우고 있다는 생각이 들면 짓누르고 있던 시름에서 잠시 벗어날 수 있었다.

어릴 적 마재를 두르고 있던 산과 강도 늘 꿈을 꾸고 있었다. 작은 들꽃들이 지천으로 피어나 봄을 알렸고 새들도 갖가지 노래와 희망을 물어 날랐다. 푸르고 높은 하늘에 얼마나 많은 글을 쓰고 지웠던가.

황사영은 자연에 감탄하는 정난주의 모습을 보면 한 번 피식 웃어 보이고는 고개를 돌렸었다. 그보다는…… 곧 이어지는 그의 말은 외삼촌 이벽이 사람들에게 전해 주었다는 하느님이었다. 외삼촌이 죽을 때, 황사영은 아직 소년이었다. 그럼에도 외삼촌에게 푹 빠지게 된 것은 정약종 아우구스티노 숙부가 있었기 때문이었다. 숙부는 자상한 스승이면서 외삼촌과 황사영의 다리이기도 하였다.

"광암의 하느님은 하늘에 의자 놓고 앉아 있는 하느님이 아니라 인격의 하느님이라오."

그때는 막연한 구름 같은 말이었다.

"자연 속에서 하느님을 만날 수 있지. 그러나 그보다는 사람들이 살아가는 모습에서 하느님이 드러나야 한다는 거지. 나는 그 말씀에 온전히 빠져들었다오."

황사영은 고개를 들어 하늘을 보곤 했다. 마치 외삼촌 이벽이 하늘 어디에 있어 고개를 들면 보일 것처럼. 정난주 마리아는 두 번이나 실패하고 겨우 지켜낸 아기가 신비롭고 귀해서 남편 황사영을 감탄케 하는 외삼촌의 높은 뜻이며 생각 따위는 깊이 들여다보지 않았다. 황사영도 더는 말이 없었다.

그랬던 것이 제주도에 유배 와서 새록새록 떠올랐다. 구름을 봐도 '그보다는' 하던 황사영의 목소리가 들려왔고 바다를 보고 서 있어도 '그보다는' 하는 소리가 들렸다. 지니고 있던 패물을 다 털어 오씨에게 보냈더니 정성을 돌려보내는 것 같아 징표가 될 목걸이만 받겠습니다, 하는 답장과 함께 돌아왔을 때도 그랬고 어부 오씨가 제 자식들보다 귀히 키우더구만요, 하는 김석구의 전언을 들었을 때도 그랬다. 사람 사는 모습에서 하느님을 보고 싶다던 황사영의 마음이 조금은 훈훈해졌을 것도 같았다.

마당을 쓰는 일도, 고구마를 썰어 말리는 일도, 소금을 만들기 위해 바닷물을 가두는 일도, 꽃차를 만들기 위해 산과 들로 나서는 일도 어느새 몸에 익었다. 부르튼 발이 더 이상 아픔을 주지 않았다.

아침이 와도 일어날 수 없는 무기력한 증세가 몇 해나 이어졌었다. 열이 오르고 정신을 놓는 일도 한동안 반복되었었다. 나락으로 떨어지는 어지러움에 일어설 수 없는 날들이 성한 날보다 많았다.

아, 내가 여전히 살아 있구나…….

며칠 만에 일어나 앉으면 김석구가 지어 보냈다며 달래가 약을 달여주었다. 그럴 때마다 뭐가 없어졌다는 둥, 살림이 새나간다는 둥

공연히 트집을 잡는 새 여자의 앙칼진 소리가 쏟아졌다.

이제는 그만 일에 더 이상 가슴이 졸아들지 않았다.

김석구는 아이들 공부만 조금씩 봐 주면 된다고 했지만 정난주 마리아는 몸을 아끼고 싶지 않았다. 김석구의 새 여자도 동백꽃잎차나 단풍나무꽃차를 받을 때만큼은 웃는 얼굴이었다.

제법 먼 길을 걸어와 공부를 하는 아이들이 있었다. 정난주 마리아는 아이들이 엄마가 고맙다고 하래요, 하면서 내미는 마른 생선을 거절하지 않았다. 그것은 다리를 놓는 일이었기에. 대신 고구마 말린 것과 야생화꽃차를 담아 돌려보냈다.

태풍이 지붕을 벗겨 갔을 때 아이들의 아비가 찾아와 고쳐줄 줄은 꿈도 꾸지 못한 일이었다. 공들여 지은 옷을 입혀 주면 아이들은 신이 나서 돌아갔다. 감사하는 마음이 오고가며 계절이 바뀌었다.

"말이 침모지 그런 일은 안 하셔도 됩니다."

김석구는 힘든 일을 말렸지만 정난주 마리아는 할 수 있는 일을 찾아 몸이 버틸 때까지 했다.

김석구의 아들들이 새 여자의 구박을 받는 것을 그냥 보고만 있을 수도 없고 한 울타리 안에서 마음 놓고 보듬을 수도 없었다. 아이들에게 글을 가르치는 짬짬이 이런저런 놀이도 할 겸 바다로 나가면 서로 마음이 편할 것 같았다. 아이들은 바다에 나가면 신이 나서 날아다녔다.

"헤엄치는 거 가르쳐 드릴까요?"

물고기처럼 물속을 즐기는 상협 형제는 달래를 불러들이고 정난주 마리아에게도 손을 내밀었다.

"얘들아, 명문가의 아씨가 어찌 헤엄을 친다고 그래? 우리끼리

놀자."

달래가 말렸지만 아이들은 아쉬운 듯, 한 번씩 고개를 내밀고 물속으로 들어오라고 손짓했다.

"저쪽 거믄 너럭 뒤에 가면 숨어서 옷 갈아입을 수 있는 동굴도 있어요. 아무도 못 보고 안 창피해요."

정협이 부끄러움을 문제 삼는 줄 알고 진지하게 말했다.

"거믄 너럭 뒤에 큰 엉이 있어요. 엄청 커서 언젠가 바닷물을 다 빨아들일 거라고 해요. 거기도 좋아요."

상협도 거들었다.

"추자도까지 헤엄쳐서 갈 수만 있다면 아들도 만날 수 있잖아요?"

상협은 정난주 마리아의 간절함까지 이용하려 들었다.

"에이, 거기까지 무슨 수로 헤엄을 쳐?"

"왜 안 되는데? 지난 번 모슬포 아저씨들이 내기 했을 때 배 부리는 집 이조명 아저씨가 헤엄쳐서 갔다 왔잖아. 다른 아저씨들도 아슬아슬하게 졌고."

상협의 말을 웃어넘겼지만 한 번 해볼까? 하는 맘이 든 것은 사람을 삶아 먹을 것만 같은 무더운 여름이었다.

"바다 덕에 사는데 바다에 들어가지 않고 어찌 산답니까?"

김석구의 말도 머릿속에 있었다. 어둠을 틈타 상협 형제의 뒤를 따라 바다로 나갔다.

"발로 물을 차면 앞으로 가요. 대여섯 번쯤 차고 나서 고개를 돌려 숨을 쉬면 숨차지 않아요. 젤 중요한 것은 힘을 빼야 해요."

상협은 물속에서 물이 되는 요령을 알고 있었다.

"그래, 힘을 빼야 하는 거구나. 그동안 나는 더 내려 갈 곳 없는 노비가 되어서도 양반입네 하고 목에 힘을 주었던 거구나. 그래서 가라앉고 마는 거였어."

생각과 달리 힘을 빼는 일이 쉽지 않았다. 물에 들면 힘을 빼라는 말을 명심하고 되뇌었지만 마음 같지 않았다.

그 순간이 언제 찾아왔던가? 자신도 모르는 사이에 힘을 빼는 일이 가능해졌다. 몸이 뜨면서 물속에서도 마음대로 움직일 수 있는 팔다리가 생겼고 공간이 생겼다. 물이 내미는 손을 잡으면 물속 세상이 내 것이 된다는 걸 알게 되면서 헤엄을 즐기게 되었다. 제주도가 감옥이 아니라, 유배지가 아니라 자유로운 섬이 되어가는 것을 느낄 수 있었다.

*

날이 저물어야 돌아가는 아이들이 늘었다. 상협 형제는 공부에도 재미를 느끼기 시작하였다. 『천자문』과 『동몽선습』은 이미 몇 번이나 떼었다. 책을 더 구할 수 없어 『논어』의 일부분들을 기억나는 대로 써서 책을 묶을 작정이었는데 최대용이 종이와 책을 보내주었다.

아이들이 별채에 머무는 시간이 점점 길어졌다. 아이들은 새어머니의 눈총에서 자유로울 수 있는 시간을 즐겼다. 아이들에게 본채는 잠만 자는 곳으로 변해갔다. 새 여자도 싫지 않은 눈치였다. 그럼에도 가끔 한 번씩 정난주에게 감히 못하는 패악을 달래에게 부렸다. 달래가 구정물까지 뒤집어 쓴 날은 용오름을 처음 본 날이었다.

가을이 깊어가면서 바닷가는 한산해졌다. 상협이 말한 엉엘 가보자 싶었다. 제주도에는 동굴이 많았지만 한 번도 가보지 않았다. 황사영이 자주 묵상에 들었고 백서를 구상한 곳이 동굴이어서일까? 동굴엔 가고 싶지 않았다. 무겁고 긴 어둠이 기다리고 있다가 달려들 것만 같았다.

과연 바다를 다 빨아들여 삼킬 것 같은 커다란 동굴이 있었다. 생각보다 어두웠다.

황사영은 말했다.

"봐, 저 동굴은 모든 것을 빨아들이는 입을 가졌어. 우리가 판단했던 모든 것이 고개를 갸웃하며 나를 바라보고 있어. 다시 태어날 준비를 하고 있지. 세상이 준 자로 재 보았던 것들이 모두 수치를 버렸어. 그동안 잘못 된 자를 쓰고 있었지. 크다고 생각했던 것들이 결코 크지 않을 수도 있더라구, 아무 것도 아니라고 생각했던 것들이 또 다른 무게를 갖는 거야. 우리가 한쪽 귀로 들었던 소리들이 완벽하게 제 소릿값을 찾아가고 있어. 저 어둠 속으로 들어가 볼 거야. 한 사람이 만들어 놓은 것이 아니더군. 수많은 사람들이 파들어가 조금씩 넓혀 놓았더라구. 그들 모두 지상의 소리가 아닌 다른 소리를 듣고 싶었을 거야. 동굴 안으로 들어서면 몸에 감아 몰고 들어선 빛이 죽는 것을 느낄 수 있지. 육신이 짐을 내려놓지. 수많은 죽음이 어둠을 조금씩 두텁게 하는 거야. 그렇게 내가 죽고 나면, 그 어둠 속에 몸과 마음을 묻고 있노라면 아무 것도 빛이라고 말하지 않는 칠흑 같은 어둠이 자유를 주지. 그때 아주 작은 것도 감사할 수 있고 아주 작은 소리도 나를 압도하는 순간을 느낄 수 있어."

황사영의 목소리는 여전히 신념에 차 있었다.

"날이 찬데 또 바다에 나오셨습니까?"

엉에서 나와 마을 쪽으로 향하는데 누군가 등 뒤에서 기척을 했다. 김석구가 모슬포 쪽에서 걸어오고 있었다.

"모슬포에 길을 내고 있는데 일손이 모자라서 너나없이 돕고 있습니다."

공연히 손을 번갈아 부비며 묻지도 않은 말까지 하였다. 혹시 혼자만의 시간을 방해한 것 아닌가 조심스러워하는 몸짓이었다.

"보십시오. 물안개가 바다 곳곳에 피어오르고 있군요."

손가락으로 피어오르는 물안개를 가리켰다.

"그렇지 않아도 신기하다 여기고 있었습니다. 물안개 치고는 대단합니다."

"거대한 솥이 바닷물을 끓이고 있는 것 같은 생각이 들지요?"

난생 처음 보는 광경이었다. 김석구는 끓는 물에서 김이 오르는 모양새라고 했지만 정난주가 보기에는 마치 바다가 거대한 솜 덩어리고 수많은 손들이 그 솜 덩어리에서 솜을 조금씩 뜯어내고 있는 것 같았다.

"누군가 솜을 뜯어가고 있는 것 같은데 듬뿍 뜯어내는 모습은 보이지 않고 제 몸의 일부를 내어주는 솜 덩어리와 딸려 올라가는 부분의 끝자락만 보이는 거 같아요. 이별 장면 같다는 생각이 들기도 하고요."

"그렇지요. 싹둑 칼로 자르듯이 헤어지는 법은 없지요. 저것은 바닷물이 따뜻하고 날이 차면 보입니다. 온도차가 심할 때 만들어내는 현상이라고 합니다. 가끔 용오름이 나타나기도 합니다. 아, 저기, 저기 올라가네요. 기둥 같은 것이 보이지요? 바로 저겁니다. 마치 바다에서 하늘로 올라가는 통로 같지요."

아직 준비가 안 되었는데 갑자기 변화가 일어날 때 견디지 못하고 튀어나오는 용이 있다는 말 아닌가.

"어, 저기 또 있네요. 어, 어, 저기도."

정난주 마리아는 그것이 남편 황사영이고 작은 아버지고 김범우이고 외삼촌 이벽인 것만 같아서 한동안 눈을 떼지 못했다.

김석구는 용오름 앞에 잠시 서 있다가 먼저 돌아갔다. 그 일이 왜 문제가 되었는지 모르겠지만 집에 들어서면서 달래의 비명을 들었다.

새 여자가 던진 구정물을 뒤집어쓴 달래는 눈도 뜨지 못했다. 새 여자는 실수라는 표정이었다. 누구라도 가식이라는 것을 느낄 수 있을 콧소리로 어머, 이를 어째? 하며 달려 나왔다. 정난주 마리아를 힐끗거리며 달래의 옷을 털었다. 이 구정물을 덮어 쓸 사람은 바로 당신이지, 하고 말하는 몸짓이었다.

새 여자가 갑자기 웩, 하더니 입을 틀어막고 동백나무 울타리 쪽으로 달려갔다.

"구정물 뒤집어 쓴 사람은 난데 왜 자기가 토하고 난리람."

달래가 궁시렁거렸다.

옷 한두 번 털어주는 척 하더니? 그깟 손질에 구토가 일다니……생색을 내보겠다는 건가?

"한참 안 오셔서 걱정하던 참이었어요."

달래가 젖은 옷을 갈아입으며 말했다. 바다에 너무 오래 있어서 이 사단이 난 것 같다는 짐작이었다.

딱히 마음을 풀어줄 궁리가 없어 달래를 끌어 당겨 머리를 빗겨

주었다. 처음에는 어찌 감히 아씨께, 하던 달래도 요즘에는 얌전히 머리를 맡겼다. 이렇게 주종관계가 사라지기를 바랐다. 주변 사람들의 시선도 쉽게 바꿀 수 없었지만 누구보다 달래 자신이 자신을 낮은 자리에 두어야 편한 듯했다.

"오늘이 바로 그가 말하던 그날인 것 같아."

달래가 뜬금없는 말에 고개를 돌렸다. 그 바람에 머릿결을 훑던 빗이 튕겨나갔다.

"이 세상과 영혼의 세계의 경계가 가장 얇아지는 때가 있대. 그래서 그날은 죽은 사람들의 영혼과 소통할 수 있다는 거야."

"오늘 바다에서 나으리와 이야기를 나눠 보셨어요?"

"그래. 그런 것 같아."

달래가 튕겨나간 빗을 집었다.

"선생님, 좀 들어가겠습니다."

상협이 말보다 먼저 들어섰다. 얼굴이 상기되어 있었다. 무언가 또 계모와의 일을 고하고 싶은 걸까? 쳐다보니 먼저 알고 손사래부터 쳤다.

"오늘 모슬포 아저씨가 배를 띄운다고 합니다."

"배를?"

"예."

"고기잡이를 나가시는 모양이구나."

상협이 모슬포 아저씨라고 부르는 이조명은 태풍에 배를 잃고 목숨만 겨우 건져 돌아온 후 실의에 빠져 있었다. 김석구에게 하소연하였으나 김석구도 뾰족한 수가 없었다.

"앞으로 어떤 일이 벌어질지 아무도 모르는데 이거라도 가지고 계셔야 방비가 되지 않겠습니까? 노마님께서도 제게 신신당부하셨고요."

달래는 유배 길에 오를 때 패물을 챙겨 몸에 지니고 따라나섰었다. 시어머니의 명이라며. 이걸 어디 남에게 내어 주느냐고 처음으로 제 목소리를 내었지만 정난주 마리아는 가지고 있던 패물을 몽땅 내주었다.

정성은 고맙지만 어림없다는 말에 맥이 빠져 있을 때 사촌 정학유가 왔다. 정학유도 아버지 정약용이 유배당한 처지라 힘이 있을 리 없었다. 여기저기 말을 넣어보마 하는 것이 위로인 줄로만 생각했는데 이조명으로부터 덕분에 배를 장만했다는 감사 인사와 함께 전복상자가 왔다.

정학유가 최대용을 구실삼아 제주도에 두 번이나 온 것은 제 아비와의 관계를 생각해서일 것이었다. 정학유는 작은아버지 정약용이 황사영의 백서를 흉서라고 질타했던 일을 두고 늘 고개 숙였다.

……조선도 선교사를 받아들이게 하거나 조선을 청나라의 한 성으로 편입시켜 감독하게 하거나 선택하게 하라고 해 주십시오. 배 수백 척과 군사 5~6만 명을 조선에 파견하여 조선 국왕으로 하여금 전교사를 받아들이거나 조선이 정복되는 것 중 하나를 선택하게 하라고 해 주십시오…….

작은아버지 정약용은 백서 뒷부분에 달아 놓은 글을 두고 불같이 화를 냈었다. 고발조치 하라고 소리쳤다는 말도 들렸다.

"신앙의 자유를 획득할 수 있는 방안이 없을까?"

그 소리를 얼마나 많이 들었던가.

정난주 마리아는 그것이 외세를 부르는 소리가 아니라 백성들이 인간의 기본 권리를 보장받으며 살 수 있기를 바라는, 신앙의 자유를 간절히 원하는 소리임을 알고 있었다.

……선택하게 해 주십시오, 한 것이 어디 정복되길 바라는 소리던가? 선교사를 받아들이게 하자는 말을 강조하기 위한 방편 아닌가.

황사영이 능지처참 되고 나자 정학유는 제 아비의 말을 마음에 두지 말라며 손을 잡았다. 따뜻한 손이었다. 열여섯에 아비와 헤어져 살아야 했던 안쓰러운 사촌동생이었다.

"백서가 문제가 된 걸…… 백서를 평한 것을 두고 어찌 원한을 삼아? 누구나 나름대로 판단하고 말할 수 있는 것이지."

정학유가 머리를 숙일 때마다 그리 말해 주었지만 정학유는 그 일 때문에 더 기를 쓰고 배를 마련할 수 있도록 도왔을 것이라 짐작이 갔다. 이조명의 배는 육지로 나가야 하는 관아의 일도 제법 거들었기에 일이 쉬웠다고 했다.

배는 다시 바다로 나갔다. 노비에게, 그것도 천주학쟁이에게 글을 배우러 다니게 할 수는 없다 하여 발걸음도 못 하게 하던 이조명의 아이들이 글을 배우러 왔다.

"천주학쟁이래."

고개를 돌리는 여인들의 모습도 확 줄었지 싶었다. 야생화 자루에 꽃을 보태주는 사람까지 생겼다. 그들이 알려주는 새로운 꽃들은 꽃차의 향을 깊게 해주었다. 호갱이로 바닷물을 퍼 나르는 일도 이 사람 저 사람이 와서 도왔다.

"하이고, 전복 따고 고기 잡아 팔아 사는 것도 힘에 부치는데 뭐하러 소금까지 만들어 팝니까? 고생이 얼만데……."

소금을 만들기 시작했을 때 주위 사람들 모두가 비웃었다. 정난주 마리아는 달래와 둘이 너럭바위 위에 호갱이를 만들고 바닷물을 퍼다 채웠다. 우천 시에는 비를 맞지 않게 옮겨 놓으라며 김석구가 공간을 만들어 주었다. 어릴 때 간혹 돌소금을 만드는 어른들이 있었는데 그렇게 곤을 만들어 비를 피하더라고 했다. 곤물을 다시 호갱이로 옮기는 일은 힘이 배로 들었다. 맑은 날이 계속되어 돌소금을 얻으면 곡물을 두 배로 바꿀 수 있었다. 비가 계속되면 끓여서라도 소금을 얻었다. 끓여서 얻은 소금은 질이 떨어져 곡물과 같은 양밖에 바꿀 수 없었다. 정난주 마리아는 꾸준히 소금을 만들었다.

김석구를 통해 팔기도 하였지만 장을 만들고 절임을 하는데 요긴하게 쓰였다. 제주도는 기온이 높아 저장식품이 꼭 필요했다. 더구나 정난주 마리아처럼 굴러들어온 처지에서는 장이며 절임 반찬을 준비해 둘 필요가 있었다.

배 사건 이후 절임 반찬을 배우러 오는 발길도 늘었다.

그때 생업을 포기할 뻔 했던 일을 기억하는 이조명은 기회만 있으면 은혜 운운하며 정난주 마리아를 찾았다. 처음에는 도와줄 요량으로 소금을 내다 팔고 곡식이나 옷감으로 바꿔왔다. 언제부턴가 소금이 돈이 된다며 만들기만 하면 다 팔아 주마, 하더니 제 집은 물론 이웃들에게도 돌소금 만들기를 권하고 있다고 했다. 실제로 여기 저기 너럭바위마다 흙을 개어 둘레를 만들고 바닷물을 가둔 호갱이가 늘어나고 있었다. 이조명은 다른 지방의 소금보다 질이 좋다는 평을 받고 있다며 환하게 웃었다.

"오늘은 추자도에도 간대요. 그래서 아버지랑 무슨 의논 중이에요."

추자도라는 말에 정난주 마리아는 온몸을 훑고 지나가는 열기를 느꼈다.

"배다리 이야기도 했어요."

아이의 말이 채 끝나기도 전에 김석구가 모습을 드러냈다.

"용오름이 오르더니 좋은 징조였나 봅니다."

"그 무슨?"

"어제 최대용 나으리로부터 배다리 이야기를 들었습니다. 오늘 바다를 보면서 생각한 것인데 추자도 근처에서 배와 배가 만나면 어떨까 싶습니다. 마침 모슬포에서 배가 나간다고 합니다. 추자도에 연락을 해 배를 띄우라 소식을 넣었습니다. 잠시 얼굴이라도 보시지요."

배다리는 작은아버지 정약용이 한강에 다리를 급하게 놓으라는 정조의 명을 받들어 배를 연결해서 만든 다리였다. 그 기발한 생각이 추자도 앞바다에서 아들을 만나게 할 꾀가 될 줄이야. 그러나, 될까? 화를 부르지는 않을까? 설렘 속에 걱정이 끼어들었다.

"이런 일은 기회 있을 때 눈 질끈 감고 해야 합니다. 시절이 또 어떻게 바뀔지 아무도 모르지요."

천주교에 또 다시 혹독한 탄압이 떨어질지도 모른다는 말이었다.

"이런 일을 도왔다가 안 좋은 일에 휘말릴지도 모르는데……."

"우리 바닷가 사람들은 걱정 안하셔도 됩니다. 지체 높은 양반이 문제를 만들면 만들겠지요."

최대용을 온전히 믿을 수 있겠느냐는 말이었다.

"제 생각에 그쪽은 진심으로 도움이 되고자 하는 듯싶습니다만 소문이라도 나면?"

"아, 저 사람요? 그도 걱정 붙들어 매십시오."

김석구의 대답은 시원했으나 그래도 마뜩찮았다. 망설이고 서 있으니 김석구가 감추고 있던 말을 꺼냈다.

"저 사람이 아기를 가진 모양입니다. 아기를 위해서 조신하게 행동해야 한다고 제 입으로 다짐하고 먹는 것도 온전한 것만 먹던 걸요."

"아기? 아, 그래서……."

달래는 벌써 이것저것 보따리를 챙기고 있었다. 걱정이 사라졌다는 표정이었다. 아기를 가진 여자가 남 해코지를 하겠냐는 거였다.

"그런데 아씨, 무엇을 가져다 드리죠? 이젠 패물도 하나 없고. 나으리께서 아끼시던 토시를 가지고 갈까요?"

달래가 가지고 갈 만한 것이라고는 지어 놓은 옷 한 벌과 꽃차뿐이라며 주저앉아 한숨을 쉬었다.

"아니다, 토시는 됐다. 나 살아서는 내가 간직할 것이다. 나중에 교회가 그를 기억하면 교회에 보내야겠지. 경한은 아직 너무 어려서 그것이 무엇인지 알지 못하니 설사 주더라도 훗날의 일일 것이다. 그리고 이미 아버지를 주지 않았더냐."

정난주는 바다를 향해 섰다. 바라보면 언제나 추자도가 있었다.

얼마나 컸을까? 손 내밀면 잡아줄까?

10

다산에서

"나리!"

밖에서 나는 소리가 예사롭지 않다 싶었으나 정약용은 고개를 들지 않았다.

"가르침을 청하옵니다."

"당치 않소. 난 유배온 죄인이오."

더는 말이 없었다. 그러나 아직 마당에 서 있다는 것을 느낌으로 알 수 있었다. 나중에 더 이어 쓰더라도 일단 마무리 짓기로 한 '경세유표'를 돕기 위해 제자 둘이 와 있었다. 김종도가 일어나 문을 열려다가 엉거주춤 주저앉았다.

감시와 무고에 시달렸던 유배 초기와는 사정이 많이 달라졌다. 그러나 다산은 여전히 낯선 이를 경계했다. 또 무슨 고초를 당할지 모를 일이라는 생각 때문이기도 하지만 다산은 남은 시간 동안 저술에만 몰입하고 싶었다. 할 일이 많았다. 읽고 쓰는 일로 하루가 부족했다.

"있던 사람도 물리는 처지니 돌아가시게."

정약용은 저러다 곧 가겠지 하고는 경세유표에 집중했다. 오늘 내일 첫 권을 끝을 낼 요량이었다. 경세유표는 나라를 새롭게 하기 위한 정책제안서이니 이번에는 구체적인 실천방향으로 '목민심서'를 쓸 생각이었다. 이미 구상이 무르익었으므로 경세유표에 더 이상 매달릴 수 없었다.

어느새 밤이 꽤 깊어졌던가. 귤동 초가를 마련해 준 박씨의 목소리가 들렸다. 또 야식을 가져온 모양이었다.

"이런, 마당에 얼마나 서 있었기에 몸이 이리 굳었단 말이오?"

벌써 삼 년째 글을 배우고 있는 하동진과 김종도가 박씨의 소리에 놀라 얼른 문을 열었다.

"아니, 그가 아직도 있더란 말이냐? 날이 얼마나 찬데, 아직도 안 갔더냐? 어서 안으로 들여 몸을 녹이게 해라."

입성이 낡고 더러웠지만 아직 채 스물이 되지 못한 듯 보이는 젊은이는 용모가 반듯했다. 불빛으로 보아도 사람을 압도하는 기운이 느껴졌다.

아, 어쩌면 그 얼굴과 그리도 닮았는지…… 다산은 피가 거꾸로 도는 느낌이었다. 정조께서 왕위에 오른 지 14년 되던 해던가. 과거 시험장엔 선비들이 구름같이 모였었다. 정조가 감탄한 명문의 답안이 나왔는데 그 주인을 찾으니 열일곱의 홍안이었다. 바로 황사영이었다. 그때의 홍안이 다른 몸으로 나타난 듯하였다.

젊은이가 아직 채 녹지 않은 언 몸을 일으키더니 절을 올리려 들었다. 비틀거리는 몸을 김종도가 부축해 앉혔다.

작은 산이 큰 산을 가리네
거리의 멀고 가까운 이치로다.

크게 열리지도 않는 입으로 시를 읊는데 바로 자신이 7세 때 지은 것이 아닌가?

"아니, 그 시를 어찌? 그대는 뉘시오?"

"잠시 시간을 내 주시면 말씀 올리겠습니다."

김종도가 하동진과 박씨에게 눈치를 넣었다. 박씨는 가지고 온 동치미와 삶은 고구마를 작은 상 위에 올려놓고 김종도를 따라 나섰다.

믿을 수 없는 일이었다. 판에 박은 듯 황사영과 닮았다. 조카사위 황사영은 분명 1801년 박해 때 죽었고 약현 형님의 딸 명련(난주)은 관노가 되어 제주도로 보내졌다. 두살배기 젖먹이가 딸렸었지만 함께 제주도로 갔다. 가는 길에 죽어 바다에 버려졌다는 말을 들었다.

홍안의 청년은 기어코 일어서서 절부터 올렸다.

"아, 어찌 이 죄인에게……."

"황경한이라 하옵니다. 제 어머님이 바로 정난주 마리아이십니다."

"무슨 소린가? 지금 무슨 소리를 하는 건가? 어미가 내 질녀 정명련 마리아란 말을 하고 있는 것인가? 말도 안 되는 소리! 그 아인 가는 길에 죽었거늘."

혹시 살았다 해도 관노의 처지로 제주도를 벗어날 수 없을 터였다. 일전에 학유가 제주도에 다녀왔다 하였지만 그 아이가 살아 있다는 말을 들은 적이 없었다. 물어본 적도, 궁금해 한 적도 없었다. 가는 길에 죽어 바다에 버려졌다는 말이 그 아이에 관한 마지막이고 전부였다.

"놀라시는 것이 당연합니다. 어머니께서 제주도로 끌려가실 때 포졸들에게 호소하여 추자도에 저를 버리고 가셨습니다. 저를 데리고 가지 않으려고 꾀를 내신 줄 알고 있습니다. 일단 제주도에 들어

가면 함께 살 수는 있겠지만 평생 노비로 살아야 하니 그리 하셨겠지요. 옷섶에 황사영의 아들 황경한이라고 적어 놓으셔서 제가 그리 알고 자랐습니다."

"그럼, 그 섬에다 버린 아기가 죽지 않고 자라서 지금 내 앞에 앉았다는 말인가? 지금? 응? 그런 말인가? 자네가 황사영의 아들이란 말이지?"

"예. 분명 그러하옵니다. 어부 오씨가 어진 사람이어서 위험을 무릅쓰고 저를 키웠습니다."

"그럼 추자도에서 자랐는가?"

"예, 하오나 한참을 목천에서 자랐습니다. 오씨가 아버님을 하늘같이 생각해 자식으로 키우지 않고 받들어 키웠는지라 글도 좀 읽었습니다."

이런 일이, 황사영이 그 짧은 삶을 살다 가면서도 이리 듬직한 아들을 남겼다니…….

"하늘의 도우심 없이 될 일이 아니다. 암, 그렇고 말고…… 네가 살아서 이렇게 날 찾아오다니…… 아, 이제 되었다. 우리, 끊어졌던 시간들을 이어 보자. 글도 높일 겸 나를 도우면 좋겠구나. 목민심서, 흠흠신서가 기다리고 있다. 맹자요의, 만천유고도 끝내야 하고…… 세월이 흘렀어도 아직은 남의 눈을 가리는 것이 좋을 듯하니 스승이라 부르거라."

며칠 전, 김위중이 찾아와 곧 풀릴 줄 알았던 유배생활이 언제 끝날지 알 수 없게 되었다고 한숨을 쉬었었다. 서용호가 끈질기게 해배를 반대하는 바람에 일이 틀어졌다는 것이었다. 서용호는 암행어사 시절 지방관이었다. 그때 서용호의 비리를 고발했던 일이 이제와 앙갚음으로 돌아오다니, 까마득한 일들이 다시 현실에 고리를 걸고 있었다.

서용호는 백성들로부터 세금으로 베를 거둘 때는 긴 자를 썼으며 정부에 바칠 때는 짧은 자를 써서 남은 베를 제 몫으로 챙겼다. 어린 아이의 나이를 올려 장정으로 만들고 노인의 나이를 줄여서 부역을 시켰다. 농사를 지을 수 없는 산도 농토로 되어 있었다. 자기 잇속에 따라 기준을 바꾸고 거짓으로 위조했다. 그러면서 자기 꾀에 스스로 감탄했다. 그의 웃음은 백성들의 고단한 삶이었다. 그의 악행을 보고 울분을 참을 수 없었다. 피가 끓었다.

황사영은 아무 죄도 없이 끌려가 죽임을 당하는 힘없는 신자들을 보면서 피가 끓었을 것이었다.

공중에 매달고 매질을 하는 바람에 피투성이가 된 몸이 기운을 잃고 늘어지면 관리들은 그래, 학춤을 추어 보아라, 하며 조롱하였다. 돌과 돌 사이에 팔 다리를 넣고 뭉개고 불에 달군 인두로 살을 지졌다. 사람의 팔다리를 소에 묶은 채 소를 사방으로 몰았다. 정부는 사재를 털어 가난한 이들을 구제하던 유항검마저 그렇게 비참하게 죽였다. 정약종, 최인길, 강완숙 골롬바…… 믿고 따르던 신자들을 두고 혼자 도망갈 수 없다며 돌아 온 주문모 신부도 참수되었다.

그 참담한 상황에서 어찌 황사영의 젊은 피가 끓지 않았으랴. 탐관오리를 향해 솟구치던 울분에 비할 바 아니었으리라.

아, 황사영의 울분은 아무리 오랜 시간이 흘러도 사라지지 않을 것이다. 또한 백서로 인해 죄를 묻는 돌들도 끊임없이 날아들 것이다.

세월은 지나갔으나 지나간 것이 아니던가.

꿈길마저 과거에 이어져 있었다. 요 며칠 바짝 꿈자리가 어지러웠다.

모든 사물이 분명하게 보이지 않는 안개 속이었다. 어디인지 가늠할 수 없는 곳에 홀로 서 있었다. 사방에 울리는 비명과 절규가 처절했다. 무리를 이룬 사람들이 피투성이 몸을 이끌고 어디론가 가고 있었다. 순교자들이었다. 자신을 향해 날아오는 돌 따위는 안중에도 없는 황사영이 순교자들을 뒤따르고 있었다. 어디선가 몽둥이가 날아들었다. 황사영이 황급히 돌아서서 두 팔을 벌려 막았다. 꿈은 시간이 흘러도 자꾸 같은 이야기를 반복했다.

*

물러가지 않을 것 같은 추위도 가고 세상을 그대로 천국으로 만들 것처럼 피어나던 봄도 지나갔다. 초목도 짐승도 제 목숨의 정점을 향해 치닫고 있었다.

지난여름 곳곳에 홍수가 나고 농토가 쓸려 내려가 기근이 든 데다 또 다시 하늘이 구멍이라도 난 것처럼 비가 퍼부었다. 주위를 돌아보면 굶주림이 극심했다. 음으로 양으로 이어지는 도움들이 부담이었는데 경한이 남새밭을 가꾸는 일에도 성심을 다해 사양할 구실이 생겼다. 나눠 줄 만큼 넉넉한 것도 있었다.

경한은 새벽에 와서 밤늦게 가기도 하고 며칠 지내다 가기도 하였다.

다산은 조금씩 쓰기 시작한 목민심서를 경한과 함께 다듬고 계획하는 내내 가슴이 뿌듯했다. 경한은 하나를 알려 주면 열을 알았다.

뿐인가, 구술하면 기록하는 일도 능했다. 풍증으로 차질을 빚을까 염려했던 저술이 무리 없이 진행되었다.

이상하게 경한을 보고 있으면 마재가 그리웠다. 경한이 마재를 불러오고 그리운 이들을 불러오고 있었다.

……자형 이승훈도, 박학했던 광암 이벽도, 이가환도 다 가고 없도다. 나 홀로 살아 외롭고 구차하구나.

마재를 향해 혼잣말이 늘었다. 경한은 쓸쓸할 때에 느닷없이 다가와 위로가 되곤 했다. 풍증으로 불편해진 육신을 경한이 아니면 누가 이리 알뜰히 살펴주랴 싶었다. 하늘에서 뚝 떨어진 존재 같았다.

"네가 있어 얼마나 든든한지 모른다."

마재에서 눈을 거두어 경한을 향해 돌아서는데 발밑에 피가 보였다.

"아니, 누가 널 해치더냐?"

"누가 그런 것이 아니라 제 스스로 그리하였습니다."

경한의 표정이 굳어 있었다. 자세히 보니 넘어지고 구르며 험한 산길을 밤새 쏘다닌 듯했다.

"그래, 누구에게 당한 꼴은 아니구나. 무슨 일이 있더냐?"

"양민들도 유랑민이 되어 떠도는 판이라 산속에 숨어 든 교우촌이 말이 아닙니다."

"누가 교우촌에 있더냐?"

가슴이 뜨끔했다. 그럼, 한참 안 보일 때는 교우촌엘 갔더란 말인가? 또 그때마다 몰골이 말이 아니었던 것도 그곳에서 무슨 일이 있었다는 뜻인가?

"예. 미처 말씀 올리지 못하였습니다. 오씨 일가들이 천주교에 들었습니다. 오씨는 교우촌 곳곳에 곡물을 보내주고 부보상들을 통해 생필품도 보내왔는데 누군가 밀고를 하여 고초를 겪고 있습니다."

1801년 신유박해 이후 살아남은 천주교인들이 산속에 숨어들어가 숯을 굽고 옹기를 만들며 산다는 소릴 들었다. 대부분 글을 모르니 오래 이어가기 어려울 거라 여기고 있었다. 경한이 그곳에 깊이 발을 디뎠다면 또 사단이 날 일이었다. 이미 가문이 쑥밭이 되었다. 겉으로야 잠잠했지만 여전히 불안한 세월이 흐르고 있었다.

"너도 세례를 받았느냐?"

"저는 천주교에 들지 않았습니다."

"그럼 오씨는 천주교에 들었더냐?"

"아니옵니다. 그렇지만 아침저녁 기도하고 실천생활을 하는 걸로 보아 형식은 갖추지 않았지만 신자라 할 수 있습니다. 하느님의 도우심으로 제가 살아남은 줄 압니다. 하오나 저는 가문의 몰락을 알고 있기에 천주교에 들지 않을 결심입니다."

"그런데 몰골은 왜 그 모양인 거냐?"

"누굴 좀 찾아다니느라 그러합니다."

"그게 누구냐?"

"꼭 찾아서 죽이고 싶은 사람이 있습니다."

"아니, 네 지금 뭐라 했느냐?"

정약용은 놀라 다리가 후들거렸다. 단호한 말소리가 영락없는 황사영이었다.

"설마 네 혼자 가문의 원수를 갚을 작정이더냐?"

"그럴 수 있으면 그러고 싶습니다. 하오나 제가 무예를 익힌 적도 없고 아무 힘도 없으니 그리 무모한 생각은 못합니다. 그리고 그 원수라는 존재가 어디 한두 사람인 것입니까? 그들은 이미 단단한 덩어리가 되어 있습니다. 그 고질 덩어리를 조금씩이라도 깨부수어야 할 것이란 생각만 간절합니다."

"그것을 깨겠다고 드는 건 바로 네 아비와 같구나. 네 아비는 꼭 바꾸고 말겠다는 의지가 누구보다 대단했다. 백서도 그 의지에서 나온 것이지. 백서를 명주에 백반으로 썼다는 소리를 들은 적이 있더냐?"

"예, 검문검색을 피하기 위해 그리했다 들었습니다."

"암, 물에 담가야만 글씨가 드러나게 했으니 검문검색으로는 가려낼 수 없었다. 기가 막힌 꾀 아니더냐. 누구도 그런 생각을 해낼 수 없을 게다. 그러나 그 내용 일부에 분명 문제가 있었다. 조선의 현실이 아무리 암담해도 외부의 힘을 빌려 깨겠다는 발상은 곤란한 일이니……."

"결단코 외세에 내 나라 내 민족을 멸망시키라고 엎드려 빌 사람은 아니라는 말을 들었습니다."

"아니고 말고. 황사영을 아는 사람들은 다 아는 사실이다. 실제로 그런 일이 일어났다면 네 아비가 앞장서 반대했을 게다. 허나 군사를 파견하여 조선 국왕으로 하여금 전교사를 받아들이게 하라는 글을 보고 저들이 그냥 두겠느냐?"

"그것이…… 그리하면 조선 국왕이 전교사를 받아들이고 신앙의 자유를 보장하겠다, 답할 것이라 믿는다는 말이지 어디 침략을 하라는 말이었겠습니까?"

"빌미로 삼자면 읽어야 할 말을 읽지 않고 도와주기 위해 쓴 말을 읽는 법이지. 그렇다 해도 그건 유치한 발상이다. 네 아비는 젊은 혈기에 광란에 가까운 박해를 겪었으니 무슨 생각인들 안 들었겠느냐?”

“서역의 회교도들이 코란을 받겠느냐? 아니면 칼을 받겠느냐 묻는다는 말을 어머니께 들은 적이 있는데 뭔가 비슷한 느낌이 들었습니다.”

“회교도? 네 에미가 그런 말을 어찌 알았다더냐? 그리고 너, 네 에미를 만난 적이 있더냐?”

“예. 최대용 어른께서 기회를 주신 적이 있었습니다. 일곱 나이에 처음 뵈었지만 그 기억은 분명치 않습니다. 그저 두렵기만 했으니까요. 추석에 꼭 한 번 마주앉아 뵈었지만 어머니께서 혹 흉한 일이 생길까 염려하셔서 그 후로는 먼발치에서만 몇 번 더 뵈었습니다. 그도 아무도 모르는 일이옵니다. 회교도에 관한 이야기는 나중에 최대용 어른이 주신 책에서도 얼핏 보았습니다.”

“흠, 제주도에는 가끔 서역의 배들이 표류하기도 한다 들었느니…… 그래 그렇게라도 어미를 보았으니 되었다.”

다산은 그때의 일을 경한이 얼마나 알고 있을까, 기색을 살폈으나 경한의 눈은 닫혀 있었다. 다산은 경한이 그 당시의 일을 머리, 꼬리 다 떼고 일부분만 들었다면 제 아비 황사영과 자신의 관계를 곡해하고 있을 것이란 생각이 들었다.

*

처음 백서를 접했을 때 이것은 흉서다, 라는 말이 자신도 모르게 튀어나왔다.

혹자는 그 일을 두고 자신이 서교를 배교하고 떠났다는 증표로 삼으려고 했었다. 그때 감형 받은 것이 황사영의 글을 흉서라고 내던졌기 때문이라고도 했다. 속내를 모르는 사람들은 감형을 목적으로 그랬다고 믿었을 수도 있었다.

백서는 국가와 국가 간의 외교문제가 될 소지가 있었다. 그로 인해 다른 무고한 신자들의 목숨이 위험에 처할 것이 불을 보듯 뻔했다. 무엇보다 자신의 탈중국관에 어긋나는 것이었다. 그의 진심이 외세가 아니라 하늘을 향하고 있다는 것을 모르지 않았다. 그러나 문서로 남아서는 안 될 울분이었다.

"나는 내가 태어난 나라라 해서 무조건 충성을 바칠 생각 없다. 인의의 나라, 평화의 나라를 위해 내 모든 것을 바칠 것이다. 당연히 그런 나라를 만들기 위해 목숨을 바칠 것이다, 했으니 그는 역적이 될 수밖에 없네. 순교가 아니라 역모 죄를 쓰게 되는 것이란 말일세."

고신 중에 나온 황사영의 말을 전해 주면서 김위중은 눈물을 보였다. 평소에 황사영을 두고 아무리 남다른 성화소명을 가졌다 해도 이해하기 어려운 인물이라고 고개를 갸웃하던 김위중이었다.

"황사영은 관리로 나서는 행위 자체를 배교라고 몰아 부치더군. 하긴 뭐 나도 때때로 관리로 사는 것이 죄라는 생각이 들곤 하네만 그렇다고 관직을 팽개칠 수야 없는 일 아닌가?"

이승훈, 이가환 등이 현직 관리로 일했던 것을 두고도 황사영은 배교자로 매도하려 들었다. 성실한 관리로 사는 것은 그 자체가 크나큰 덕행이고 하느님을 섬기는 행위로 여겨질 일이었다. 그러나 조선의 현실은 천주교와 유교의 이념적 갈등이 첨예화되어가는 박해 상황이니 황사영의 눈으로 볼 때 유학적 관료체계 하에서 충실한 관리로 사는 것은 덕행이 아니라 배교였다. 그가 지인들을 배교자로 매도하는 것은 현실에 대한 절망이기도 했다.

새로운 세상에 대한 갈망이 어디 황사영만의 불이던가. 광암 이벽도 정의롭고 사람답게 살 수 있는 세상을 꿈꾸다 천주교를 만났다. 내가 찾던 길이 바로 이 길이다, 라고 외치며 등을 높이 켜들고 사람들을 불러 모았었다. 엄밀히 따지자면 초기 교회건설자들의 상당수가 순수한 종교적 입장을 넘어 사회개조까지 꿈꾸어 온 사람들이었다. 이런 움직임을 두고 채제공은 피바람을 몰고 온 원인이라고 말했지만 정약용은 조선 사회가 잘못 걸어온 결과라고 생각했다.

참으로 오랫동안 당파 싸움이 이어지고 있었다. 부정부패가 만연하고 아무것도 존중받지 못하는 백성들의 삶은 고단하기만 했다.

"저는 누가 무슨 말을 해도 혼란스럽기만 했습니다. 한때는 멸문지화를 불러온 원망을 씻을 수가 없어서 방황하기도 했고요. 실은, 죽는 날까지 내게 핏줄은 없다 여기며 살 작정이었지요."

당시의 불편한 상황을 경한도 들어 알고 있다는 소리였다.

"혹 내가 네 아비를 질타했다는 말도 들었느냐?"

"예. 할아버님의 한 마디는 다른 사람 백 마디 못지않은 힘이 있었을 것이라는 생각도 했습니다."

"원망이 컸겠구나."

"어머니의 당부가 있기 전까지는 그랬습니다."

"어미가 뭐라 당부를 하더냐?"

"조선이 죽이려 드는데 누군들 막을 수 있었겠느냐고 하셨지요.

설사 아버지가 그 백서를 쓰지 않았더라도 제물이 될 수밖에 없었다고요."

"당시 우리는…… 뼛속까지 썩어버린 조선을 개혁해야 한다는 투지를 가지고 있었다. 나는 관직과 법이 사회를 변화시킬 수 있는 가장 빠르고 합리적인 방법이고 길이라 믿었고. 네 아비는 양반이라는 말 자체도 역겨워했다. 관직에 있는 것 자체가 하느님을 배반하는 것이라고 비난했었으니까. 관직에 있는 한 조선 관리로서의 입과 발을 가져야 한다는 것이었지."

"어머니도 현실을 바탕으로 길을 찾아야 한다는 생각과 그것도 타협이라는 생각이 충돌한 것이라고 하셨지요."

명련을 생각하면 가슴이 미어졌다. 그 먼 곳에서 쓸쓸히 홀로 늙어 가다니……. 약현 형님이 무릎 위에서 어르고 달래던 모습이 눈에 선했다. 눈에 넣어도 아프지 않을 귀한 딸이었다. 평범한 백성도 못 되고 노비라니…….

"요즘 나는 하느님 앞에 무릎 꿇는 시간이 길어졌다. 이런저런 죄를 고하고 자비를 청하고 있다."

"제가 그날 느닷없이 마음을 바꿔 스승님을 찾아뵙게 된 것은 박씨에게 쇠사슬을 구해오라 부탁하셨다는 이야기를 들었기 때문이었습니다."

"아니, 그걸 네가 어찌?"

"박씨를 만난 곳은 대장간이었지요. 교우촌에 가져갈 호미와 칼을 구하러 갔다가 박씨가 대장장이에게 고통이 덜한 사슬을 부탁하는 것을 들었습니다. 의아한 마음이 들어 뒤를 캐보았습니다."

"보속으로 고행 극기를 결심한 것을 눈치 챘다는 말이로구나."

"제 어린 마음으로 짐작할 수 없는 고통이 있었을 거라는 생각이 들었습니다."

"흠, 그랬었구나. 난 그날 내심 이것이 무슨 바람인가 했었다. 네가 죽었다는 소식이 올라왔어도 네 아비 일로 워낙 혼이 빠진 터라 눈 돌릴 겨를이 없었지. 막연히 어딘가에 살아 있을지도 모른다는 희망을 간간 품어보기는 했다만 네가 세상에 나올 줄은…… 뜻밖이었다. 박씨가 자식 둘의 공부를 맡기고는 집도 마련해 주고 먹을 것을 끊이지 않게 해 주더니 그런 마음까지 썼던 것을…… 나는 그도 몰랐구나."

"어머니도 서신에 늘 세상에는 좋은 사람이 더 많다고 적곤 하셨습니다. 제 마음이 거칠어질까 염려하신 때문이겠지요."

"그렇고 말고. 인간이란 잉태되자마자 그 안에 영명하고 무형한 하느님을 닮은 본체가 부여되기 때문에 인간 본래의 성은 선을 좋아하고 덕을 좋아하느니라. 자, 지난 일은 그만두고 네 혈기는 무엇 때문에 끓고 있는지 들어나 보자."

"지난번 기근 때 교우촌을 돌며 얻어먹고 살았던 자를 찾고 있는데 좀체 잡히지를 않습니다."

"없는 사람들 것을 갈취해 먹었다는 말이로구나. 죄질은 안 좋구나. 허나 그 때문에 온 나라를 뒤져서라도 벌하겠다는 것이냐?"

"교우촌 사람들이 아무리 없어도 나눠 먹을 줄 안다는 걸 이용해서 빼앗아 먹은 행위도 벌 받아 마땅하지만 얻어먹을 것 다 얻어먹고 난 다음에 한 짓이 더 괘씸합니다. 교우촌에 더 이상 나올 것이 없다는 것을 알고는 관아에 위치를 알려주고 상금을 타먹었다고 합니다. 짐승만도 못하지요."

"오씨도 그래서 잡혀든 것이냐? 힘을 보태 구명해 보랴?"

"아닙니다. 교인이 아니니 나가라고 하는데도 오씨가 나오지 않고 있습니다."

경한은 고개를 들어 하늘을 보았다. 눈에 눈물이 고인 것을 떨어뜨리지 않으려는 듯 보였다.

저렇게 고이는 눈물을 앞으로는 또 어찌 할 것인가? 저 마음을 어찌 간수하며 살아나갈 것인가? 아, 경한의 발밑에 잔돌이라도 깔아줄 수 있다면! 보탬이 될 일이라면 무엇이라도 해 주고 싶건만 유배지에 매인 몸이니 그도 마음뿐이다.

"혹시, 이벽의 생각이 어떤 것이었는지 네 아느냐?"

"천주교를 시작하셨다는 말만 들었습니다."

"지난번에 만천 유고에서 그와 내가 상제에 관해 같은 견해를 가지고 있었음을 보지 않았느냐? 주자학에서는 모든 인간 윤리, 제도 등을 사회적 산물이 아니라 절대적인 천리에 의한 것으로 생각한다. 권위자가 일방적으로 효를 강요하고 신하가 왕에게 무조건 충성해야 하지. 광암은 이런 상하관계를 인정하지 않았다. 아마도 초겨울로 접어들던 때였던가 싶다. 우리는 그날, 배를 타고 한강을 건너는 중이었다. 광암이 사회의 혼란을 야기시키고 균형 잃은 사회로 만드는 것들이 바로 우상이라고 말할 때 머릿속을 훑고 지나가는 한기에 몸을 떨었다. 나는 인간이 만든 모형만을 우상이라 여겼더니라. 부자, 군신, 주종관계 등을 상하관계로 절대시 하는 것이 바로 우상화라고 하는 말을 그에게서 처음 들었다. 어쩌면 나는 그날 이후 줄곧 목민관에 대해서 생각해 왔고 그때부터 이미 마음으로는 목민심서를 쓰기 시작했던 것인지도 모른다."

"그간 목민심서를 도우면서 목민심서의 바탕이 되는 생각들을 짚어보고 있었습니다. 천자조차도 백성이 바꿀 수 있다는 생각에 놀라기도 했고요."

"암, 우상화 된 절대 권력에는 악이 증가하기 마련이니 백성이 바꿀 수 있어야 하고말고."

"스승님은 목민관에 비중을 두고 글을 쓰고 계시지만 저는 백성의 무지가 더 큰 문제가 아닐까 생각하곤 합니다."

"맞는 말이다. 백성의 무지뿐만 아니라 의식개발의 폐쇄, 백성들의 정신생활의 기반이 될 수 있는 사상의 부재가 우리 국가사회의 가장 큰 병이다. 광암과 내가 원하는 것이 바로 이 국가가 안고 있는 마음의 병을 고치고 정신생활의 기반이 되어 줄 좋은 사상이었다."

"……."

"지금 네가 그토록 죽이고 싶어 하는 그 누구도 하나를 죽여서 없앨 수 있는 인사가 아니다. 세상을 바꾸는 편이 그자 하나를 죽이는 것보다 낫지 않겠느냐? 나는 네가 좀 더 눈을 멀리 두고 살았으면 싶구나."

상처를 휘저어놓은 건 아닐까 싶었다. 경한의 발길이 뜸해졌다. 혹 제 아비 일로 마음이 언짢은 것 아닌가 부쩍 걱정이 들었다. 어쩌다 한 번 불쑥 나타날 때 보면 꼴이 말이 아니었다.

아무리 부보상 몇이 돕는다지만 작정하고 피해 다니는 사람을 찾는다는 것이 어디 쉬울까? 저러다 제풀에 지치겠지. 다산은 더는 말하지 않고 기다리리라 마음먹고 있었다.

*

경한을 못 본 지 꽤 오래 되었지 싶었다. 귀양살이를 끝내고 마재로 돌아갈 수 있게 되었는데도 경한을 생각하면 마음이 착잡했다. 경한은 분명 마재 쪽으로는 발걸음을 하지 않을 터였다.

또 하루가 지고 있었다. 남새밭에서 따라온 흙을 털어내는데 다가오는 발소리가 유난스러웠다. 경한이 마당으로 뛰어들었다. 어딘가 달랐다.

"스승님, 드디어 찾았습니다."

"찾았으면? 네가 그자를 어찌했느냐?"

"어찌하긴요. 주먹으로 가슴을 한 방 냅다 먹이고 돌아섰지요."

"혹, 찌르기라도 할까 걱정했구나. 그러고 보니 네 아비가 남긴 백서의 티와 똑같구나. 그래 이제 되었느냐?"

"예, 그렇게라도 꼭 해야 할 것 같았습니다. 옥에 갇힌 사람들의 고초를 생각하면 마땅히 죽어야 할 자인데 죽이고 살리는 것은 하느님 일 아니겠습니까. 다만, 여기까지는 내가 해야겠다 싶었습니다. 그렇긴 한데도 옥에 갇혀 있다 죽은 장노인을 생각하면 여전히 가슴에서 불이 일어납니다."

"장노인이라면?"

"그는 앉은뱅이였습니다. 일을 못하니까 교우촌에서도 늘 미안하다, 미안하다는 말을 달고 살았었지요. 포졸들이 그를 끌고 갈 때 사정을 봐 주었겠습니까? 반 주검이 된 상태로 옥에 갇혔는데 더 이상 교우들에게 짐이 되기 싫어서 결심을 한 듯합니다. 옥리들이 던져주는 죽마저 남에게 주고 제일 먼저 옥사했지요."

"흠, 그런 일이 있었더냐."

"백성들의 목숨을 나라에서 어찌 이리 함부로 하는지요."

"내 오늘 네게 할 말이 있다. 저녁부터 먹자꾸나."

마주 앉아 먹는 밥상은 오늘이 마지막이 될 것이었다. 마루에 앉아 바라보는 풍광이 여느 때보다 더 아름다웠다. 유배지지만 돌아보면 좋은 시간이었다. 다산 아래 온 이후 다산이란 호를 썼다. 다산 초당에는 맑은 물이 언제나 찰랑거리는 샘이 있었다. 그래서인지 채소가 잘 되고 꽃도 고왔다.

생이별이나 사별은
사람의 늙음을 재촉하느니
슬픔은 짧고
기쁨은 길었으니
하늘의 은혜에 감사하는도다.

다산에서의 세월은 관리가 되어 세상을 경영해보겠다는 포부를 접고 학문에 몰두한 시간이었다. 고독, 한, 학문에의 열정, 혼자 살아남은 자로서의 의무감…… 그것들이 유배생활의 밑바닥에 있었다. 정신을 맑게 하고 왕성한 저술활동을 가능하게 했으니 꼭 나쁜 것만은 아니었다.

그러나 항상 마재로 돌아가고 싶었다. 경한을 만난 후, 경한이 함께 돌아갔으면 하는 욕심까지 생겼다. 함께 돌아가고 싶은 것은 경한뿐이 아니었다. 다산에서 기른 제자도 열은 꼽을 만하였다.

"넌 내가 배교한 것을 어찌 생각하느냐?"

밥상을 밀며 뜬금없는 말을 꺼냈는데도 경한은 선뜻 대답했다.

"저는 살아남은 것이 옳은 일이라 여깁니다. 순교자들을 생각하면 꼭 죽어야만 하느님을 지킬 수 있는 것인가? 하는 물음이 떠오르곤 합니다. 살아서 하느님을 지키는 것에 더 큰 가치가 있는 거 아니냐고 아비를 향해 소리치던 때도 있었습니다. 그리고 그게 꼭 스승님의 의지대로 되는 일이었을까 하는 생각도 합니다."

"그리 생각하고 있었더냐? 그러나 순교자들은 하느님을 지키기 위해 죽을 수밖에 없는 상황에서 용기를 낸 사람들이다. 나하곤 비교할 수 없는 신앙이었지. 그래, 그랬다. 나는 정조를 돕기로, 관직에 나가기로 작정했을 때 천주교는 끊기로 마음먹었었다. 제사문제가 계기가 되었고, 그런데도 나를 죽이려는 사람들은 신앙을 구실로 삼곤 했지만."

목숨을 잃을 지경에 이른 적이 한두 번이 아니었다. 살기 위해, 배교한다는 말을 분명하게 입으로 뱉은 적은 없었다. 그런데 문초관들이 무슨 이유에서인지 죽이지 않으려는 뜻이 있었고 번번이 살려두었다. 유배를 명받고 떠났다가 열흘 만에 임금의 뜻으로 돌아온 적도 있었다.

"정조께서 어떠한 상황에서도 믿어 주시고 늘 가까이 두고 싶어하셨다 들었습니다."

"그러나 그 때문에 더 모함이 심했던 것 또한 사실이다. 그리고 내 몸과 마음을 내 뜻대로 할 수 없었다. 관직에 나아가고 물러나는 일은 물론 살고 죽는 것까지 내 마음대로만 할 수 없었다."

"그것이 바로 스승님의 십자가이었겠지요."

왕의 총애를 한 몸에 안고서는
궁궐의 가장 은밀한 곳에서까지
참으로 가까이서 섬겼도다.
완악한 무리들이 세력을 잡았지만
하늘은 버리지 않고
옥과 같이 곱게 성장시키려 하였으니…….

시를 맺지 못하고 눈을 들어 먼 산을 보았다. 산은 서로의 어깨를 맞대고 끊어질 듯 이어지고 있었다. 담장 밑으로 고양이 한 마리가 울며 지나갔다. 아직 어린 새끼 고양이였다. 고양이의 모습이 사라지고 나서도 한참을 그 울음이 귓가에 남았다. 마당에는 패인 구덩이가 있어 물이 고이고 고인 물에 구름이 내려앉았다. 경한은 구덩이 속 구름에서 눈을 떼지 않았다. 경한의 옆모습이 측은했다.

다른 세상을 살 수 있었을 것을…….

힘을 내려고 애쓰는 모습이 더 안쓰러웠다.

"지금 생각해보면 네 아비를 적극적으로 구명하지 않은 것이 내 가장 어리석은 배교 행위였다."

"아버지는 누구도 구명할 수 없었을 것입니다. 어머니도 스승님께는 다른 소명이 있다 하셨지요. 만일 스승님께서 순교하셨더라면…… 그런 일은 생각도 하고 싶지 않습니다. 경세유표며 목민심서 같은 좋은 책들도 태어나지 못했겠지요. 귀한 생각들이 다 사장되고 말았을 것입니다. 수원성 축조 때 활차滑車와 고륜鼓輪을 써서 작은 힘으로 크고 무거운 물건을 운반할 수 있게 했다는 말을 듣고 얼마나 탄복했던지요."

"흠, 비용을 4만 냥 이상 절약할 수 있었지. 그러나 그건 그리 내세울 만한 것이 못 된다. 광암이 하려고 했던 일이야말로 대단한 일이었다. 생각해 보아라, 장노인이 고통을 고통이라 여기지 않았다는 것은 대단한 힘이다. 기근이 들어 양민들도 굶어죽는 판인데 산속에 숨어든 사람들이 굶어죽지 않은 것도 기적이라 할 만하지. 그것이 바로 하느님의 힘 아니겠느냐? 사람마다 그 힘으로 산다면 사람 사는 세상이 달라질 것이다. 순교한 사람들이 어리석어 보일 수도 있지만 그들은 그 하느님을 드러내 보여주는 거다."

"예, 저도 그리 여깁니다. 하오나 천주학 때문에 탄압을 받고, 무모하게 죽고 싶지는 않습니다."

"그래. 한스럽게도 아까운 인재들이 너무 많이 죽었다. 이가환, 이승훈 등은 조선이 다시 얻기 어려운 과학자고 수학자였다. 그들이 죽는 걸 막을 도리가 없었다. 난 요즘 너까지 잃고 싶지 않다고 기도하곤 한다. 가끔 꿈에서도 너와 헤어지기 싫어 진땀을 흘리곤 한다."

"마재로 가시면 찾아뵙기 어려울 것입니다."

경한의 고개가 툭 떨어졌다.

"해서 내, 생각해 둔 것이 있다."

"무슨 말씀이신지요?"

"실은 일전에 정하상이 찾아왔었다. 네 어미와는 사촌이 아니냐. 조선에 사제를 영입하려고 애를 쓰고 있더구나. 벌써 청에 몇 번 다녀왔고 교황청에 서신을 보내기 위해 방법을 찾고 있는 줄 안다. 신심이 누구보다 깊다. 허나 글이 썩 밝지 않다. 네가 도움이 될 수 있으면 좋겠다."

"제가 어찌 도우면 되겠습니까?"

"내가 잘 아는 이가 동상에 몇 있다. 그들이 청에 자주 가는지라 너를 청에 데려가 달라고 부탁을 넣었다. 가서 세상을 넓게 보고 세월이 달라지면 들어오너라. 네 생각은 어떤지 듣고 싶구나."

경한은 대답 대신 일어나 큰절을 올렸다.

"그리고 서사西士를 찾아가 세례를 받도록 해라. 내가 죽을 때 종부성사를 받을 수 있을지 모르겠구나. 나는 요즘 묵상 중에 네 아비와 많은 말을 한다. 이제부터 정밀히 닦고 실천하여 하늘의 밝은 명命을 돌아보면서 여생을 마치려 한다고."

"얼마 전부터 자주 단식하시고 묵상이 길어지셨지요. 몸 곳곳에 쇠사슬을 감고 계시는 것을 보고 고행의 의미를 속으로 새기고 있었습니다."

"그래. 어떻게든 보속을 해야지. 앞으로 살아 있는 동안 허리에 띠고 있는 이 작은 쇠사슬만큼은 풀지 않을 작정이다."

11

황경한

"천쇠를 찾아 가겠다니 그 무슨 소린가?"

"그곳에 가면 청국과는 또 다른 물산이 있지 않겠습니까?"

"흠, 상선에 딸린 식구들도 늘었고 새로운 길을 찾아보는 것도 나쁘진 않지. 하지만 길이 멀다 들었네."

"수사님도 간 걸요."

"그야, 천쇠야 기적이니까……."

"기적이라구요?"

"암, 사람이 달라지는 것보다 더 큰 기적이 어디 있겠나? 천쇠가 아우구스티노 수사로 다시 태어난 것은 기적이구말구."

"제 아버지에게도 비슷한 어떤 변화가 있었던 것일까요?"

"하느님을 따르기 위해 양반까지 벗어던진 것이 기적이 아니면? 성체를 백날 받아 모셔도 성체가 못 되는 게 보통 사람이네. 황사영이야 욱 하는 성질에 허물을 만들었는지는 모르겠으나 알맹이는 누구보다 제대로 변화되었다고 믿네, 나는."

무심코 튀어나온 말이었는데 장두수는 정색을 하며 말했다.

"그럼, 우리는 멀어서 못 가는 것입니까?"

옆에서 듣고 있던 장평개가 장두수를 향해 물었다. 장두수는 대답을 할 듯 말 듯 한동안 뜸을 들이고 앉았더니 슬그머니 일어나 밖으로 나가버렸다.

사흘이 지났을까? 역시 안 되는 일인가 싶었는데 장두수가 황경한의 어깨를 툭 치며 말했다.

"까짓 한 번 가 보세. 좋은 판이 될지도 모른다는데 해 보지도 않고 꼬리를 내릴 수야 없지. 자네 말대로 불과 얼마 전까지만 해도 은의 길이라 불릴 만큼 교역이 성했던 곳이라더군. 중국의 비단과 도자기가 그곳에서 은과 거래 되었다는데 그 규모가 상당했다는 게야. 지금은 세가 꺾이는 추세라더군. 그래도 아직은 거래가 적잖은 곳이라니 한 번 가 보세. 헌데 천쇠를 꼭 만난다는 기대는 말게. 워낙 넓은 곳이라 쉬운 일이 아닐 테니까. 청나라 사람 중에 길을 아는 이가 있을 걸세. 사람부터 구해 보세."

장두수가 아들, 장평개를 앞세워 함께 갈 사람을 찾으러 다녔다. 겉으로야 이익을 찾아나서는 것이지만 그도 천쇠가 간 그곳에 가 보고 싶은 마음이 없지 않을 것이었다. 천쇠가 떠날 때, 내가 데려다 주면 좋으련만…… 그때야 워낙 먼 길인데다가 내가 아직 힘이 없을 때라 그 어린 걸 혼자 보냈지만 지금이야, 하며 아쉬워하지 않았던가.

천쇠는 그때 수도원으로 갈 수 있게 도와 준 것에 감사한다고 말했지만 다산 정약용도 어린 천쇠를 홀로 보낸 것이 마음에 걸려 몇 번이나 먼 산을 보았었다.

이상한 일이었다. 천쇠가 정약용, 장두수와 함께 조선을 떠났던 일을 두고 하느님께로 가는 구름다리에 올랐던 것이었던가 싶다고 말하는데 마치 천쇠가 자신이 하느님께로 가는 다리가 되어 주마,

하는 것처럼 느껴졌다.

다산 정약용은 헤어질 때 원수 갚을 생각보다 은혜 갚을 생각을 먼저 하라고 당부했었다. 평생 정조 곁을 지키면서 얻은 생각인 듯 금세 정조 이야기를 덧붙였다.

— 정조의 아버지 사도세자는 역적으로 죽었다. 영조가 아들을 죽일 수 없으니 역적으로 죽인 것이다. 네 아비 황사영은 순교자였다. 허지만 다른 순교자들과 달리 역적으로 죽었다. 그들은 사회의 죽은 일부와 함께 죽은 것이다. 한이 남을 수밖에 없다. 얼마나 고통스러운 시간을 보냈을지는 누구보다 네가 더 잘 알 것 아니냐? 정조께서 원한을 풀고자 들었다면 조정이 피바다가 됨은 물론 누구보다 정조 자신이 지옥이었을 것이다. 하지만 정조는 자신을 살리기 위해 애쓴 사람들의 은혜를 먼저 생각했다. 그리고 탕평책을 폈다. 그것이 정치적 술수라고 보는 사람도 있었지만 그는 진심이었다. 심환지에 대한 애정이 바로 그 증표일 것이다. 내가 정조를 하느님을 사랑한 사람이라고 믿는 까닭이 거기에 있다. 하느님이 사랑한 사람이라고 해도 좋겠지.

천쇠는 어땠을까? 천쇠라는 천한 이름도 절에 버려진 후 누군가가 그렇게 부르면서 시작된 이름이었다. 아우구스티노란 이름으로 다시 태어난 천쇠가 무슨 은혜가 있어 갚을 생각을 할까? 어린 나이에 홀로 그 낯선 세상에서 보낸 시간은 결코 녹녹치 않았을 것인데…… 그러나 그도 같은 말을 했다.

"나는 은혜를 많이 입은 몸이라 갚을 데가 많다네."

장두수가 이끄는 상선에 올라 시야를 넓히고 보다 나은 세상으로 가는 길을 살펴보고 오라는 정약용의 당부는 아무 생각 없이 굴러가는 대로 살고 있지 않느냐는 안타까움이고 질책이었다.

"국가고 백성이고 부를 일구는 데는 다른 나라와의 교역이 으뜸이지. 정약용 선생이 자네를 내게 보낸 것이 양반으로 돌려놓으란 뜻이 있을지는 내가 모르겠고 이왕 이렇게 만났으니 일단 함께 일해 보세. 나는 일찍부터 장사만 익힌 터라 해 줄 수 있는 일도 그뿐일세."

정약용의 서신을 보더니 동상의 장두수는 당장 상단에 자리를 마련해 주었다. 뜻밖에도 일에 재미가 붙고 체질에도 맞았다.

"사람 관리에서 물품 관리까지 어디 빈 구석이 없구먼. 역시 황사영의 아들이야. 그 양반이 교리를 가르치면 강아지 빼고는 다 알아듣고 영세를 받았다는 말이 돌았었지."

장두수는 엄지손가락을 들어 보였다. 하늘이 장차 상선을 타라고 추자도에서 자라게 했던가? 하는 말도 했다.

장두수의 아들 장평개는 물품을 보고 가치를 파악하는 안목이 탁월했다. 배울 것이 많았다. 그러나 글이 짧았으므로 황경한의 도움이 요긴했다. 서로 도움을 주고받으며 핏줄 이상으로 가까워졌다.

상선을 타면서 오씨의 은혜를 조금이나마 갚을 수 있게 된 것도 다행이었다. 오씨의 아들 둘을 거두었고 사위도 살펴주었다. 그들이 제주도에 있는 어머니를 음으로 양으로 돕고 있으니 그물망처럼 도움의 손길이 엮이고 있는 셈이었다. 은혜를 갚는다는 것은 또 다른 은혜를 입는 것이었다.

뿐인가 추자도 마을의 살림도 나아졌다. 사실 오씨가 버려진 아기를 기를 수 있었던 것은 마을 사람들의 도움 없이는 불가능한 일이었다. 옷섶에 황사영의 아들 황경한이란 글이 있었고 황사영을 모르는 이가 없는데, 무슨 화를 당할지도 모르는데 마을 사람 중 어느 누구도 관에다 고하지 않았다.

추자도는 비옥도가 떨어지는 농지와 바다만 바라보고 살던 처지였다. 추자도에서 나는 차와 마른 생선, 제주도에서 만든 돌소금은 거래가 활발했다. 생산량이 많지 않아 큰돈이 되지 못하는 것이 아쉬웠지만 이전에 비해 마을에 활기가 돌았다.

양반으로 살지 못한 것이 오히려 잘된 일이라는 생각마저 들곤 했다. 양반으로 살았다면 세상을 양반의 눈으로만 보았을 것 같았다. 자유는 좁게 오려낸 도형 신세였을 것이고 자신은 그 안에 갇혔을 것이었다. 무엇보다 저들과 이토록 끈끈하게 이어질 수 없었을 터였다.

천쇠를 찾아 가려는 속셈은 꼭 장삿속만은 아니었다.

"조선만으로는 조선을 돕지 못하네. 조선을 빠져 나가야 조선을 온전히 볼 수 있고 조선의 길을 찾을 수 있을 것이네."

천쇠가 북경을 떠나면서 툭, 던진 한 마디가 잊히지 않았다.

나만 보아서는 나를 알지 못한다. 이웃을 보아야 나를 알 수 있고 하느님을 주인으로 모셔야 온전해질 수 있다. 조선을 하느님 앞에 세워야 한다, 하느님을 향해 문을 열어야 한다. 아, 아버지가 그리 말했다던가?

언제부턴가 아버지의 말이었다가 천쇠의 말이었다가 서로 섞여 구분이 되지 않는 말들이 마음속을 휘젓고 있었다.

"뭔 생각을 그리 하는가?"

장두수가 출항을 서둘렀다. 장두수는 한 번 마음먹으면 뒤를 돌아보지 않고 최선을 다하는 사람이었다.

"도자기를 싣고 몇 번 다녀온 적이 있소. 멕시콘가 하는 나라에서 은을 싣고 온 자들이 도자기와 비단을 샀소. 돈을 벌면 다섯에 하나는 필립이라는 왕에게 바친다던가? 하여튼 그곳에서 도자기와 은을 바꿔가곤 했소. 그 바람에 우리는 열심히 실어 날라야 했지."

장두수가 구해 온 상인은 도자기와 비단을 싣고 그곳에 여러 번 다녀온 적이 있다고 자랑처럼 말했다.

길이 익숙한 사람도 구했고 이미 교역할 물품도 갖추어 실었다. 장평개는 왠지 가슴이 뛴다며 심호흡을 했다.

"자아, 필립의 땅이라는 곳으로 간다."

장두수의 외침에 대답하듯 배가 크게 한 번 출렁였다. 뱃머리를 틀자 시원한 바람이 달려들었다.

며칠이 지나도 바다만 보였다. 꽤 먼 곳이라 듣긴 했지만 가도 가도 망망대해였다. 황경한은 이대로 다른 세상으로 가 다시는 돌아오지 못하는 것 아닌가 하는 불안에 휩싸이곤 했다. 배를 오래 탄 동료들과 청나라 사람은 어쩌다 눈이 마주치면 너의 그 마음 내가 다 알지, 하는 눈으로 건네다 보았다. 속을 다 뒤집어 보이는 느낌이었다.

바다란 어찌 보면 수많은 빛깔들이 모여 있는 것도 같고 순간순간 달라지는, 수시로 변하는 변화무쌍한 빛의 세계인 것도 같았다. 단지 그것의 일부가 될 수 있을 뿐 누구도 취할 수 없고 멈추어 존재할 수 없는 곳이었다. 그럼에도 뱃길이 있고 삶의 길이 있어 배가 다니고 숱한 생명이 살아가고 있다. 신이라는 존재를 바다라 한다면 그를 향한 믿음이라는 것은 뱃길이고 삶의 길일지도 모른다. 아버지, 황사영에게 믿음은 무엇이었을까? 아버지 때문에 제주도에 버려진 어머니와 추자도에 버려져야 했던 자신은 아버지에게 무엇이었을까? 하느님과의 통로가 되는 존재가 아니었더란 말인가?

"아무래도 하늘이 심상치 않네."

장두수의 표정이 어두웠다.

"비가 오겠지요?"

"비 오는 정도가 아닐세. 크게 한바탕 할 것 같으이."

벌써 배가 심하게 흔들렸다.

"비보다 바람이 먼저 시작하는 걸."

바다를 뒤집으며 비바람이 몰아치는 동안 정신을 차릴 수 없었다. 속이 뒤집혀 일어서기도 힘들었다. 장두수와 그의 아들 장평개, 김복호, 박명돌 형제가 노련한 손으로 배를 진정시키려 애쓰고 있었지만 점점 지쳐갔다.

성난 망망대해를 바라보며 할 수 있는 일이라곤 기도뿐이었다.

얼마나 지났는지도 가늠할 수 없었다. 그저 살아남기 위한 일념으로 버티고 있었다.

죽을 것만 같던 시간들이 지나가고 사라졌다. 평화로운 섬들이 앞에 나타났다. 그러나 빤히 보이는 섬들이 좀체 가까워지지 않았다.

*

"저기 천쇠가 있을까? 우리가 맞게 온 걸까?"

장두수의 말이 채 끝나기도 전에 창끝이 바위 곳곳에서 올라왔다.

키가 작은 남자들 수십 명이 바위틈에 붙어 있었는데도 배가 육지에 닿을 때까지 아무도 눈치 채지 못했다. 그들의 일부는 해안선에 인접한 바위 뒤에 숨어 지켜보고 있었고 일부는 육지의 바위나 나무 뒤에 붙어 기다리고 있었다.

"누구도 저항하지 마라, 저들의 요구에 따라라. 우리가 해칠까 봐 두려워하는 것뿐이다."

과연 그랬다. 저들의 우두머리로 보이는 자가 장두수와 몸으로 손으로 말을 주고받으며 남자들에게 창을 내리라고 지시했다. 장두수는 풍랑에 몹시 시달렸다는 것과 며칠 쉬면서 배를 정비하고 기운을 돋운 다음 곧 돌아가겠다는 말을 열심히 몸으로 했다. 우두머리가 고개를 끄덕이자 장두수는 소금 자루를 그들에게 내어 주었다. 원주민들에게서 서서히 적의가 사라졌다.

아이 하나가 황경한 일행을 보자마자 어디론가 달려가더니 중국인 신부를 데리고 왔다. 말도 안통하고 아무 것도 묻지 않았지만 그 어린 아이는 황경한 등이 또 다른 천쇠임을 한 눈에 알아보았다.

천쇠가 샴에서 온 브뤼기에르 신부를 만나기 위해 마닐라라는 곳으로 간 것이 불과 한 달 전이라니…… 원주민들도 안타까운 눈이었다. 하지만 실망할 일이 아니었다. 샴에 있던 브뤼기에르 신부가 조선으로 가기를 청했고 이미 출발하여 마닐라까지 왔다지 않는가. 천쇠가 그를 돕기 위하여 서둘러 마닐라로 갔다는 말에 장두수의 눈이 반짝였다. 입으로는 나는 이제 천주교와 상관없는 사람이오, 하면서도 조선 첫 주교의 탄생을 두고 설렘을 감추지 못했다.

천쇠가 한동안 머물던 곳이고 그를 아는 사람들이 있는 곳이라는 사실만으로도 신기하고 고마웠다.

"아우구스티노 신부님은 낮은 자의 모습이었지요. 더없이 겸손했고요."

천쇠에 대해 이야기하면서 나붓해지지 않는 사람이 없었다.

마을 원로 중 한 사람이 성당에서 그리 멀지 않은 곳에 있는 집으로 안내했다. 마을에서 제일 좋아 보이는 집이었다. 울타리도 없는 널찍한 마당이 보기 좋았다. 마당 둘레에는 키 높은 열대 나무들이 위용을 자랑하고 있었다. 집 안은 다소 너저분해 보였다. 얼굴빛이 가무잡잡한 작은 아기상을 조각해 놓은 것이 눈에 띄었다. 아래로 퍼진 옷자락 때문에 처음 보았을 때는 삼각형 형태의 무엇인가를 벗어 놓은 줄 알았는데 자세히 보니 아기상이었다. 뭔가 심상찮은 기운이 느껴졌다. 보통 아기의 모습이 아니었다. 이곳 사람들만의 무엇인가를 담고 있는 아기상인 것이 분명했다. 작업하는 사람들이 꽤 여럿 되었다. 작업장 오른쪽에 문이 보였다. 문으로 들어서자 좁은 공간이 이어져 있고 방이 나타났다. 작업장과 달리 깨끗했다. 벽에는 십자가가 걸려 있고 십자가 아래 성모상이 있었다. 성모상 바로 곁에 지나면서 본 아기상도 있었다.

예수상? 예수상을 저렇게? 어디서도 본 적 없는 상인데…….

장두수의 눈빛도 같은 말을 묻고 있었다.

교역이라는 말도 갖다 붙일 형편이 못 되는데다 천쇠도 없는데 오래 있을 것 없다 싶었지만 장두수는 며칠은 있어 봐야지, 하며 미적거렸다. 장평개는 이런 곳에 더 머물 이유가 뭐냐고 투덜거렸다. 그는 유난히 더위를 탔으므로 한시라도 빨리 떠나고 싶은 것이었다. 중국 남부의 더위도 고개를 내젓는 장평개였다. 이곳의 더위는 그의 입에서 살인적이라는 표현이 나올 만했다. 습도까지 높아서 더 견디기 힘들었다.

중국인 신부도 이렇다 할 가치를 지닌 물자는 다 땅 속에 있을 것이다, 그리고 조선이나 중국에 필요한 것은 아닐 거라며 웃었다.

사흘이 지났다. 장두수가 선원들의 불평과 더위에 두 손을 들고 떠날 채비를 할 때였다. 갑자기 땅이 흔들렸다. 원주민들이 집 밖으로 나오라고 소리쳤다. 다급한 소리에 놀라 집 밖으로 뛰쳐나오자마자 와그르르 무너지는 소리가 들렸다.

세상의 종말이라는 것이 이런 것이구나 하는 생각까지 했었던 것 같다. 눈을 뜨니 웬 노파가 자신의 얼굴 바로 위에서 성호를 긋고 있었다. 신부를 부르러 달려갔던 바로 그 아이도 보였다. 순간, 노파가 자신에게 무엇인가를 했다는 걸 알 수 있었다. 뒤쪽으로 장두수의 걱정스러운 얼굴이 눈에 들어왔다.

"저 노파가 무슨 짓을 한 거죠? 제게?"

"이제 정신이 드나? 무슨 짓은, 무슨 짓? 자네가 죽어가는 줄 알고 대세를 주었구만."

노파는 아이의 할머니였다. 열살짜리 소녀 정도의 키와 몸피를 가진 왜소한 노인이 눈이 얼마나 맑은지 마치 별이 내려다보고 있는 것 같았다.

"대세요? 제가 어떻게 되었나요?"

"아니, 살아 있다는 건 자네가 제일 잘 알 것 아닌가? 어떤가? 어디 아픈 곳은 없는가?"

"속이 조금 미식거리고 머리가 띵 하긴 한데 괜찮습니다."

"다행일세. 여기까지 와서 자네를 잃는 줄 알고 맘 졸였네. 외상은 없는데 집에서 빠져 나오다 넘어지면서 나무 기둥에 머리를 세게 부딪친 모양이야. 한동안 의식이 없었네. 정신이 들었으니 되었네. 신부님이 여기 이렇게 약도 두고 가셨네."

"아, 예."

"자네가 여기까지 와서 대세를 받게 될 줄 누가 알았겠나?"

"이런 것도 유효한 것입니까?"

"암, 그래도 사제에게 다시 세례를 받으시게. 그동안 자네는 아비 때문에 아마도 세례를 못 받겠거니 했었는데 이렇게 하느님의 부름을 받네 그려."

내가 세례를?

아비가 걸림돌이 되다니…… 오씨도 정하상도 말을 꺼내다 말고 먼 곳을 보곤 했었다. 형식이 뭐 중하오? 하던 장두수가 대세를 준 노파에게 고맙다는 말을 몇 번이나 했다.

아이가 손을 잡아당겼다. 손바닥을 펴게 하더니 아기상을 올려놓았다.

"자네가 넘어질 때 산토니뇨상이 몸 위로 떨어졌던 모양이야. 산토니뇨상이 보호해서 목숨을 구했다고 믿는 눈치더라구. 이 사람들은."

"이것이 바로 제 위에 떨어졌던 산토니뇨란 아기상이군요?"

"아마 아이의 할머니가 잘 알지도 못하는 자네에게 대세를 주려고 한 것도 그래서일 걸세. 대세를 아무에게나 주겠나?"

"그랬군요."

마을은 아수라장이었다. 큰 나무들이 속수무책으로 쓰러져 얽히는 바람에 길도 사라졌다. 여기저기서 아직 불길이 솟고 있었다. 한바탕 악마의 손길이 휘젓고 지나가는 데 걸리는 시간은 그리 길지 않았지만 복구는 하세월이었다.

땅이 흔들리다니? 황경한은 눈앞의 광경들이 믿어지지 않았다.

"이제 괜찮을 겁니다. 지나갔어요. 지진 처음 당하지요?"

천쇠를 안다는 중국인 사제가 말했다.

"지진이라구요?"

"지진의 공포를 모르고 사는 건 복이라면 복이지요. 세계 곳곳에 지진이나 화산 같은 재해가 일어나고 있답니다. 자연의 위력 앞에 속수무책으로 사람이 죽고 집이 무너지지요."

"다른 곳에서도 지진이라는 것이 일어난단 말입니까?"

"그럼요. 금방 지나가기도 하고 초토화될 때까지 지속되기도 합니다. 하느님이 허락하시지 않으면 아무 것도 할 수 없는 게 인간 아닙니까."

"암, 이 필립의 나라라는 곳까지 죽지 않고 올 수 있었던 것도, 용케 천쇠를 안다는 신부님을 만날 수 있었던 것도 모두 우리들의 의지나 계획만으로는 될 일이 아니지."

장두수가 기다렸다는 듯이 말했다.

지진으로 피해를 당한 사람들을 보고 그냥 떠날 수는 없는 노릇이다, 장평개가 앞장섰다. 마땅히 폐허가 된 마을 사람들을 도와야 했다. 그들의 도움으로 목숨을 구할 수 있었으니 물자도 아낌없이 지원해야 했다. 그러나 장두수는 생필품이 될 것들만 배에서 내리고 비단이며 향신료, 인삼은 손도 못 대게 했다.

"누가 장사꾼 아니랄까 봐……."

장평개는 제 아비를 향해 장사꾼이라 다르다고 빈정거렸다. 그러나 며칠 그들과 함께 지내다 보니 황경한이 보기에도 그들에게 비단이나 향신료, 인삼 등은 소용없는 물건이라는 생각이 들었다. 그들은 입는 것보다 벗는 것을 편하게 여겼다. 무덥고 습도가 높아서 옷은 거추장스러운 것이었다. 도자기나 인삼도 그다지 필요할 것 같지 않았다. 그들을 보고 있으면 그래, 사람 사는데 필요한 것이 뭐 그렇게 많을 거 있나, 싶었다. 물고기를 잡아먹으며 물속에서 물처럼 사는 아이들을 보면서 하늘나라의 문이 여기 어디 있지 않을까 싶은 생각도 들었다. 소금과 막접시, 칼 같은 연장을 받아들고는 몇 번이고 허리를 굽혔다. 틈틈이 야자열매를 내밀었다. 돼지고기도 꼬치에 꿰어 구워 왔다. 돼지가 많기는 했지만 정성이 없으면 어림없는 일이었다. 유독 장두수에게 호의적이었다.

"소금이나 연장 때문이 아니오."

중국인 신부가 말했다. 그들이 장두수에게 공손하고 친절한 것은 장두수 목에 걸린 십자가 때문이라는 것이었다. 장두수 목에 걸린 십자가는 로마에서 온 것으로 로마의 흙이 들어 있었다. 겨우 쌀 두 톨만큼의 흙이 들어 있을 뿐이었는데 장두수는 그걸 귀하게 여겼다. 이곳의 주민들이 알아보고 역시 귀하게 여겨 장두수의 대접이 다르다는 말이었다.

그들은 지진으로 무너진 자신들의 집보다 성당을 고치는 일이 우선이었다. 기울어진 마젤란 십자가가 무엇보다 큰 걱정이었다.

보잘 것 없는 마을에 우뚝 서 있는 성 어거스틴 성당을 보고 있으면 신의 위대한 기운이 마을 전체를 감싸고 있다는 느낌이 들기도 했다. 성 어거스틴 성당 안에는 특별히 성스럽게 여기는 공간이 있었다. 바로 작은 아기 예수상, 산토니뇨를 모셔 놓은 곳이었다.

"마젤란이 항가린가에서 땅에 떨어진 것을 주워가지고 왔었다는 말도 있고요, 어쨌든 주아나 왕비에게 이 산토니뇨상을 주었답니다. 땅에 묻었었는데 불이 나서 잿더미가 되었을 때도 산토니뇨상만은 멀쩡했다는 겁니다. 그 후에도 몇 번이나 지진과 화재를 겪었지만 역시 산토니뇨는 멀쩡했습니다. 지금은 신앙의 중심이 되어 있습니다."

중국인 신부는 짧게 설명했지만 산토니뇨상 앞에는 언제나 긴 줄이 늘어서 있었다.

성당 정면에 있는 작은 집에도 사람들의 발길이 끊이지 않았다. 둥근 천장 가득 그림이 그려져 있었는데 마젤란이라는 서양인과 한 사제가 원주민들에게 세례를 주는 광경이었다. 바닥 가운데 네모꼴로 쌓아 올린 단이 허리를 넘으면서 좁아져 어지간한 장정의 키를 넘어섰다. 그 위에 커다란 검정색 십자가가 자리잡고 있었다. 그 작은 집의 주인이라는 소리였다. 십자가 주변으로 소원을 비는 촛불들이 가늘게 깜박였다. 자세히 보니 이번 지진으로 검정색 십자가가 조금 기울어져 있었다. 크게 걱정할 일은 아니지 싶었는데 주민들의 눈은 그렇지 않았다. 사제들도 마찬가지였다. 서양인 사제 두 명과 중국인 사제 한 명이 있었는데 검정색 십자가를 두고 벌써 몇 번이나 머리를 맞대고도 방법을 찾지 못하는 눈치였다.

조금 비틀린 걸 가지고, 몇 사람이 달려들어 바로 잡으면 한두 시진이면 끝날 일을 왜 저리 끙끙거리나? 이해가 되지 않았다.

"저것이 보통 오래된 십자가가 아니라는군. 벌써 삼백 년이 넘었다는 걸."

장두수가 마을 원로들이 하는 말을 주워듣고 와서 말했다.

"그럼, 그렇게 오래 전에 이곳에 천주교가 들어왔단 말입니까?"

"그렇다는군. 저 마젤란 십자가가 원래는 저보다 가는 나무로 되어 있었는데 병도 고쳐주고 나쁜 일도 물리쳐 줄 것이라 믿는 사람들이 조금씩 깎아가는 바람에 저렇게 다른 나무로 덮어씌워 놓았다는 게야."

"효험이 있었다던가요?"

"그랬다는군. 그런데 지진에 기울었으니 손을 보기는 해야겠는데 손대기가 꺼려진다는 것이지."

"아니, 왜요?"

"흰개미가 다 갉아먹고 저 안에는 아무 것도 없을지 모른다는 거야. 원로들과 사제들은 그걸 걱정하는 거지."

"그러니까 저것을 해체했는데 저 안에 마젤란 십자가가 없으면 사람들의 신앙이 흔들릴 것이다, 뭐 그런 말인가요?"

"그렇지."

"산토니뇨도 그렇고…… 그런 기적에 바탕을 둔 것이라면 성당에 나가는 것이 미신을 믿는 것과 다를 바 없다는 이야기 아닌가요?"

"아무리 높은 이론을 세워도 종교란 결국 복을 구하는 마음에서 시작된 거 아닐까? 내 생각에는 분명 그럴 것 같아. 아마도 인간이 처음 신을 부르게 된 것은 바로 곁에 살던 사람이 죽었을 때 아니었을까? 무엇보다, 무서웠을 것 같아…… 처음으로 자신의 존재를 믿을 수 없는 순간들이 찾아왔을 것이고 공포감이 엄습했을 걸세. 지진을 겪을 때 못지않게 발밑이 흔들렸을 것 같단 말이지……. 자연히 신의 품을 찾아들었을 것이고 빌며 매달리지 않았을까? 이곳 사람들은 특히 자연과 가까운 삶을 살고 있으니 그런 기적을 눈으로 확인했다면 누구라도 신앙이 확고해졌을 걸세."

"그럴지도 모르죠. 하지만 무너지는 집에서 십자가부터 모셔들고 나오는 사람들이니 좀 다른 것이 있을 것이라 내심 기대했었거든요."

"나는 이들에게 분명 다른 것이 있다고 생각하네. 산토니뇨가 하나가 아니라는 사실이 중요하지."

"무슨 뜻인지 이해가 안 되는군요."

"북경에 있을 때 제일 많이 들은 말이 부활이란 소리였네."

"그것이 산토니뇨랑 무슨 상관입니까? 설마 산토니뇨도 부활했다는 것입니까? 저들이 수도 없이 만들어내는 모상일 뿐인 것을요……."

"거기에 생명을 불어넣는 일이 신앙 아니겠나? 어쩌면 첫 번째 산토니뇨는 이미 불에 타서 사라졌을지도 모를 일이네. 하지만 기적의 산토니뇨는 자꾸 태어나는 것이지."

그때 천쇠를 향해 묻던 중국 사제의 인사도 같은 말이었을까? 북경에서 성탄절을 맞았을 때였다. 천쇠를 향해 예수님 낳으셨어요? 하고 묻는 중국인 사제가 있었다. 저게 무슨 소린가? 이해할 수 없었는데 천쇠는 예, 하지만 아직 강보에 쌓인 아기입니다, 하고 대답하는 것이었다.

"결국 사람마다, 집집마다 하느님이 주인 자리를 차지하게 되었으니 된 거 아니냐, 뭐 그런 말씀입니까?"

"나는 마치 층계를 보고 있는 듯하네. 우리 조선에도 이런 층계를 밟아 하느님이 오셨더라면 그런 피바람은 일지 않았을 것을, 하는 생각이 든다네.”

황경한의 물음에 긍정도 부정도 하지 않고 장두수는 자기 생각에 빠져 중얼거렸다.

“신자들이 그렇게 생각한다 하더라도 사제들은 십자가를 내려서 속을 보일 수 있어야 하는 것 아닙니까?”

“사제들이 기적을 보는 눈은 분명 다를 것일세. 하지만 사제들도 그 층계를 지키고 싶어서 고민하고 있는 거 아니겠나?”

마닐라에서 수녀와 사제가 도착했다. 지진 소식을 듣고 교구 차원에서 지원을 할 예정인데 두 사람이 먼저 선발대로 온 것이라 했다. 덕분에 브뤼기에르 신부가 마닐라를 떠나 조선으로 향했다는 소식을 들을 수 있었다. 중국을 거쳐 조선으로 갈 것이라 했다. 천쇠가 있어 브뤼기에르 신부가 조선의 풍속과 예법을 미리 익힐 수 있었으니 사목에 큰 도움이 될 것이라는 말도 했다.

“또 한 발 늦었구먼. 세 분 주교의 도움으로 브뤼기에르 신부와 천쇠가 여비를 마련해 떠났다니 잘된 일이긴 한데, 육로로 간다면 길이 험할 것이야.”

장두수는 내심 바닷길로 안내할 궁리를 하고 있었던 듯했다.

“배로 갔다가는 대번에 들키고 말 걸요. 천쇠도 그래도 육로가 안전하다 싶어서 그쪽으로 길을 잡은 거 아닐까요?”

좀체 입을 열지 않는 김복호가 장두수의 말에 토를 달았다. 두 사람은 처음부터 이번 길에 남다른 기대를 품고 있었던 듯했다.

그동안 정하상과 몇몇 인사들이 주교를 청하기 위해 백방으로 애를 써왔다. 황경한이 알기로도 몇 번이나 실패와 좌절을 거듭했다. 그런데 지금 이런 엉뚱한 곳에서, 그동안의 노력이 헛되지 않았고 꿋꿋하게 싹이 올라오고 있었다는 소리를 듣게 되다니…….

브뤼기에르 신부의 조선 입국이 만만치 않으리라는 걱정 속에서도 묘한 설렘이 일었다.

12

남경문 베드로

두 모녀가 숙덕거리다가 자신이 나타나면 하던 말을 뚝 끊고 다른 짓을 하는 것이 수상했다. 자신을 의식해서 갑자기 행동을 바꾸고 있다는 것을 한눈에 알 수 있었다. 남경문 베드로는 처음에는 무심코 넘겼지만 문득, 내게 뭔가 숨기는 것이 있나? 그것이 무얼까? 궁금해지기 시작했다. 아내 허바르바라는 순종적이고 성품이 반듯한 여자였다. 더구나 딸이 보는 앞에서 남편에게 속 다른 행동을 보일 사람이 아니었다.

냉수를 한 사발 들이켜고 나서 사발을 아내에게 돌려주다가 멈칫, 뭔가 말을 할까 망설이는 낌새를 느꼈지만 아내는 아무 말이 없었다. 아내 쪽에서도 한 순간, 자신의 마음을 읽었을 것이었다.

……여자들 일이겠지.

남경문 베드로는 털고 넘어가자 했지만 은근히 마음이 쓰였다.

아내와 딸은 내일이 막내의 귀빠진 날이라고 다섯 가지 색을 넣어 시루떡을 만드는 중이었다. 소반 위에는 이미 지짐과 전을 잔뜩 부쳐 놓았다. 이자놀이가 제법 쏠쏠해지면서 겉으로 표나게 달라진 것이 음식이었다.

금위영의 급여만으로는 입 먹고 사는 외에 여유가 없어 항상 빠듯했다. 아버지는 가난했었다. 그리고 가난을 즐기는 거 아닌가 싶을 만큼 욕심이 없었다. 남경문은 어려서 나는 아버지처럼 살지 않겠다는 결심이 있었다. 사람으로 태어났으니 세상이 주는 기쁨과 쾌락을 누리며 살리라 마음먹었었다.

바르바라는 늘 먹을거리에 마음을 썼다. 남경문 베드로가 중병으로 죽음의 문턱까지 갔다 온 이후 남편의 건강을 위해 하루 종일 부엌에서 사는 사람이라는 소리까지 듣는 아내였다. 여유가 생기면서 음식 만드는 일에서 즐거움을 찾는 사람처럼 보였다. 특별한 음식을 차린 날이면 영세를 받을 수 있도록 이끌어준 박베드로의 집에도 보냈다.

바르바라는 이자놀이라는 것이…… 하면서 딱 한 번, 한 마디 한 적은 있지만 남편이 하는 일이라고 선을 긋는 건지, 급한 불을 꺼야 하는 처지들을 생각해서인지 더는 입대지 않았다.

돈을 빌리러 오는 사람들의 처지는 하나같이 급하고 딱했다. 나라에서 하는 환곡이라는 것은 말이 구휼이지 사람 잡는 것이었다.

중앙의 내직과 외직인 수령 방백의 직임을 팔고 사는 탐관오리가 있어 백성의 기름을 빨고 좌수 아전이 나라 곡식을 훔쳐 먹는 세상인 줄도 고리대금업을 하면서 알았다.

박도진으로부터 천 냥을 부탁받고 나서 한참을 망설였다. 큰 고을의 수령이 될 것이라 했다. 그러나 부임하려면 적어도 몇 천 냥을 바쳐야 하는 처지였다. 박도진은 돈을 맞추는 중이었다. 급전이라도 융통해 주면 했지만 조개젓 장사로 모은 돈이 밑천이 되어 작은 돈을 빌려 주고 이자를 받는 처지라 큰돈을 뭉텅 떼어 내면 다른 곳으로 돌릴 돈이 남지 않았다. 게다가 벼슬아치들을 어찌 믿으랴? 돈을 갚기는커녕 불법으로 몰아 잡아들일지도 모를 일이었다.

제가 밑천이 팍팍해서…… 하고 돌려세운 일만으로도 마음에 걸렸다. 돌아서는 눈은 은근한 위협이었다.

벼슬아치들의 하는 짓이라는 게 날강도와 다름없었다. 그들이 농간을 부리면 백성된 자가 감당할 수 없다는 것을 잘 알고 있었다. 그를 서운하게 해서는 안 될 것이었지만 그렇다고 떼일 것이 뻔한데 덥석 내어 줄 수도 없었다.

환곡도 저들의 손에 놀아나고 있었다. 절반은 백성들에게 나누어 주고 절반은 나라 창고에 넣어 두었다가 뜻하지 않은 변고가 생기면 군량이나 휼량으로 삼도록 한 제도 아니던가. 그러나 3분의 1은 결손되었다고 장부에서 처리해버리고, 3분의 1은 군기軍器 보수비로 썼다고 꾸미고, 나머지 3분의 1을 이자 없이 환납한 것으로 꾸미기 일쑤였다.

"환곡을 내어 주면서 미리 수수료를 떼어 가고, 창고지기가 축난 것을 채운다고 제하고, 방장 따위가 교제비라 해서 제각기 떼어 가니 백성을 살리자는 건지 죽이자는 건지 알 수가 없어."

환곡을 타러 갔던 장기수, 김동영은 관이라면 넌더리가 난다고 손을 내저었다. 박하주는 쌀 한 섬에 두 냥도 채 못 받고 돌아왔으면서 갚을 때는 닷 냥을 쳐서 갚아야 했다. 도둑이 따로 없었다. 벼슬아치들이 사복을 채우는 방법은 날이 갈수록 교묘해졌다.

"받아들일 때는 알찬 곡식을 말斗을 넘치게 되어 가져가고, 나눠 줄 때에는 소와 말의 사료 값으로 엄청나게 떼어가니 손에 쥐는 게 얼마 돼야 말이지?"

"원곡 열 네 말이면 장리를 두 배로 덧붙여 스물여덟 말을 받아가니 고리대금업자보다 더 흉악하지."

김달수도 박하주도 남경문 쪽이 차라리 낫다며 찾아온 후로 단골이 되었다. 그래서 고리대금업이 쏠쏠하게 재미를 볼 수 있는 거였다. 한 번도 이자를 놓치거나 원금을 떼인 적이 없었다. 누군가가 꾸준히 찾아왔고 이자를 얹어 받았다. 금위영은 그저 부업에 지나지 않는다는 생각마저 들었다. 다만 김불재에게 내 준 쌀 열 섬을 받아내는 일이 문제였다. 남경문은 그에게 좋은 소가 있다는 것을 알고 있었으므로 적어도 떼이는 일은 없으리라 믿고 있었지만 김불재의 노모가 심상치 않아 보였다. 언제까지 돈을 밀어 넣어야 할지 모를 일이었다. 소 한 마리에 쌀 열 섬을 넘길 수는 없었으므로 처음으로 싫은 소리를 했다.

"소를 끌고 간다 해도 내가 이자는 떼이는 셈이니 서운타 말게. 한 달 더 말미를 주는 것도 우리 약속보다 후한 거고."

김불재의 딸이 십리 길을 찾아와 딸 데레사에게 욕을 퍼부을 줄은 생각도 못했다.

애초에 김불재에게까지 돈을 빌려줄 생각은 없었다. 관리가 어려우면 겉으로 남아도 실제로는 밑지는 거라는 생각 때문이었다. 우선 남경문이 속으로 정해 놓은 상한선보다 먼 거리에 살고 있었다. 아내 바르바라와 김불재의 처는 어려서부터 한 동네에 살았고 서로 속을 잘 아는 사이였다. 출가한 후로는 제 살림에 바빠서 멀어졌지만 여전히 마음을 기대고 있었다.

"시어머님 병환이 오래 가네요. 효자가 되어 놓으니 수발이 지극

정성이에요. 약값에 치료비가 감당이 안 되어서 그래요. 우리 장부가 지금이야 형편이 어려워져서 그렇지 평생 남에게 폐 끼친 적 없고 쌀 한 톨 신세진 적 없는 사람이에요. 누구보다 믿을 만한 사람이에요."

아내가 동기간보다 속을 더 잘 안다고 자랑하는 친구였다. 그런 친구가 와서 돈을 빌려달라는데 어찌 거절하랴.

"바르바라에게까지 말할 거 없어요. 괜히 걱정하잖아요. 오래 쓸 것도 아니고요. 추수하면 이내 갚아드릴게요."

자랄 때는 집이 넉넉해서 바르바라네가 도움을 받으며 살았다고 했던가, 궁한 소리 해 본 적 없는 사람이니 자존심을 지키고 싶겠지, 여겼었다. 김불재 처의 말대로 바르바라에게 알리지 않은 것이 화근이 될 줄은 꿈에도 몰랐다.

"아버지, 동네 사람들이 곰배골 아줌니하고 아버지하고 어쩌고저쩌고 입방아들을 찧어쌓는 바람에 어머니가 심란해요."

남경문은 데레사의 말에 먹고 있던 곶감을 떨어뜨렸다. 그 찜찜함이 바로 이것이었구나 싶었다.

"그게 뭔 소리냐?"

"곰배골 아줌니는 어머니하고 절친한 사인데도 어머니가 탁 까놓고 물어보질 못하네요."

이자를 받으러 갔던 날이 문제가 된 것을 남경문은 까맣게 몰랐다. 김불재는 점점 가벼워지는 노모를 업고 의원엘 갔다고 했었다.

"어머니가 아무래도 머잖아 가실라나 봐요. 고통이 이루 말할 수가 없어요."

넋을 놓고 앉아 있는 사람을 위로하고 나왔을 뿐인데 몹쓸 소문이 돌았다니 기가 막혔다.

“어머니는 그럴 리가 없다고 하면서도 요즘 잘 웃지를 않아요.”

“아니, 그럼 네 어미가 이 아비를 못 믿는다는 말이냐?”

“아니에요. 저는 당신이 그 집 소를 끌고 올 것이라는 소리 때문에 속이 끓는 거예요. 사람이 죽네 사네 하는 집에 가서 소라도 끌고 가겠다고 했다면서요? 어쩜 그리 모질어요?”

바르바라가 불쑥 나타나 단호하게 말했다. 부녀의 말을 한참을 듣고 있었던 듯했다. 바르바라는 그 집 사람들이 결코 그럴 리가 없다, 어머니가 위중하다보니 정신이 없을 것이다. 조금만 기다려 달라, 내가 보증한다. 이런 말을 쏟아내고는 눈물을 훔치며 부엌으로 들어가 버렸다.

“아, 돈이 속이지 사람이 속인다던가?”

남경문은 아내의 등 뒤에다 대고 언성을 높인 이후 한 달은 곰배골에 얼씬도 하지 않았다.

아무리 그래도 쌀 열 섬을 그저 떼일 수는 없지…… 몇 달째 이자도 못 받고 헛걸음만 했다. 그것도 십리 길을. 아무 날 오면 내 반드시 이자에 원금까지 갚으마. 약속을 해 놓고도 정해진 날 찾아가면 헛기침만 해댔다. 김불재에게 주먹이라도 한 방 날리고 싶은 걸 애써 참고 돌아선 날은 아내 바르바라에게까지 말이 거칠게 나갔다.

“세상 사람이 다 당신 맘 같은 줄 알지?”

바르바라의 안색도 굳어갔다. 그러면서도 절대 떼먹을 사람이 아니라는 말만 거듭했다.

“돈을 어디 어머니가 빌려 주었나요?”

원망은 데레사의 입에서 나왔다. 어머니에게 상의도 없이 빌려준 사람은 아버지 아니냐는 거였다. 아줌니의 반반한 얼굴을 보고 선뜻 빌려준 거 아니냐는 핀잔도 들어 있었다.

*

유방제 파치피코 신부의 말은 통나무에 내리 꼽혀 통나무를 양쪽으로 쩍 갈라놓는 날 선 도끼 같았다. 머릿속이 얼얼했다. 눈앞에서 별이 튀었다.

"돈을 빌려 주고 비싼 이자를 받는 일은 잘못입니다. 천주교회에서 금하는 일인 줄 몰랐습니까?"

"제가 교리의 자세한 부분까지는 잘 몰라서 저지른 잘못입니다. 즉시 대금업을 폐하고 부정하게 취한 이자를 돌려주겠습니다."

"바르바라와 딸 데레사가 누구보다 기뻐할 것입니다."

분명 아내와 딸이 그 일로 고해까지 한 듯 싶었다. 파치피코 신부는 고해 내용을 말할 수 없어서인지 더 이상의 말은 하지 않았다.

"돌려줄 이자가 이렇게 많았나?"

한숨이 절로 나왔다. 곁에서 데레사가 물었다.

"아버지! 어머니랑 제가 신부님께 고백성사 한 거 다 들으셨어요?"

"아니, 고해 내용은 죽을 때까지 발설하면 안 되는 거라고 하지 않더냐."

"그럼, 왜 대금업을 폐하세요? 며칠 전에 아줌마가 와서 어머니 머리채를 잡아끌었기 때문에요?"

"뭐어? 그런 일이 있었어?"

"그 집 언니가 그릇을 집어던지며 욕을 퍼붓는 바람에 동네 사람들이 다 모여들었었어요. 자기들이 필요해서 돈을 빌려가 놓고……."

"왜 내게 말을 하지 않았느냐?"

"어머니가 말하지 말라고……."

"흠, 그랬구나. 그런 일이 있었구나, 허나 분명히 말하거니와 그들이 와서 패악을 부려서 그러는 게 아니다. 무엇보다 교회에서 금하는 일을 해서야 교인이라 하겠느냐? 천주교를 믿는다면 살아가는 방법이 달라져야 하는 거라고 하는데 나는 그렇지 못했다. 신부님 말씀을 듣고 보니 내 잘못이 크더구나. 부끄러웠다."

"그냥 대금업을 폐하기만 하면 안 되나요? 이제 와서 이자를 돌려줄 것까지는 없잖아요?"

"그렇게 해서는 잘못을 씻을 수 없다. 난 내 힘껏 부정한 돈을 돌려줄 것이다."

"하느님께 벌 받을까 봐 두려우세요? 죄와 잘못에 대하여 벌을 주시는 거잖아요? 아버지는 평생 부지런하고 정직하게 살았고 돈이 꼭 필요한 사람에게 빌려주고 약속한 이자 받았는데 대금업자라고 해서 벌을 내리실까요? 다른 업자들처럼 고약하게 군 적도 없는데요."

"얘야, 난 지금 하느님과 거래를 하려는 게 아니다. 그렇게 해야 하느님께서 내 안에 사실 수 있기 때문이다. 벌을 받을까 두려워서도 아니고 상을 받기 위해 착한 일을 하려는 것도 아니다. 생각해 보렴. 내가 이승에서 착하게 살았으니까 하느님은 당연히 나를 하늘에서 행복하게 살 수 있게 해 주셔야 한다고 말한다면 그건 뇌물을 주고받는 저 벼슬아치들의 행태와 다를 게 없을 거 아니냐?"

"소를 끌고 오지도 못했으면서 동네 시끄럽게 봉변만 당하고…… 결국 대금업도 폐하게 되었네요."

"그래, 네 어머니와 친구 사이를 그렇게 만들고, 관리들 사이에 얽혀 있는 먹이 사슬을 훤히 보게 되고…… 위협도 받아봤지. 다 내가 어리석은 탓이다."

자식과 이런 대화를 나누게 되다니, 부끄러운 생각이 들었지만 딸의 눈에 든 생각들을 읽는 일이 싫지 않았다.

"아니, 누가 돈 떼먹을까 봐 그래? 내가 언제 실수한 적 있나? 언제나 이자 꼬박꼬박 얹어서 갚았구만."

"알아, 알아. 누굴 못 믿어서가 아니야. 그렇지만 내, 신자가 되어 가지고 더는 대금업을 할 수 없어서 결심했단 말이지."

"우리네 생각해서 그만두는 것처럼 말하지 말게. 우리도 그 정도 속은 읽을 줄 아네. 칼자루 쥔 놈이 다른 데 가서 알아보라는데 없는 놈이 어쩌겠나……."

돈을 융통하러 왔던 장기수가 이제 더는 대금업을 하지 않겠다는 말에 사정 반 불평 반 아쉬운 소리를 하다가 원망까지 늘어놓았다. 김동영도 거들었다.

"말이야 바른 말이지 이제 벌 만큼 벌었으니 머리 쓰고 피 말리는 짓 할 필요 없어졌다 그거 아닌가?"

"그렇지 않다니까. 내, 그동안 받아먹은 이자는 힘자라는 데까지 돌려줌세."

"그 동안 받았던 이자를 돌려준다고?"

김동영, 장기수가 합창하듯 동시에 되물었다. 잘못 들은 거 아닌가 싫은 눈으로 남경문을 보다가 저자가 정녕 미친 거 아니야? 하는 눈빛을 자기들끼리 주고받았다.

"한꺼번에 다 청산할 수는 없으니 우선 조금씩 갚겠네. 내 잘못을 부디 용서해 주게."

두 사람은 방금 전 듣고 보았던 것이 못미더운 듯, 귀신을 돌아보듯 가다가 자꾸 돌아보았다.

13
두물머리

"서양인 신부가 들어오긴 했어도 어려움이 한두 가지가 아닐 것이다."

어렵게 입국한 모방 신부가 어떻게 지내는지 궁금했다.

"이제 조금씩 자리를 잡아 가는 듯합니다."

"바쁜데 나까지 마음을 쓰는구나."

정하상은 모방 신부의 입국을 돕고 거처를 마련하는 일로 바빠 한동안 병문안도 못 왔었다는 말을 변명하듯 했다.

"국경을 넘는 일도 어려웠지만 남몰래 숨어 지내야 하는 처지라 사목활동에도 제약이 많습니다. 누군가가 꼭 모시고 다녀야 하고요."

유방제 신부야 중국인이라 거리를 활보할 수 있었지만 모방은 생김새가 달라 어려움이 많았다. 처음 얼마간은 살얼음 디디듯 했다. 그래도 중국인 신부가 두 사람이나 들어와 사목을 했고 이제 서양인 신부까지 들어왔으니 박해에 시달리던 조선 교회에 변화가 보이는가 싶었다.

"네가 고생이 많았구나."

"작은아버지께서 물심양면으로 도우셨기에 일이 되었지요."

"내가 한 일이 뭐 있다고…… 헌데 네 표정에 근심이 있구나."

"권진이 아가타의 일로 좀 심란합니다."

"그 아이에 대한 소문이 아직도 가라앉지 않고 있더냐?"

"유방제 신부가 혼인을 무효로 만들어 준 일로 교우들이 수군거리고 있는데다가 권진이 아가타는 제 나름대로 속이 끓어 냉담 중입니다."

"그 신부가 나서서 권진이 아가타의 혼인을 무효로 만든 것은 내가 생각하기에도 선을 넘는 일 같더구나."

"그것이, 꼭 흑심이 있어서 그리 했다고 생각할 일은 아닙니다. 권진이 아가타는 혼례식은 올렸지만 남자 집이 워낙 가난해서 그 집에 들어가지도 못했습니다. 마침 유방제 신부의 거처에 도와줄 사람이 필요하던 차라 제가 권진이 아가타를 살게 했던 것인데 인물이 출중하다보니 문제가 생긴 것 같습니다. 게다가 권진이 아가타가 워낙 신심이 깊어 동정을 지킬 작정을 합니다. 해서 유방제 신부가 도와줄 양으로 혼인을 무효로 만들어 준 것이었습니다."

유방제 파치피코 신부가 아가타를 보는 눈이 다르다는 말이 나온 것은 식복사가 된 지 불과 한두 달 후였다. 처음엔 유방제 신부가 어여삐 여기는 것을 보고 여교우들이 질투를 하는 것이겠거니 여겼었다. 아가타의 미모가 출중한 것도 재주가 많은 것도 흠이 되었다. 유방제 신부가 나서서 권진이 아가타의 혼인을 무효로 만들어주지만 않았어도 그냥 그러다 말았을지 모를 일이었다.

"흠, 그렇다 해도 신부가 여인과 소문이 나면 사목이 어려운 법인데 처신을 좀 조심했어야 하는 것 아니냐?"

"모방 신부님 귀에까지 들어가서 문제가 커졌습니다. 귀국을 명했는데 파치피코 신부가 반발하고 있거든요."

"그가 그럴 자격이 있는 것이더냐?"

"조선 교구장 직무대행자의 권한이지요."

"사제 한 명을 모시기 위해 얼마나 애를 썼는데……."

"게다가 꼭 권진이 때문만은 아닌 듯합니다."

"그럼, 또 무슨 결함이 있다는 말이더냐?"

"성직을 남용해 돈을 모은 것, 지방 교우들을 돌보지 않고 서울에만 안주한 것, 그리고 조선말을 배우려 하지 않은 것 등도 사유가 되었습니다."

"그가 그렇게 빨리 조선의 상황을 꿰뚫어 보았다니 놀랍구나."

"이미 들어오기 전부터 정보를 가지고 있었던 것 같습니다."

"그랬겠지, 말도 안 통하는 사람이 그리 빨리 파악했을 리 없지."

"그리고 중요한 이유 중의 하나가 초대 교구장으로 임명 받고 조선으로 향하던 브뤼기에르 주교의 입국을 방해했기 때문일 것입니다."

"브뤼기에르 주교가 조선 땅을 눈앞에 두고 죽었다는 이야기는 들었다. 참으로 대단한 사람이라는 생각이 들더구나. 한 번 본 적도 없는 사람들을 위해 목숨을 걸다니, 그것이 바로 기적이고 또 다른 기적을 불러올 힘일 것이다."

"비록 단 한 번도 뵌 적은 없지만 브뤼기에르 주교님의 공로로 우리 조선 교회가 밝아질 것은 분명합니다. 생각하면 생각할수록 안타깝고 머리가 절로 숙여집니다. 그 먼 길에 고생이 오죽했겠습니까? 겨우겨우 필리핀까지 와서 다른 주교의 도움을 받았는데 그마저 배 안에서 도적에게 다 털리고 죽을 고비까지 넘겼다고 합니다. 중국에 도착해서도 고난의 연속이었는데 그때 모방 신부님과 만남이 있었다고 합니다."

"그 인연으로 모방이 조선에 들어온 게로구나."

"브뤼기에르 주교님은 신자들이 스스로 교회를 이루고 순교자까지 났는데 현실적인 이유로 사제를 파견하지 못한다니 말이 되느냐며 조선 사목을 자청했더랍니다. 모방 신부님은 크게 감동을 받아 함께 하기로 했고요. 그 자체로 순교와 다름없는 일이지요. 헌데 신부라는 사람이 조선에서 브뤼기에르 주교의 입국을 조직적으로 방해하고 있었으니 얼마나 황당했겠습니까?"

1834년, 정하상도 갈등과 실의에 빠져 있었다. 동지사 때 유진길이 주교의 입국을 약속하고 귀국하자 유방제 신부가 불같이 화를 내면서 쫓아내었고 교우들로 하여금 주교의 입국을 원치 않는다는 연명서를 작성케 강요하였기 때문이었다. 유방제 파치피코 신부는 조선 교회를 끝까지 북경 교회의 밑에 두고자 하였고 그 때문에 브뤼기에르 주교의 입국을 방해했으니 조선의 독립 교구를 추진해 온 정하상과는 사뭇 다른 생각이었다.

"헌데 파치피코 신부가 버티면 어찌 되는 게냐?"

"순명을 서약했기 때문에 그럴 수는 없다고 합니다."

"그런데 왜 안 나간다는 것이냐?"

"시기를 두고 저울질하는 것이겠지요."

"그렇게 사이가 좋지 않은 상황에서 무슨 여지가 있다는 게냐?"

"아마 신학교에 보낼 학생을 찾고 있는 듯 싶습니다. 양쪽 다 방인사제에 대한 열망이 있으니까요. 파치피코 신부도 조선에 대한 열정을 가지고 있는 것은 분명한 사실입니다. 조선의 사정을 교황청에 알릴 때도 그가 한 역할을 한 것도 틀림없는 사실이고요. 그가

24세 때 이태리에 있는 나폴리 예수그리스도의 성가정 신학교로 유학을 떠날 당시 교황청에 보내는 조선 교회 밀사의 편지를 갖고 갔었다는 말도 들었습니다. 조선 교회를 위해 크게 기여한 것은 분명합니다."

"조선 교회에 마침내 밝은 빛이 보이나 했더니 그도 또 양분되는 꼴이구나. 교우들의 입장도 서로 다르다고 들었다."

"모방 신부님도 그 점을 안타까워하고 있습니다. 웬만하면 함께 가고 싶어하셨지요. 그를 따르는 신자들도 꽤 있고요. 허나 파치피코 신부가 사목을 계속하기는 어려울 것입니다. 교우들의 대부분이 그가 사제직을 훼손했다고 생각하니까요."

모방 신부가 들어온 후 브뤼기에르 신부의 안타까운 죽음이 입에서 입으로 전해져 교우들의 눈시울을 적시고 있었다. 몸무게가 삼분의 일로 줄었으며 몸에 있던 털이란 털은 모두 빠졌고 음식을 먹을 수 없는 허약한 상태로 오로지 조선을 향해 일어나 걸었다는 소식에 가슴이 미어진 교우들은 유방제 파치피코신부에게 분개하기도 했다. 그러나 적잖은 사람들이 몹쓸 일이 벌어지게 된 주된 원인이 권진이 아가타에게 있다고 믿었다. 정약용은 차마 신부를 원망할 수 없어 다른 대상에게 미움을 돌리는 심리일 것이라 여겼다.

"이것 또한 시련이겠거니 합니다. 이겨내야지요."

"권진이 아가타 모녀가 솜씨가 좋다고 내 수의를 부탁할 모양이더라."

수의라는 말에 정하상의 표정이 굳어졌다. 시간이 얼마 남지 않았다는 것을 알리려고 일부러 말을 꺼냈으니 모를 리 없었다.

"예, 작은어머님께 말씀 들었습니다. 권진이 아가타에게 일간 찾아뢰도록 이르겠습니다."

*

수의를 맡아간 건 권진이 아가타의 어머니 한영이 막달레나였다.

"아가타가 울기만 하고 바깥출입을 통 안합니다."

교우 집을 떠돌던 권진이 아가타 모녀가 이마리아네 집에서 함께 살 수 있게 된 것은 다행이었다. 이마리아는 노리개를 만들어 팔았으므로 바느질 솜씨가 좋은 한영이 막달레나와 함께 사는 것이 나쁘지 않을 것이었다. 정하상도 서로 의지가 될 것이라고 마음을 놓는 눈치였다.

수의 만드는 일을 부탁받고 찾아온 한영이 막달레나의 얼굴이 말이 아니었다. 권진이 아가타가 아무래도 굶어 죽을 작정을 하는 것인지 도통 먹지를 않는다는 것이었다.

"교회에 보탬이 되기는커녕 신부님께 누를 끼쳤으니 이 죄를 어찌 하냐고 울기만 하더니 며칠 전부터는 곡기를 끊고 있습니다."

"권진이 아가타를 향한 소문이 사실이 아니라면 그보다 더 억울한 일이 어디 있겠습니까?"

좀체 입을 대지 않던 학유도 한 마디 거들었다.

"얼굴이며 몸매며 남의 시샘을 받고도 남을 아이지요. 게다가 아비 권진사가 몰락한 양반이기는 하였으나 학문이 높았지요. 여식이지만 글을 가르쳐 시문에도 능합니다. 파치피코 신부가 귀애하니 여교우들이 시샘을 했을 수도 있습니다."

권득인 베드로를 비롯한 몇몇 사람들이 아가타의 편에 서서 추문을 잠재우려 애썼다. 교회 안에서도 권진이 아가타가 부도덕한 짓을 했을 리 없다고 믿는 사람들과 아니 땐 굴뚝에 연기 나겠느냐는 사람들로 나뉘었다. 정하상은 생각지도 못한 일로 분심이 들어 곤혹스러웠다.

"그 아이에게 교회에서 줄 일이 없느냐? 아주 작은 일이라도 일을 맡겨 보아라. 내 생각에는 그것이 약이 될 것 같구나."

정약용은 정하상에게 되든 아니 되든 교회가 먼저 손을 내밀어 보라고 충고했다.

"하느님이 주신 목숨을 사람이 제 마음대로 하다니요? 남을 죽이는 것만 살인이 아닙니다. 자기 자신을 죽이는 것도 엄연한 살인입니다. 하느님을 마음 가운데 모시고 있다면 무엇이 두렵습니까? 하느님을 모시고 사는 사람이 왜 이리도 어리석단 말입니까?"

모방 신부의 일갈이 통한 것인지 누가 찾아가도 문을 열어주지 않던 권진이 아가타가 학유 내외의 옷을 짓기 위해 드나들었다.

안에서 일손이 바쁘다고 동동거리자 권진이 아가타가 얼른 치마를 동이고 부엌으로 들어가 지짐질을 도왔다. 권진이 아가타에게 교리를 배우기 시작했다는 이마리아의 어린 두 딸도 권진이 아가타의 곁에 앉아 불 넣는 것을 도왔다. 두부를 만들 때나 사용하는 화덕까지 불을 넣는 것을 보면 손님들이 제법 올 모양이었다. 아마도 곧 떠날 것 같다고, 늦기 전에 한 번 와서 인사를 나누라고 여기저기 기별을 넣었을 것이었다. 수의도 마련했고 인사도 나눌 것이고…… 떠날 준비가 이만하면 되었지 싶다가도 뭔가 마음 한 구석이 미진했다.

"신부님께 종부성사를 청해두겠습니다."

정하상이 미진한 마음을 콕 집어내었다.

"평생 냉담했던 내가 종부성사까지 받는다면 모든 것을 바치고도 그러지 못했던 광암과 권일신을 미안해서 어찌 만나겠느냐?"

"미안하다니요? 그동안의 참회와 기도생활을 다 보고 계셨을 것을요. 그 어른들도 아마 꼭 종부성사를 받으라고 하실 것입니다."

어린 소녀들은 찢어지거나 모양이 일그러진 부침개를 나누어 먹으며 무엇이 그리 재미있는지 연신 까르르 웃었다. 마당 한구석에 마련해 놓은 평상은 조금씩 빈대떡과 전과 부침개로 채워졌다. 강아지가 부스러기라도 얻어먹을 양으로 꼬리를 흔들며 얼쩡거렸다.

"작은아버지 말씀을 듣고 교리 가르치는 일을 주었더니 과연 힘을 낸 듯싶습니다."

곳곳에 밀가루 반죽이 튀어 얼룩진 권진이 아가타를 바라보며 정하상이 말했다.

"아니다, 그 모방 신부가 제대로 야단을 친 것 같구나."

"이제 마음을 놓아도 될 듯합니다."

정하상이 정약용을 향해 돌아앉았다. 곧 떠날 것처럼 보인다는 눈이었다. 한영이 막달레나가 만들어다 놓은 수의를 애써 외면하며 정하상은 공연히 정약용의 손마디를 어루만졌다. 먹물이 묻었다는 핑계를 대면서.

*

부쩍 소리들이 멀어졌다. 소리가 멀리 들린다고 느껴진 것이 언제부터던가? 아마 풍증으로 고생하면서부터였던 것 같다. 소리만 먼 것이 아니라 보이는 것들도 마찬가지였다. 가까이 있다고 해서 잘 보이지 않았다. 아마도 세상을 멀리 두고 보라는 뜻이 있는 거 아닌가 싶었다.

"천쇠입니다."

소리는 멀었지만 머릿속을 스치는 화살은 빨랐다. 순식간에 '그것'의 바람이 머릿속을 휘저었다.

"천쇠? 아니, 천쇠라니? 내가 잘못 들은 것인가?"

정하상이 말하기를 그는 북경을 떠나 다른 임지로 갔다지 않았던가.

"그리고 아우구스티노 수사입니다."

"어찌? 이곳에?"

"왜에 머물다 왔습니다. 떠나시기 전에 한 번 꼭 뵙고 싶어 서둘렀습니다."

"조선에 아주 들어왔는가? 조선 교회를 위해 힘쓰면 좋으련만……."

"예, 이제 그리 할 것입니다. 동상東商으로부터 소식은 자주 들었습니다."

"그래, 이제라도 왔으니 좋으이. 본시 고향땅에서는 대접을 받지 못하는 법이라 어려움이 더 많을지도 모르지. 이런, 나부터도 옛사람만 보고 있지 않나? 명칭부터 바꿔야겠소. 아우구스티노 수사님!"

"아닙니다. 저는 천쇠 소리가 듣고 싶습니다."

"아, 그런데 나는 수사님이라 부르니 뿌듯합니다. 마침 때 맞춰

잘 오셨어요. 내가 종부성사를 받고 떠날 수 있도록 수사님을 보내 주셨으니 이 얼마나 큰 은혜요…….”

“사랑에 유방제 파치피코 신부가 와 계십니다. 종부성사를 청하셨다 들었습니다. 그때 진산사건 이후로 배교하신 줄로만 알았습니다. 그러다가 북경에서 동상東商을 따라 온 경한으로부터 회두하셨다 들었지요.”

“끊고 살았던 것은 맞습니다. 허나 어찌 잊고 살 수 있었겠습니까? 참, 경한을 도와 준 것에 감사도 못 드렸습니다. 수사님!”

유방제 신부가 어쩌고저쩌고 하는 말까지는 할 것 없다 싶었다. 천쇠도 벌써 들어 사정을 알고 있을 것이었다.

“자손들이 갑자기 일을 당할까 봐 종부성사를 청해 둔 모양입니다만 나는 아우구스티노 수사님께서 종부성사를 주시면 좋겠소. 유방제 파치피코 신부에 대한 이런저런 말들과 상관없이…….”

“허나 이미 종부성사를 드리기 위해 오신 사제가 계시니 그분께 받으십시오. 이곳은 유방제 신부님 사목지이니 마땅히 그리하셔야지요. 저는 다만 축복을 드리고 기도할 것입니다.”

맞는 말이었다. 유방제 신부는 바로 강 건너 마을에 와 살고 있었다. 모방 신부조차도 성무에서만은 유방제 신부의 일에 선을 그었다. 짧은 시간에 말을 제법 익혀 어느 정도는 소통할 수 있었음에도 모방 신부는 찾아와 고백성사 후에 기도만 해 주고 갔다.

“아, 그도 그렇군요. 내 욕심입니다. 내게는 아우구스티노 수사님이 광암 이벽이고 권철신이고 권일신이니까요.”

“예, 제게도 선생님은 광암이고 권철신이고 권일신 그분들이십니다."

"그래, 그동안 어찌 지냈습니까?"

"베드로 신부님의 도움이 컸습니다. 수도원이란 곳이 주변 세상과는 떨어져 있는 곳이기에 낯선 곳이라는 생각은 별로 안 들었습니다. 과학이나 수학 같은 학문이 특히 발달해 있었지만 사람 사는 세상은 다 비슷하였습니다."

"그때 오두막에서 헤어지면서 평생 다시는 못 보리라 여겼었는데 이렇게 죽기 전에 만나다니, 더구나 수사가 되어 나를 축복해 주시니 하느님의 뜻이 참으로 오묘합니다."

"어디 있어도, 삶과 죽음이 갈라져도 성스러운 영으로 이어져 있지 않습니까. 저는 늘 옆에 계시다 여기며 지냈습니다."

"앞으로는 동양과 서양이 경계를 풀고 서로 스미는 세상이 올 것입니다. 수사님이 홀로 먼저 겪었다 여기십시오."

"서양에서도 세상이 바뀌면서 진통을 겪고 있었습니다. 불과 이백여 년 전까지는 지구가 둥근 줄 모르고 너무 멀리 나가면 지옥에 떨어진다고 믿었다 합니다. 그 믿음에 어긋나는 사람은 죽였고요. 자신이 속한 사회와 믿음이 다른 사람들은 어디서나 고달프지요. 많은 사람들이 화형에 처해졌다고 들었습니다."

"우리 조선에서 성리학과 다른 생각이나 믿음을 탄압한 것도 다 비슷한 일 아니겠습니까?"

"서양은 오히려 교회로부터 사람들이 떠나는 추세였습니다. 그 정신은 육화되어 있었지만요."

"동상의 장두수가 구해다 준 책에 보니 서양에서는 과학이 급속하게 발달하고 식민지 개척에 힘을 쏟는다던데 큰 배들이 우리 바다에 닿는 것도 시간문제 아니겠습니까?"

"피할 수 없는 일일 것입니다. 세계가 급변하고 있으니까요. 하지만 분명한 것은 어떤 시대가 오더라도 사람은 하느님을 모시고 살아야 한다는 생각입니다. 저야 수사이니 하느님이라 부르지만 다른 이름일 수도 있겠지요."

"그리 말씀하시니 정말 수사가 되셨구나, 싶습니다. 참, 모방 신부 외에도 두 명의 서사들이 더 들어올 것이라지요? 기대도 되지만 걱정도 큽니다."

"그분들이 오시면 어떤 일이 벌어질지 아무도 모를 일이지요만 분명 한바탕 회오리가 일지 않을까 싶습니다."

"부디 목숨을 소중히 하십시오. 수사님께 기대는 백성이 많습니다. 아, 청의 변방, 오두막에서 베드로 신부님을 따라 서양으로 가고 싶다고 하던 때가 생각납니다. 눈을 감으면 손에 잡힐 듯합니다. 그때 제 마음에는 천쇠를 살릴 생각뿐이었지 아우구스티노를 만날 꿈은 없었지요."

유방제 파치피코 신부보다는 아우구스티노 수사 신부에게서 종부성사를 받으면 좋겠다는 말이 자손들 사이에서도 나왔다.

은근히 유방제 신부를 원망하고 경계하는 빛이 있었다. 그가 데려다 맡긴 최간난 카타리나에 대한 불만까지 쏟아졌다. 간난이를 맡길 때는 급한 불만 끄면 데려가리라 하지 않았던가. 곧 조선을 떠나게 된 마당에 간난이의 거처에 대해 일언반구가 없다니, 어물쩡 떠넘기려는 것 아닌가 하는 걱정을 숨기지 않았다.

"유방제 신부님께 준비가 되었으니 성사를 주십사 청하여라."

"아우구스티노가 없으면 모를까, 소문도 있고……."

"그리 말 하면 못쓴다. 그리고 성사란 본디 주는 사람의 인품이나 행실과는 무관하게 효력을 갖는다지 않더냐?"

이번에는 다산 정약용이 잘라 말했다.

"파치피코 신부가 그래도 사제는 사젭니다. 떠나는 날까지 자신의 소임을 다하리라 합니다. 그리고 모방 신부의 명대로 김대건을 비롯한 세 명의 소년을 데리고 가서 신학교에 보낼 것이라 합니다. 기색에도 불만이 보이지 않습니다."

정하상이 옆에서 거들었다. 식구들도 더는 말이 없었다.

보속을 주고 문을 나서는 유방제 파치피코 신부를 천쇠가 불러 세웠다.

"거동이 불편하시니 좀 도와주시겠습니까?"

두말없이 다가온 파치피코 신부는 정약용을 오른쪽에서 부축했다. 천쇠는 두물머리로 길을 잡았다.

"이런 황송할 데가 있나? 학유랑 하상이를 불러도 되는데……."

말은 그리 하면서도 다산은 주어사까지 가봤으면 싶었다. 천쇠는 정약용의 마음을 읽었는지 잠시 팔에 힘을 꽉 주고는 두물머리에 이미 봄이 찾아왔다고 말했다. 그랬다. 초목들이 꿈꾸듯 아른아른 연둣빛으로 들판을 덮는 중이었다.

두 물줄기가 만나는 광경을 세 사람은 한동안 말없이 바라보았다.

"정조가 돌아가시던 날 머릿속에서 뒤섞이던 물줄기가 바로 저랬었지……."

"처음 서양의 수도원에서 잠을 청하던 날, 저도 밤새 저 소리를 들었습니다."

천쇠와 정약용이 두물머리에서 나누는 이야기를 들으며 파치피코 신부는 작은 돌을 주워 물속으로 던졌다. 그러다가 풀잎을 뜯어 던졌다. 돌과 달리 풀잎들은 그의 발밑에 떨어지거나 조금 앞에서 흩어졌다. 그도 꿈을 가지고 조선으로 왔을 것이었다. 쫓기듯 돌아가야 하다니…… 흘러가는 것이 자신의 모습인 듯 여기는 빛이었다. 한참을 말없이 물줄기만 바라보았다.

"청에서 지낼 때 유혹이 있었습니다. 한 여인이 지나가는데 눈도 마음도 그녀를 따라갔지요. 한동안 힘들게 지냈습니다. 내가 탐한 것이 아름다움이었는지 여인이었는지 아직도 잘 모르겠습니다."

천쇠는 파치피코 신부가 안쓰러워 어떻게든 위로를 하고 싶은 눈치였다.

"콘스탄티누스 대제도 처음 크리스트교를 받아들이면서 제일 먼저 한 일이 첩들을 내보내는 일이었다더군요. 어머니 헬레나를 의식한 일이라는 말도 있지만요."

유방제 파치피코 신부가 짧게 한 마디 하고는 씁쓸한 웃음을 물었다.

"첩을 내보내는 일도 쉽지 않았을 터인데 평생 혼자 살기로 작정하기가 어디 쉬운 일입니까?"

정약용은 사제들이 평생을 혼자 사는 일만도 대단한 실천이라는 생각을 하면서도 천쇠가 짝도 없이 살아가는 것이 안쓰러웠다.

만천 이승훈도 아용 때문에 한동안 방황하지 않았던가…….

문득 떠나간 사람들이 떠올랐다. 권일신도, 윤지충도, 광암도 신앙이 깊었음에도 사제에게 성사를 받지 못하고 떠났다.

종부성사를 받을 수 있었던 것은 은총이었다. 내 얼마나 오래 그 분을 외면하였던가. 그러고도 사제에게 종부성사까지 받는 은혜를 입다니. 드디어 서양과 동양이 서로 손을 내밀기 시작한 것일까? 지금 그 경계에 서 있는 것일까? 두 물이 섞이면서 튀는 별 하나를 내가 받아 든 것일까?

정약용은 두 물이 머리를 맞대는 광경을 처음 보는 것처럼 바라보았다.

*

지나간 시간들이 물살을 일으키기도 하고 맴돌기도 하며 눈을 끌었다.

정조가 떠난 직후 당장 바람이 사나워졌었지, 기다렸다는 듯이 몰아치는 피바람에 넋이 나갔었지…….

순조가 어린 나이에 왕위에 오르면서 많은 사람들에게 죽음을 예고했다. 대전 상궁은 정조의 계조모이신 김씨가 정조의 승하와 관련이 없다고 하였지만 믿을 수 없었다. 궁녀였던 양데레사의 말이 맞을 것이었다.

"독살당하신 것이 분명합니다. 임금님께서 아무도 들이지 말라고 명하셨는데 그분이 막무가내로 들어갔습니다. 위험한 일이다 싶었지만 명색이 임금님의 할머니신데 그분을 누가 말릴 수 있단 말입니까? 편찮으시긴 하였어도 어의 말이 생명에는 지장이 없다, 하였지요. 그런데 그분이 들어갔다 나오시더니 돌아가셨다고 하였습니다. 독살이라는 말이 나왔으나 어의부터 입을 다물었지요. 임금님께서는 열이 높아 혼수상태가 왔으므로 꼼짝없이 당하실 수밖에 없었습니다."

평소 누구도 못 믿는다 하여 손수 탕약을 지었고 무술까지 익혔던 정조지만 할머니를 막지 못했다.

"얼마 전 아궁이를 손 본 일도 마음에 걸립니다."

양데레사는 아궁이를 손 본 사람들의 눈빛이 수상했다는 말과 함께 그 이후로 정조께서 시름시름 앓았다는 말도 했다. 혹시? 하는 마음에 박시걸을 통해 알아보라 일렀다. 박시걸은 채제공이 죽을 때 끝까지 정조를 지키라 신신당부했던 인물이었다. 채제공은 사도세자를 구하려 애썼지만 구하지 못한 한이 있었다. 평생 정조를 지키려 애썼다. 정약용은 그가 행한 천주교 탄압도 정조를 지키기 위한 것임을 알고 있었다.

"아궁이를 손 본 일꾼들은 물론 고쳐야 한다고 말을 낸 사람들도 계조모의 사람들이었습니다."

"아, 이렇게 미욱하다니……."

정약용은 눈앞이 아뜩해졌다. 아궁이를 통해서 사람을 해칠 수 있다는 것은 상상도 못한 일이었다.

믿는 사람들은 갖다 붙이는 죄목만으로도 반죽음이었다. 다섯 집을 엮어 감시케 하고 조선의 기반을 흔드는 천주교인을 잡아들이라는 지엄한 명이 떨어졌다. 사람들의 목숨이 가랑잎만도 못했다.

"전국시대를 살펴보면 위나라에 인재가 제일 많았었네. 하지만 위왕은 인재를 썩히거나 다른 나라로 쫓아 다른 나라를 강하게 만들고 말았지. 대표적인 인물로 오기가 있고 상앙이 있었네. 상앙이 진나라로 가서 변법으로 진을 부강시켰기에 후일 진시황이 있을 수 있었다고 봐도 과언이 아니지. 뿐인가 그 유명한 손빈과 원교근공법을 창안한 범저도 놓쳤네. 하늘은 마지막으로 신릉군을 보냈지만 위는 그마저 썩혀버렸네. 가장 인재 복이 많았지만 질투와 욕망으로 눈이 멀어 스스로 복을 차버린 것이지. 나는 요즘 당파 싸움으로 얼룩진 우리 조선이 위나라와 별로 다르지 않다는 생각이 자꾸 드네. 광암도 권철신도 이가환도 다 하늘이 내린 인재였던 것을……."

정약전은 꼭 한 번 한숨을 쉬며 조정을 원망했다. 누구도 광풍을 막아낼 힘이 없었다. 정약용에게는 긴 유배 생활이 시작되었다. 주변 인물들이 모두 죽었으므로 살아도 산목숨이 아니었다. 아무 희망도 보이지 않았을 때 학문이 버팀목이 되어 주었다. 학문을 통해 죽은 정조와도 여전히 꿈을 나눌 수 있었다. 제자들이 생겼고 정하상이 찾아왔고 황경한이 찾아왔다.

"화성축조가 정약용이 남긴 제일 큰 공이지……."

주변에서는 그렇게 말했지만 하상과 경한은 다산에서 일궈낸 수많은 글과 책을 꼽았다. 그러나 정약용 자신은 다산에서의 참회와 보속을 가장 소중한 것으로 여겼다.

"최간난 카타리나를 기어이 모방 신부에게 보낼 것입니까?"

풀을 뜯어 강으로 던지며 유방제 파치피코 신부가 천쇠에게 물었다.

"아직, 결정을 못했습니다."

천쇠가 곤란한 표정으로 대답했다.

……아, 천쇠가 유방제 파치피코 신부에게 여인이 어쩌고 아름다

움이 어쩌고 한 것은 이미 그들 사이에 오고 간 이야기의 연장이었구나, 싶었다.

최간난 카타리나를 정약용의 집에 더는 둘 수 없다는 것을 유방제 신부는 잘 알고 있었다. 아직 정약용이 살아 있는데도 집안사람들 모두 언제 데려가나 하는 눈으로 채근하고 있는 터였다.

최간난 카타리나의 거취를 두고 떠나는 파치피코 신부는 데리고 있으라고 권했고 천쇠는 망설이는 눈치였다. 간난이는 갈 곳이 없었고 쫓기는 몸이었다. 게다가 심하게 앓고 있었다. 누군가의 도움이 꼭 필요한 처지였다.

14

최간난 카타리나

간난이는 양반댁에서 도망 나온 이후 교우 집을 전전하고 있었다. 종의 몸에서 태어난 간난이는 양반 김씨의 종으로 있었는데 미신행위를 거부하여 고초를 겪었다. 무당은 간난이에게 대를 잡고 있으라고 했고 간난이는 거부했다. 김씨가 눈을 부릅떴지만 부엌으로 가 나오지 않았다. 김씨는 팔을 결박하고 몸에는 큰 맷돌을 매단 후 미신행위가 끝날 때까지 장작더미 위에 엎어두었다. 굿이 끝나고 무당이 돌아간 다음 혹독한 매질을 가했다. 마치 무당이 말한 집안의 악귀가 바로 간난이인 것처럼…… 한 달을 일어날 수 없었다. 결국 힘든 일을 할 수 없을 만큼 상처가 깊이 스며들었다.

최간난 카타리나는 덧난 상처 때문에 앉지도 서지도 못했다. 어떻게 그렇게 혹독한 매질을 견뎠는지…… 뼈까지 상해서 몸을 제대로 쓸 수 있을까 싶을 정도였다.

유방제 파치파코 신부가 그녀를 다산의 집으로 데려온 날은 정약용도 어지럼증이 심해 하루 종일 누워만 있던 때였다. 물에 빠져 떠내려가는 것을 겨우 건졌다며 남경문 베드로와 함께 간난이를 업고 왔을 때 간난이는 펄펄 끓었다. 교우 집을 전전하는 일도 쉽지 않아 그래도 하느님께로 이끌어준 사람이라고 남경문 베드로를 찾아가는 길에 다리를 건너지 못하고 불어난 강물에 휩쓸린 것이었다.

유방제 파치피코 신부는 또 여자 이야기로 의심을 살까 두려운 눈치였다. 강에서 가까운 곳을 찾다보니 어쩔 수 없이 신세를 지게 되었지만 급한 불만 끄면 곧 데려가마 하였다.

"아이가 약을 쓰지 않으면 죽을 듯하니 급한 불만 끄면 보내겠소."

눈치가 보이는 건 정약용도 마찬가지였다. 며칠 만이라는 말을 강조하자 아내도 더는 싫은 내색을 못했다. 자식들이 보는 앞이어서이기도 했겠지만 몸도 마음도 쇠잔해진 정약용을 거스르고 싶지 않아 조심하는 기색이었다.

정약용은 아무것도 해 준 것 없이 마음고생만 시킨 아내와 자식들에게 형님네 식솔들까지 짐지웠던 일이 떠올랐다. 정하상은 정하상대로 고충이 심했을 것이었다. 배론으로 옮겨 앉은 것이 외인들 사이에서 생활하기 힘들었기 때문이었다는 말도 들렸다. 천주교 때문에 가문이 쑥대밭이 되었다고 믿는 아내였다. 핏줄이니 어쩔 수 없어 약종 형님네 식솔들을 받아들였지만 천주교 말만 나와도 눈에 불을 켰다. 유배된 몸으로 할 말이 없을 때였다.

간난이는 아직 서른도 안 된 몸이 관에서 고문 받은 사람 못지않게 망가졌다. 뛰는 것은 불가능한 일이 되었고 걷는 일도 앉는 일도 고통이었다. 높은 마루를 오를 수 없었고 허리를 꼿꼿하게 펼 수도 없었다.

"어떻게 양반으로부터 도망칠 궁리를 내었을까?"

정약용은 광암과 직암이 뿌린 씨앗이 틔운 귀한 싹이라 믿었다. 또한 교우들의 공동체가 그만큼 컸다는 반증이기도 할 것이었다.

"하늘에 두 덩어리의 구름이 떠 있었죠. 왜 무심한 구름이 두 개의 세력으로 보이는 것이었을까요? 어째서 기득권을 가진 양반 계층과 지배를 받는 서민들의 영역으로 나뉘어져 있는 거라는 생각이 드는 것이었을까요? 저는 구름을 보면서도 억울하고 슬펐어요. 더 이상 그 집 마당에 서 있을 수 없었어요. 다른 세상을 찾아 떠나야 한다는 생각뿐이었죠. 내가 세상을 바꿀 수는 없겠지만 내 인생은 바꿀 수 있어야 한다고 생각했거든요."

짓눌린 채 살아가는 사람들 사이에서 나름대로 갈망하는 것들이 생겨났고 새로운 사회를 꿈꾸기 시작했다는 말이었다.

그러나 상반된 의도를 가진 공동체는 조금도 움직이거나 타협할 생각이 없으니 충돌은 피할 수 없는 일이다. 이대로 가다가는 아무것도 바꾸지 못하고 대가만 치르는 거 아닐까?

"저렇게 온순한 간난이가 어디서 그런 용기를 내었는지……."

간난이의 몸 상태를 누구보다 잘 알고 있는 아내는 그 몸으로 도망하였다는 것이 믿기지 않는다고 말했다.

"어머니가 돌아가셨어요. 매를 맞고 장독으로요."

"저런, 천주교 때문에?"

"아니요. 주인댁 도련님이 죽은 분풀이였지요."

"분풀이?"

간난이는 말없이 고개를 끄덕였다.

"그러나 그걸 탓하며 울지는 않았어요. 어머니는 분명 도련님이 죽도록 방치했거든요."

"그게 무슨 소리야?"

"도련님 방으로 뱀이 들어가는 것을 보고도 못 본 척했지요. 그것이 독이 있는 뱀이라는 것도 알고 있었고요. 평생 혹사당하며 짐승 취급 받은 것이 그날 두 발을 묶고 입을 봉한 거지요."

"흐음……."

"저는 어머니처럼 복수하고 싶지는 않았어요. 종으로 산 것도 억울한데 하느님 앞에 죄인이 될 수는 없으니까요."

"그래서 도망쳐 나올 결심을 했던 게야?"

"그 전에는 마음만 있었지요."

종이 양반을 능멸한 죄, 도망친 죄, 거기에 사학을 믿는 죄까지…… 최간난 카타리나는 죄가 무거웠다.

"도망 나온 이후 줄곧 하느님을 원망하기도 했었죠. 김씨네서는 적어도 잠 잘 곳을 걱정하지는 않았으니까요. 그런데 이상한 일이지요. 모방 신부님께서 남경문 베드로가 고리대금업을 폐하고 이자까지 돌려주기 위해 애쓰고 있다는 말을 들더니 누가 그리 어리석단 말이오? 하시는데 마음속에 훈훈한 기운이 차오르겠죠. 말씀은 그래놓고도 신부님은 무슨 일만 있으면 남경문 베드로부터 찾으셨어요. 눈빛에도 사랑이 넘쳤고요. 그 모습을 보고 있는데 마음 밭은 가꾸지 않고 돌을 빵으로 만들어달라는 기도를 하고 있는 것이 바로 나로구나, 싶은 거예요. 정신이 번쩍 났지요. 김씨네서 도망 나온 후 줄곧 나는 하느님으로부터 아무 응답도 받지 못했다고 생각하고 있었거든요."

"응답? 응답이라……."

생각해 보면 하느님을 위해 죽을 수 있고 하느님 나라를 죽어서라도 가겠다는 사람들은 이미 이곳의 삶에서 하늘나라를 맛보고 있기 때문일 것이었다. 누가 자신을 향해 존엄성을 가진 존재라고 말해 준 적 있던가? 신분에 관계없이 평등한 존재라고 인정해 준 적이 있던가? 당신은 하느님으로부터 태어난 귀한 생명이라는 말에 벌써 하늘나라를 맛보고 있었던 것이었다.

최간난 카타리나는 남경문이나 권아가타를 부러워했다. 그들의 신앙생활이 바로 응답송 아니겠느냐고 말했다. 순교와 마찬가지로…….

최간난 카타리나는 스스로를 부끄럽다고 했지만 누구도 그녀처럼 적극적으로 자신의 삶을 바꾸고 되찾겠다는 시도를 할 줄 몰랐다. 간난이를 보고 있으면 무엇이라고 꼬집어서 말할 수 없는 힘이 느껴졌다.

큰 용기로 뛰쳐나와 뜬구름이 된다면 그보다 안타까운 일이 또 있을까. 새로운 것을 찾는 사람들이 자신의 어둡고 낡은 껍질을 벗어 버리고 뛰쳐나오면 갈 곳이 있어야 하지 않겠는가? 그들이 찾는 새로운 장이 있어야 하지 않겠는가? 조선 교회가 그 터를 닦을 수 있을까? 둘레를 넓히고 불을 밝힐 수 있을까?

"기득권자들은 좀 더 나은 세상을 만들겠다는 생각을 싹부터 잘라내려 들지. 이런 이야기 들어보았나? 지네 이야기…… 지네들은 무수히 많은 다리를 가지고 있지만 꼬이는 법 없이 어디고 마음먹은 대로 잘 다니고 있었다네. 그런데 어느 날 이런 말을 들었지.

'우린 다리가 여섯이라서 무턱대고 되는 대로 걸으면 안 돼. 발을 옮기는 각도도 맞춰야 하고 순서도 지켜야 해. 앞발 먼저. 그 다음 중간 발, 그리고 그 다음엔 뒷발, 그리고 다시 앞발. 이렇게 순서에 맞게 걸어야 꼬이거나 넘어지지 않는 거야. 규칙을 무시하고 뒷발이 중간 발보다 먼저 나왔다가는 꼬이게 되고 중심을 잃는 법이지' …… 그 이야기를 들은 지네 한 마리가 고개를 끄덕이며 되는 대로 걸으며 살아왔던 자신을 부끄럽게 여기게 되었지. 그래서 들은 대로 규칙에 맞는 걸음을 걸어야겠다고 마음먹고 자신의 발을 순서대로 옮기기 시작했다네. 그런데 이게 어찌된 일일까? 잘 걷던 다리들이 꼬이고 넘어질 지경을 당했다는 거야. 자연스러운 삶을 인위적으로 만들었을 때 이 지네 꼴이 나는 것이지."

베드로 신부가 멀리 만 권의 책 바위를 바라보며 들려준 이야기였다. 인위적 권력을 절대시하는 인간세상의 현실을 딱하게 여기는 말이었다.

"날 때부터 귀천을 달리하는 것은 다리를 옮기는 규칙 중 하나지. 열심히 사는 일을 상스럽다 하고 남을 섬기는 일을 천하다 하는 것도 다리를 옮기는 순서를 정해주는 것이고."

'그것'을 빙빙 돌려 빛을 뿜어대며 설명을 덧붙이던 베드로 신부의 깊은 눈빛이 이제는 기억조차 가물가물했지만 목소리는 여전히 가슴 안에서 울려왔다.

아, 조선에 돌아와 관직에 오르면서 알게 모르게 기존의 가치들을 걸치고 살았다. 손과 발은 순서를 찾았다. '그것'의 존재를 지워버린 것은 아니었으나 걸음이 꼬이고 다리가 어긋났다.

다산 밑으로 유배를 가지 않았더라면 후회와 부끄러움을 씻기 어려웠을 것이었다.

천쇠는 결국 최간난 카타리나를 자신의 처소로 데리고 갈 것이고 보살필 것이다. 아픈 사람을 소문이 두려워 내칠 수는 없는 일이니까. 그리고 간난이는 희망이니까. 그래, 떠날 사람들이 떠나면 남아 있는 사람들이 할 수 있는 일을 해야 한다. 이제 천쇠가 어깨를 돌려댈 차례가 된 것이다.

15
빈센트 권의 일기

"동상東商의 장두수 어른이 오실 시각이 지났는데 안 오시네요."

몰려오는 먹구름을 바라보며 최간난 카타리나가 불안한 마음을 드러냈다. 그녀는 정약용이 죽자 외인들만 사는 다산의 집에 더 이상 있을 수 없었다. 애초에 약속한 일이기도 했다. 아우구스티노는 거처에 아무도 들이지 않을 생각이었으나 몸을 제대로 쓰지 못하는 그녀를 모른 척할 수가 없었다.

카타리나는 불편한 몸으로 이것저것 쉬지 않고 일했다. 무슨 일에건 도움이 되고자 애썼다.

"수사님을 도우며 살게 되다니, 이런 광영이 내게 주어지다니……."

아침부터 저녁까지 기쁨에 찬 얼굴이었다. 다만 궂은 소문에 휘말릴까 봐 걱정이 되는 눈치더니 부모를 잃고 갈 곳이 없어진 이데레사도 데려다 이곳에서 지내게 하면 어떻겠느냐는 장두수의 말에 얼굴이 확 밝아졌다.

양반으로부터 도망친 카타리나를 처음에 한동안 거둬 준 이가 이데레사의 부모였다. 그런 인연으로 홀로 남은 이데레사의 처지를 더 안쓰러워하는 것이었다. 오늘이 장두수가 이데레사를 데려 오마

한 날이었다. 간난이는 아침부터 서성거리며 기다리는 빛이었다.

빗줄기가 굵어져가고 있었다. 비는 어제 저녁부터 쏟아졌다. 멎을 기색이 보이지 않았다.

"추자도 쪽에도 사나운 바람이 몹시 불었다던데 황경한이 혹여 큰 피해를 보지나 않았는지 걱정이군."

"그래서 동상도 제주도에서 한동안 발이 묶였다 들었습니다."

어느 양반댁에서는 제주도에서 나는 돌소금을 제일로 친다던가. 장두수는 소금을 사러 제주도에 가는 길에 추자도엘 들려볼 것이라 했었다.

"황경한에게 보낸 원본은 순교일지의 바탕이 될 귀한 것이니 잘 간직해야 하는데……."

"추자도에 보관한 기록이야 무슨 일이 있을라고요? 여기 있는 기록이 조심스럽지요. 아, 참, 지난번에 장두수 어른이 주고 가신 이것도 순교일지에 넣으실 건가요?"

순교일지를 보물처럼 쓰다듬으며 간난이가 물었다. 왜나라 말로 써놓은 기록물을 두고 하는 말이었다.

동상의 장두수가 길이 닿을 때마다 정약용과 황경한을 돕고 자신에게까지 이것저것 전해주는 수고를 마다하지 않는 것은 그 기록을 제자리에 올리고 싶은 욕심이 속에 있어서였을지도 몰랐다.

"그때 배 안에서 그가 걸쭉한 목소리로 먼 조상 이야기를 했었지…… 임진왜란 때 포로로 끌려갔다가 돌아온 조상이 있었다고 했어. 그리고 분명히 말했지. 그가 천주교 신자가 되어 돌아왔고 자손들도 줄곧 천주교를 믿고 있었다고 말이야……."

정약용도 그 기록을 본 적이 있노라 했었다.

"그렇다면 천주교가 천진암에서 시작되었다고만 말할 수 없겠군요."

아우구스티노는 천주교가 남쪽에서부터 시작된 것일 수도 있겠다 싶었다. 그러나 정약용은 공동체를 구성하고 세상에 빛으로 드러나지 않았다면 의미를 두기가 어렵지 않겠느냐고 말했다.

"장두수의 조상들이 신자였다 하더라도 그 사실을 바탕으로 남방전래설을 말하는 건 좀 무리가 아닐까?"

"그들이야 몇몇 개인에 불과했다 치더라도 왜에서 포로생활을 하면서 신앙을 키웠던, 그 공동체를 이루었던 사람들은요? 그들조차도 조선 교회의 범주에 넣을 수 없다는 말씀이십니까?"

아우구스티노는 이 년간 왜에 머물면서 그들의 눈물겨운 신앙생활에 대해 감동을 받았었다. 신앙공동체로서 모범이 될 만했고 순교자도 많았다. 지리적인 개념에서 애매함이 있을 수 있었으나 분명 조선 천주교회의 시작은 그들이 아닌가 여겨졌다. 그러나 정약용은 그들은 왜나라 공동체에 속할 것이라는 견해를 보였다.

"그들은 논의의 대상이기는 하지. 그리고 조선이 그들을 외면해서는 안 되겠지. 정조 임금님께서도 그들 이야기를 듣고는 얼마나 마음 아파하시던지…… 하지만 인간이란 시간과 공간을 함께 사는 존재 아니겠나? 지리적 개념을 배제하고 조선 교회를 이야기할 수 있을까? 그들을 품으려면 예외란 단서를 달아야 할 걸세."

정약용은 겉으로 드러난 시작은 광암이지만 이미 허균이 이 땅에선 처음으로 천주교 신앙을 시작했다고 믿었다.

"그가 당시에 이미 서학에 관한 책을 두루 섭렵했고 기도모임까지 가졌다는 거야. 광암이 주어사 암자에서 그들의 회의록을 확인했지. 기도생활에 대한 기록까지 있었다더군."

다만 허균이 무슨 책을 보는지 무슨 기도를 하는지 무엇을 흠숭하는지 아무도 몰랐을 것이니 그것이 안타깝다고 말했다. 따라서 교회의 시작돌은 광암에다 두어야 한다는 것이었다.

정약용의 말에 동상의 장두수는 일본에서 돌아온 조상 이야기를 들이대며 허균이 아직 서학을 몰랐거나 겨우 관심을 가졌을 때 이미 이 땅에 천주교 신자들이 있었다고 반박했다. 그리고 자신의 집에 엄연히 증좌가 있다고 말했다.

빈센트 권의 일기였다.

빈센트 권과 같은 감옥에 갇혀 있다가 고향에 돌아온 그 조상은 세례자 요한이라는 세례명을 소중히 여겼다. 배교한다는 말로 살아남은 것이 죄가 되어 더욱 열심히 신앙생활을 하였고 자손들에게 신앙을 물려주었다. 돌쇠 영감에게서 얻어온 칼 한 자루와 함께 그가 남긴 유품이 바로 빈센트 권의 일기였다. 후손들에게 언젠가는 꼭 세상에 내놓으라는 유언을 남겼다. 장두수는 자신이 그 유언을 지킬 것이라 마음먹고 있었다.

*

벌거숭이가 되어 물고문을 당하였다. 손가락도 모두 잘렸다. 거의 죽기까지 고문을 당하면서 배교를 강요당하였다. 이번에는 14일간 고문이 계속되었다. 정신이 혼미해졌다. 1625년 12월 22일 체포되어 시마바라 감옥에 갇힌 후 얼마가 지났을까. 형리들은 이미 여름

옷으로 갈아입었다.

……빈센트! 빈센트!

누가 부르는 걸까? 소리를 향해 고개를 돌렸다. 빛 속에서 어린 아이가 걸어 나왔다. 눈이 부셔 손으로 이마를 가렸다. 아이는 어느 순간 소년의 모습으로 변했다. 모시고 살던 조라 신부와 닮았다. 세례를 주고 신학 공부를 시켜준 모레흔 신부를 닮은 것도 같았다.

……빈센트! 조금만 더 참아라, 곧 고통에서 풀려날 것이다.

목소리를 듣는 순간 그가 마리아의 부탁을 받고 모레흔 신부에게 데려다 준 세스페데스 신부인 것을 알았다.

"세스페데스 신부님! 세스페데스 신부님!"

몇 번이나 불렀지만 그는 빛 속으로 사라졌다. 그가 하늘의 문을 조금 열었고 문틈으로 빛무더기가 쏟아져 들어와 더 이상 맨눈으로 그의 뒤를 따를 수 없었다.

누군가가 툭, 옥사 안으로 떠밀려 들어왔다. 그의 몸이 등 위에 떨어졌다. 눈이 부어 형체를 분간하는데 한참 걸렸다. 아, 돌쇠 할아범이었다.

깡마른 몸이 성한 곳이라곤 없었다.

"그때 돌아가래도 고집을 부리시더니……."

진심으로 돌쇠 할아범이 고향으로 돌아가 여생을 보내기를 바랐었다. 포르투갈 상인들과 선이 닿은 것은 천행이었다. 어렵게 구한 배를 할아범은 한마디로 잘라 거절했다. 뜻밖이었다. 아버지 권장군을 생각해서 내 곁을 지키려는 생각이라면 그럴 것 없다, 제발 돌아가라고 설득했지만 할아범은 단호했다.

자신이 만든 칼이 순교자들을 베는 데 쓰인다는 말을 듣기 전까지는 할아범도 열심히 칼을 만들어 조선인들의 자유를 사는데 보탰다.

자유를 사기 위한 모금 운동에 온 힘을 쏟고 있을 때 유럽 신부들은 이미 이럴 게 아니라 정식으로 사제회의를 열어 문제를 해결해 보자, 뜻을 모으고 있었다. 먼저 키리스탄 다이묘들을 설득했다. 조선에서 잡혀온 전쟁 포로들의 심각한 인권문제를 키리스탄들이 앞장서 해결하라고 주문했다. 거부하면 파문까지 불사하겠노라고 했다. 키리스탄 다이묘들은 속속 노예로 살고 있는 조선인들을 풀어주었다. 사제들은 다른 사목보다 우선으로 매달렸다.

누군가 세례를 받고 키리스탄이 되면 서양 신부들이 자유를 사준다고 말한 모양이었다. 한 사제가 단호하게 말했다. 키리스탄이 된다면 좋겠지만 그건 별개의 일이고 상대적으로 나약하고 처지가 어려운 사람이 우선이라고.

조국이 지켜주지 못한 사람들, 그래서 남의 나라에 끌려와 노예가 되어 살아야 하는 사람들, 죽지 못해 사는 비참한 사람들에게 하느님을 만나게 해 주는 일에 내 전부를 바치리라.

몸이 부서져도 좋으니 가능한 한 많은 사람들을 하느님의 자녀로 만들고 싶었다. 모진 삶을 굳건한 신심으로 이겨내는 사람들이 늘어갔다. 공동체는 커졌고 충만해졌다. 보람이라면 보람이었다.

아무리 사제들의 희생과 도움이 지극했다 해도 사람들 스스로의 노력이 없었다면 이처럼 견실한 신앙 공동체는 어림없었을 터였다. 모레혼 신부는 도요토미 히데요시라는 사람의 욕망이 많은 사람들을 고통 속으로 몰아넣었지만 끌려온 조선인들에게는 하느님의 오묘하신 신비가 내렸다고 말했다.

……그런데 지금 하느님을 위해 죽겠노라는 할아범의 거친 몸뚱이를 보면서 눈물이 그치지 않는 이유는 뭘까?

"그러니까 하느님 나라에서는 사자랑 토끼가 함께 어울려 살 수 있다 그런 말입니까, 도련님? 이 늙은이가 아는 한 그런 세상은 결코 오지 않을 겁니다……. 저 코쟁이 선교사들이 나와 무슨 상관이란 말이오. 저 코쟁이 신부들이 왜 나를 위해 뛰어다닌단 말이오?"

뭔가 다른 꿍꿍이가 있을 것이라고 고개 돌리던 사람이 아니던가. 하느님을 심어 주지 않았더라면 저렇게 모진 고문으로 뭉개지지 않았을 것이다, 처참한 죽음으로 내몰리지도 않았을 것이다. 팔이 썩어가고 있었다. 어쩌면 할아범은 사형을 받기 전에 옥에서 죽고말지도 몰랐다. 부서진 무릎 때문에 걷지도 서지도 못하는 할아범이 꼬장꼬장한 목소리로 말했다.

"도련님 탓이 아니오, 그리고 내가 하느님 앞에 당당히 가려는데 눈물을 흘리는 건 또 뭐란 말이오?"

*

분신이나 다름없던 최윤철 베드로가 운젠 지옥에서 처참한 모습으로 돌아왔다. 익은 살이 벌겋게 드러났고 피부는 껍질 벗기듯 벗겨졌다. 살아 있는 사람의 몰골이 아니었다.

……유황 냄새가 진동을 하는 열탕 속으로 우리들을 몰아넣고 저들이 둘러섰는데 우리는 열탕 속에서 서로를 밟고 올라서려고 아비규환이었지요. '뭐, 사랑? 봐라. 저게 서로 사랑한다는 키리스탄들

이냐?' 저들이 비웃는 소리를 들으며 정신을 잃었어요, 라는 말을 마지막으로 숨이 끊어졌다.

그가 죽고 난 후 김진오 바오로, 정상채 아우구스티노, 서봉호 안드레아 등이 끌려 나갔다. 두 발이 묶인 채 거꾸로 유황물이 이글이글 끓는 화산구에 넣어졌다 끌어올리기를 반복하는 고문으로 죽었다.

박만욱 요한과 그의 가족들은 사카사츠리(구멍에 거꾸로 매달리는 고문) 형을 받고 13일을 버티다 숨을 거두었다. 마지막으로 ―그리스도의 사랑으로 나는 살았습니다― 라고 외쳤다. 나는 형제여, 나도 곧 따라가겠네. 하고 외침으로 답했다.

……쉽게 죽으면 안 된다, 오래 고통을 받게 하라, 그 모습을 다른 키리스탄들이 보게 하라, 라는 명을 받았던 형리들이 그들을 보고 공포에 떨었다. 프란치스코 신부는 단칼에 목을 치라는 명이 떨어졌지만 망나니는 칼을 버리고 달아났다. 서툰 자가 대신하게 되어 프란치스코 신부는 고통을 오래 받았다.

다이묘들은 배교를 하지 않으면 너희도 이런 꼴로 죽을 것인데 이래도 버티겠느냐고 위협했다. 그러나 하느님을 지키기 위해 자신의 목숨으로 대가를 치루는 사람들을 보면서 순교 행렬은 오히려 길어졌다.

벙어리 소녀 막달레나에게 하느님을 알려 준 것도 가슴 아픈 일이 되었다. 처음, 형리들은 그녀가 벙어리였으므로 키리스탄일 리 없다고 생각하였다. 그러나 벙어리는 자기 목을 형리에게 내어밀며 목을 치라는 시늉을 했다. 자기도 분명 키리스탄이라는 거였다.

바로 내가 저 여린 소녀를 이끌었다. 오늘, 순교의 길을 함께 갈지도 모른다.

……너만은 안 된다, 너는 살아남아라, 팔을 벌려 막아서고 싶었다.

막달레나의 어미가 와서 형리에게 매달려 통사정했다.

"내 딸은 아무 것도 모른다. 벙어리 주제에 무슨 일을 하겠느냐?"

어미의 울부짖음을 들은 형리들은 막달레나의 족쇄를 풀어주며 등을 밀었다. 그러나 막달레나는 부득부득 다시 옥 안으로 들어왔다.

"너는 할 일이 남아 있다, 고문으로 코가 없어진 사람, 다리가 없어진 사람, 팔이 없어진 저 사람들 기억하지? 나가서 그들의 팔이 되어 주어라. 그들의 다리가 되어 주어라. 그리하면 큰 순교가 되는 것이다."

벙어리 소녀 막달레나는 얼굴이 벌게지며 고개를 흔들어댔다.

……내가 과연 막달레나를 진심으로 대하는 것인가? 결국 순교의 길에서 내보내기 위해 방법을 찾고 있는 꼴 아닌가?

밑바닥에서 올라오는 소리들에도 불구하고 그녀의 어깨를 잡고 그녀의 눈을 보며 말했다.

"부디, 그러렴. 하느님이 네게 원하시는 것은 바로 그거란다."

"막달레나가 나갔으니 다음은 이 늙은이 차례라고 생각하지 마세요, 도련님, 전 막달레나와 달라요. 하느님을 지키고 넓히기 위해서 죽는 건 내게 최고의 영광이에요. 암요. 목숨은 하느님을 위해 바쳐야지요."

할아범의 고집에 고개를 끄덕이며 백정이었던 바르톨로메오가 말했다.

"맞소. 나도 그럴 거요. 어쩌면 생각이 짧아 하느님을 제대로 못

섬기는지도 모르오. 그러나 난 처음으로 사람답게 살 생각을 품게 되었소. 그것도 죽음이 기다릴 거라고 믿었던 낯선 땅에서…… 끌려올 때는 풀포기라도 잡고 매달려 버티고 싶었었소. 그러나 그 고향이라는 게 돌아보면 존엄성은커녕 그런 말이 있는 줄도 모르고 살다 죽어야 하는 땅이었다 이거요. 부당한 일을 당연하다 여기며 살아 왔고."

바르톨로메오가 갑자기 소리를 낮춰, 그런데도 한없이 그립고 그리운 건 또 뭔지, 하면서 우물우물 안으로 삼키는 말에 몇몇은 눈을 들어 허공을 보았다.

"죽어서 천국에 들고 말고는 다음 일이고……."

한정도 베드로가 눈물 같은 말을 보태자 박은석 미카엘, 최부걸 토마스 등도 고개를 끄덕였다.

*

미즈노 카와우치 카미가 나가사키 부교로 임명되었다. 그는 장군의 뜻을 따라 키리스탄 탄압을 이전보다 더 철저히 하고 처벌 방법도 잔혹하다는 말이 감옥 안으로 날아들었다. 형리 중 한 사람이 우선 시마바라와 오—무라 감옥에 있는 9명의 예수회 신부와 수사들을 나가사키에서 처형하기로 하였다고 알려주었다.

1626년 6월 20일, 처형지 나가사키에 도착하였다. 밥치스타 조라 신부, 토르레스 신부, 관구장 빠체코 신부와 일본인 수사 베드로 린세이, 요한 키사쿠……모두 함께였다. 순교의 때가 다가왔음을 알았다.

아라키가 마지막으로 배교를 권하러 왔다. 토르레스 신부를 따로 만났다. 장군의 명으로 온 것이 아니라 토르레스 신부를 살리고 싶은 진심을 가지고 온 것이었다. 그의 특별한 애정에 대해 토르레스 신부는 말을 아꼈다. 토마스 아라키는 일본인으로서 최초의 유럽 유학생, 키리시탄이었다. 고문이 가해지자 즉시 배교하였고, 그 때문에 배교 신부 베드로(배교자의 우두머리란 뜻)라는 별명이 붙은 인물이었다.

일본에는 이제 신자들의 피가 충분히, 그리고 넘치도록 흘렀다. 제발 로마 교회는 이제 일본인들의 일은 상관하지 말아주기 바란다. 당신의 이상과 꿈에 더 이상 일본인들을 끌어들이지 말아 달라, 라고 말하며 탄압에 앞장섰다. 토르레스의 순교를 안타까워하는 아라키를 보면서 나는 그가 자신을 위하여 눈물을 흘리고 있는지도 모른다는 생각을 했다.

아라키가 돌아간 후 모두 고개를 숙이고 말없이 앉아 있었다.

돌쇠 할아범이 무겁게 한 마디 했다.

"도련님도 이제 더는 저 때문에 슬퍼하거나 도련님 때문이라고 생각하지 마십시오. 순교가 은총 없이 되는 일이 아닙지요."

시간이 되기 전에 꼭 해야 할 일이 있다며 빠체코 신부가 일어섰다. 다른 신부들도 자리를 털고 일어나 내 곁에 둘러섰다. 미리 뭔가를 약속해둔 듯 보이는 움직임이었다.

"우리는 빈센트 권(카운), 당신을 가이오의 뒤를 이어 두 번째 조선인 예수회 수사로 받아들이기로 했네."

예수회 관구장 빠체코(Pacheco.F) 신부의 말은 뜻밖이었다. 조라 신부가 다가와 포옹을 했다. 다른 신부들도 차례를 기다려 포옹을 했다. 예수회 전도사로서, 동숙同宿으로서 일해 온 지 33년이었다.

"감옥에서가 아니라면 더 좋았을까? 1624년 순교한 가이오를 생각하게. 1608년 이미 예수회 총장은 입회 허가의 회답을 내었는데 본인은 그 사실을 모르는 채 순교의 영광에 들었네. 아, 프란치스코회의 수도원에 들어간 안토니오 코레아도 있네."

누군가 찬미가를 시작하였다.

넘실거리는 바다가 밀려왔다. 13세 때였던가. 임진왜란 중, 코니시 유키나가에 의해 넘실거리는 바다를 건너 마리아에게 보내어진 때가. 모레혼 신부로부터 세례를 받고 신학 공부를 하기 시작하면서 조선인과 일본인들을 위한 전도를 담당했다.

조선 전도를 위해 중국으로 떠나기도 했었다. 비록 성공하지 못했지만…… 일본으로 돌아와 동숙으로서 교회에 봉사하며 조선인 포로들이 하느님을 만나도록 애썼다. (전도사는 일의 이름이고 동숙은 생활 상태를 말한다. 동숙은 남자로 독신자에 한한다.)

세례를 받은 동포 중 벌써 수십 명이 순교하였다. 돌쇠 할아범의 찬미가도 점점 잦아들었다.

*

장두수는 그것이 몇 대조 할아버지 개인의 유언이라고 생각하지 않았다. 왜에 끌려간 사람들을 향해 조선이 이제 당신들은 우리 조선 사람이 아니라고 말할 수 있는 거냐고 물었다. 당연히 조선이 관심을 갖고 그들의 한을 풀어주고 껴안아야 하는 것 아니냐는 거였다. 그들의 순교는 조선이라는 나라가 지켜주지 못한 조선의 불쌍한 백성들이 지켜낸 삶의 일부라는 것이었다.

……무엇이 다른가? 그들도 순교일지에 적어 넣어야 하고말고.

천쇠의 생각도 장두수와 같았다.

"정약용이라는 그 사람, 조선이라는 나라를 내가 어찌 알고 있는지 궁금해 하더군."

오두막을 떠난 후 베드로 신부가 말했었다. 정약용이 눈을 동그랗게 뜨더라고.

"조선이라는 나라는 천주교와의 인연이 참으로 놀랍지. 정약용은 광암 이벽이라는 사람이 조상 중 누군가가 청에서 들여온 책을 보고 관심을 갖기 시작했다고 하더군. 말하자면 자생적이라는 거지. 그런데 1608년에 이미 예수회에서는 가이오라는 사람을 수사로 임명했다는 거야. 비록 본인에게 전달되지는 못했지만, 그러니까 정약용이 알고 있는 것보다 훨씬 이전의 일이지. 그리고 또 다른 길로 간 사람이 있지."

"그 이전에 또 있었다고요?"

"그래. 아마 조선인으로서는 처음으로 유럽 땅을 밟은 사람일 거야. 안토니오 코레아라는 수사가 있었어. 그는 가이오보다 조금 더 빨리 수사가 되었고 정식으로 수도원에 입회해서 오랜 동안 수련생활을 했으니까 좀 더 은혜를 받은 셈이지. 놀라운 것은 그 안토니오를 이끄신 하느님이야. 임진왜란 때 포로가 되어 일본으로 끌려갔었다더군. 얼마나 참담했을까? 나는 가끔 그 어린 소년의 모습을 상상해 보곤 하지. 유럽인들에게 노예로 팔린 걸 마침 카를로스 수사가 보고 불쌍히 여겨 다섯 명의 소년과 함께 샀다는 거야. 그 중한 명만 데리고 이태리로 갔고 수도원에서 키웠고. 그렇게 해서 조선인 첫 수사가 탄생한 거야. 어때 놀랍지 않은가? 전쟁으로 고아가 되어 타국에 끌려가고 노예로 팔린 일이 다 수사가 되기 위한 은총의 길이었다 이런 말이지. 이제 천쇠 너의 길을 보여 줄 차례인 것 같아."

아, 그때 그런 말을 들으면서 얼마나 가슴이 뛰던지…….

정약용은 종부성사를 앞두고 말했다. 자신은 부르심을 받고도 응답하지 못했다고. 순교자들은 어떤 자리에서도 온전한 응답을 바친 사람들이라고.

"하늘이 점점 더 낮아져요. 먹구름이 몰려와요."

최간난 카타리나가 마루 끝에 앉아서 목을 빼고 바깥을 내다보고 있었다. 이 빗속을 뚫고 오자면 얼마나 고생이 되겠느냐며 밥상까지 준비해 놓았건만 사람이 오는 기척은 없었다.

"이렇게 비가 오는 날은 지짐이 제일이지요."

아무래도 다 식은 밥상으로는 안 되겠다며 카타리나는 부엌으로 들어갔다. 저렇게 마음이 쓰이고 기다려지는 것은 이데레사를 기다리는 마음이라기보다 나이 많은 수사라지만 남자와 둘이 기거하는 일이 불편해서일 것이었다. 덜그럭거리더니 구수한 냄새가 올라왔다.

빈센트 권의 일기를 다시 훑어보고 묵상에 들었다. 얼마나 시간이 흘렀을까? 비가 억수같이 퍼붓고 있었다.

"혹시 모르니 순교일지를 높은 곳에 올려두어야겠어요. 비가 집에까지 차면 젖을 것 아니에요?"

최간난 카타리나가 마루에 앉아 주섬주섬 순교일지를 챙겼다.

장두수가 너무 늦는 걸. 무슨 일이 있는 건 아닐까?

아우구스티노도 걱정이 되기 시작했다.

"악, 수사님!"

최간난 카타리나의 외마디 소리를 들었는가 싶었는데 정신이 혼미해졌다. 모든 소리가 멈추었다. 아무것도 보이지 않았다.

"어찌, 정신이 좀 드십니까?"

왕방울만한 눈이 내려다보고 있었다. 이데레사였다. 몸을 일으키려 애썼지만 몸이 천근만근이었다. 누군가 미는 것도 같고 잡아당기는 것도 같았다.

내 몸이 왜 이리 무겁지?

아, 그랬었지. 마루에서 최간난 카타리나의 외마디 소리가 들려왔었지…….

"아이고, 이만하기 천만다행입니다."

장두수의 걸쭉한 목소리가 다가왔다.

"난리도 이런 난리가 없어요. 산이 무너져 집을 치고 내려갔어요. 마침 정중앙을 피해 쓸렸기에 망정이지 하마터면 토사에 쓸려 강까지 떠밀려 갔을 겁니다."

비가 너무 많이 와서 물렁해진 뒷산이 무너져내렸다는 말이었다. 비를 피해 옆길로 둘러 오느라 늦어졌다는 말을 덧붙이며 장두수가 혀를 내둘렀다.

"초가집을 산자락에 기대 지었으니 이 비에 어찌 견딘답니까? 게다가 흙산 아닙니까? 집을 치고 나갔으니 목숨 건진 것만도 천행입니다."

최간난 카타리나는?

그녀는 어찌 되었을까? 그러고 보니 마지막 들은 외마디 소리에 모든 정황이 담겨 있었던 것 같았다. 아우구스티노는 주변을 둘러보았다. 온 세상을 덮을 기세로 쏟아져 내려온 흙더미가 보였다. 흙무더기에 갇힌 정경은 황무지와 다름없었다. 집이 있었던 자리로 보이는 곳에 이불자락과 부러진 기둥이 삐죽 드러나 있었다. 흙더미와 광풍에 휩쓸린 나무들이 뒤엉켜 있었다. 제 자리를 지키고 있는 것이 없었다.

"카타리나는 아무래도 쓸려가버린 모양입니다. 아무리 뒤져도 보이질 않아요."

"안 돼, 그럴 순 없어."

조금만 앞을 내다보았더라면 어디든 피신했어야 했다. 이 큰비에 어쩌자고 미련을 떨고 앉아 있었더란 말인가?

순간, 멀리 키 큰 나무가 눈에 들어왔다. 마치 누군가 여기를 보라고 손을 흔들고 있는 것 같았다. 매달려 있는 아주 작은 물체가 보였다. 분명 사람의 형상이었다. 아, 카타리나일 거야. 아우구스티노는 벌떡 일어났다. 어디 무슨 기운이 숨어 있었을까? 조금 전까지 일어서기도 힘들었던 그가 바닥을 차고 일어나 내달았다.

나무래야 밑둥은 물에 잠긴, 믿음직하지 못한 것이었다. 금세 물에 휩쓸리고 말 것처럼 휘청거렸다. 물에 잠겼다 떠오르기를 반복했다. 그래도 그것이 있어 다행이었다. 반대편 마을에서도 누군가 달려오는 것이 보였다. 밧줄을 던지는 이도 있고 장대를 던져 주는 이도 있었다.

무섭게 불어난 물속에서 최간난 카타리나를 건져낼 수 있었던 것은 정약용네 일꾼 덕이었다. 아우구스티노는 급격히 기운이 떨어졌다. 입으로 코로 물이 콸콸 마구 들어왔다. 물살이 세어 제 한 몸도 건지기 어려운 판이었다. 다행히 배와 함께 평생을 살아온 장두수가 정약용네 일꾼을 도와 간난이를 끌어내었다.

"이미 글렀구만."

"살림을 차리고 살고 있었던가? 그러니까 몸을 날려 구해내려고 애를 쓴 게지?"

둘러선 사람 중 누군가의 입에서 고약한 소리가 튀어 나왔다. 그러나 아우구스티노는 고개를 돌리지 않았다. 간난이의 손 안에 무언가가 있었다. 손을 펴려고 해 보았지만 힘이라고는 남아 있지 않아 좀체 펴지지 않았다. 장두수가 달려들어 손을 폈다.

간난이가 움켜쥐고 있는 것은 순교자들의 행적이었다.

주문모 신부를 가능한 한 멀리 피신시키기 위해 신부 복장으로 앉아 있다 붙잡혀 순교한 최인길 마티아, 영원한 스승이신 권철신 암브로시오, 황사영 알렉시오, 고문을 못 이겨 몇 번이나 배교했다가 다시 감옥에 가곤 했던 김 베드로…….

물에 젖어 먹물이 빠져나가고 종이도 흐물흐물했다. 너덜너덜 해진 기록들은 여기저기 찢겨 나갔다. 순교일지가 될 수 없었다.

간난이는 끝내 숨이 돌아오지 못했다. 간난이가 죽는 순간까지 손안에 꽉 쥐고 있던 순교자들……. 그들은 물에 녹아 간난이가 되었고 간난이는 그들이 되었다.

그들과 함께 최간난 카타리나를 묻었다.

아우구스티노는 산을 내려오면서 어딘가에 새로이 풀 한 포기 돋아날 것만 같아 자꾸 뒤를 돌아보았다.

16

정하상 바오로

"안 돼! 그럴 순 없어, 어떻게든 지켜내야 돼!"

정하상은 냉수를 벌컥벌컥 들이켰다. 벌써 며칠째 잠이 오지 않았다. 머릿속을 짓누르고 있던 걱정거리들이 곧 현실이 되어 나타날 것만 같았다. 또 다시 피바람이 불 기세였다.

이미 신유박해를 겪었다. 신유년에 박해자들은 남인 시파를 타도하기 위해 천주교를 탄압하였다. 많은 사람들이 그들을 죽이기 위한 올가미에 걸려 함께 죽었다. 이제 정치적 박해를 받을 만한 일을 한 사람도 없고 그런 위치에 있는 사람도 없었다. 유진길이 당상의 벼슬에 있었지만 고작 역관에 불과하였다. 그럼에도 안동김씨를 몰아내고 세도를 펴려는 이들이 자신들의 입지를 굳히기 위해 무고한 사람들을 제물로 삼을 조짐이 보였다.

순조가 죽고 여덟 살 난 임금이 서면서 불안한 바람이 불기 시작했다. 수렴청정을 하게 된 순원왕후純元王后는 벽파인 풍양조씨와 손을 잡았다. 이지연과 조인영 등이 소리를 높여가고 있었다.

이지연은 사교를 그냥 둘 수 없다고 벼르고 다녔다. 6월에 들어서면서 이안드레아와 여자 교인 7명이 서소문 밖에서 처형되었다. 정하상은 또 박해가 시작되었음을 직감했다. 7월에는 5명이 참형되었다. 관아에 끌려갔다가 배교를 선언하고 나오는 사람도 있었고 장독으로 죽는 사람도 있었다. 밀고자와 배교자들이 속출했다. 박해의 칼날이 사람들을 몰아붙이기 시작한 것이었다. 교우촌은 긴장했다.

"잔챙이는 중요하지 않다, 사교의 수괴인 외국인을 반드시 잡아들여라."

이지연이 내렸다는 엄명이 정하상의 귀에 들어왔다.

"그럴 순 없다, 어떻게 모신 사젠데……."

아무리 궁리를 해 보아도 묘책이 떠오르지 않았다.

부엌 쪽에서 들려오는 말소리도 흔들렸다.

"이러고 있을 때가 아닙니다. 외국 신부님들은 눈에 띄기 십상이니 서둘러 피신하시는 게 좋겠습니다. 제가 오늘 함께 올라가서 계실 만한 곳으로 모시겠습니다."

유순이 안나가 말했다. 아비 무봉이 부보상들과 가장 교류가 많은 갖바치이니 안나는 소식이 빨랐다.

"어디로?"

모방 신부가 물었다. 그런 곳이 있겠느냐고 되묻고 있는 것이었다.

"영원히 머물 것처럼, 그리고 당장 떠날 것처럼…… 브뤼기에르 신부님은 사목지에서 그리 살겠다 하셨지……."

어디 브뤼기에르 주교뿐일까? 사제의 마음은 다 같을 것이었다. 그리고 이 땅에 들어설 때, 이미 순교의 길로 들어선 것이리라.

그는 어떤 죽음도 달콤할 것이라는 편지를 고향에 보낸 적이 있었다. 정하상이 보기에도 그의 생활은 죽음이 차라리 편하지 않을까 싶을 만큼 고달픈 가시밭이었다.

"수원에 살고 있는 권마리아네가 돌아앉은 집인데다 내외가 신심도 깊어서 얼마간 숨어 계시는데 적합할 듯합니다."

순이는 벌써부터 앵베르 주교와 모방 신부가 숨을 만한 곳을 찾고 있었던 모양이었다. 주먹밥을 뭉쳐서 짐을 꾸리고 있는 중이었다.

무봉이 가겠다고 하는데도 순이는 꼭 제가 모시고 가겠노라 우겼다. 여차하면 함께 순교해야 한다. 아니, 피신한다 해도 도처에 밀고자가 도사리고 있다. 차라리 믿을 만한 사람들이 돕고 있는 현 상황을 그대로 끌고 가는 것이 현명할지도 모른다. 아니다. 그 시간이 불을 보듯 뻔한데 이대로 지내다가 파국을 맞을 수는 없다. 조그만 가능성이라도 있으면 잡아야 한다. 여기서 다시 맥이 끊어져서는 안 된다. 어떻게 모신 사제던가. 죽음을 무릅쓰고 국경을 넘었다. 사제를 모시기 위해 많은 사람이 희생했다.

앵베르 주교도 마음을 정하지 못했는지 일단 도성으로 가서 샤스탕을 만나 한 번 더 의논하는 게 좋겠다고 말했다.

"도성은 이미 위험하다고 보아야 합니다. 이 길로 바로 수원으로 가시는 것이 좋을 듯합니다."

순이의 아비 무봉의 말에 모여 있던 사람들 모두 고개를 끄덕였다.

결심이 서자 앵베르 주교는 모방 신부에게는 다른 교우촌으로 갈 것을 당부하고 수원으로 떠났다. 위험이 닥쳤을 때 한 사람이라도 살아남아야 교회를 끌어갈 수 있지 않겠느냐는 뜻이었다. 일이 년 새 교인의 수가 확 늘었다. 신부는 턱없이 부족했다. 세 사람의 신부가 전국을 돌면서 사목을 하는 처지라 발바닥이 부르트도록 뛰어 다녀야 했다. 외국인 신부들은 틈만 나면 방인사제의 필요성을 언급하면서 정하상에게 기대를 걸었다.

*

처음, 모방 신부가 들어올 때 상복을 입으면 어떻겠느냐는 의견을 낸 것도 유순이 안나였다.

"서양인들은 눈이 파랗고 키도 크고 머리카락도 다르다면서요?"

유순이 안나가 내민 상복은 새로 지은 것도 아니었다. 삼베도 상품이 아니었다. 눈이 가지 않는 남루한 것이었다. 서양 신부를 눈에 띄지 않게 모실 방법이 없을까 고심하던 차였다. 그토록 간절하게 원했고 그토록 오래 공을 들였지만 외모가 그렇게 눈에 띄어서는 조선으로 들어올 수 없었고 들어온다 해도 금세 발각될 것이었다. 묘안이었다. 상복이라면 조선인들과 판이하게 다른 모습을 감추기에 더없이 좋을 것이다. 방갓을 깊이 눌러 쓰면 푸른 눈과 흰 피부도 가려질 것이다. 그러나 과연 통할까? 마음은 여전히 불안했다.

"상주에게는 누구나 길을 비켜주고 지나갈 때까지 눈도 바닥에 내리 두잖아."

"그렇지. 그러니 상복을 입으면 딱 좋겠구만."

여기저기서 거들었다. 불안해 할 것 없다고 스스로를 안심시키는 말이기도 했다. 상주가 먼저 말을 걸기 전에는 말을 걸지 않는 것이 인정 아닌가. 상주의 슬픔을 위로는 못할망정 건드리지 않으려는 배려가 조선인이라면 누구나 몸에 배어 있다. 그 오랜 관습에 기대를 걸어볼 수밖에 없었다.

조신철의 꾀도 한몫했다. 조신철은 다섯 살에 혼자 남아 절에 맡겨져 살게 되었을 때부터 살아남는 법을 몸에 익혀온 사람이었다. 그가 부연사 일행의 마부가 된 것은 우연이 아니라 정하상 자신을 기다리고 있었던 것만 같았다. 온전히 은총이라는 생각이 들었다.

조신철은 모방 신부를 돌림병이 든 것처럼 꾸며서 들것에 싣자고 했다. 모방 신부 얼굴에 피와 고름이 묻어 있는 헝겊을 둘둘 감으면서 얼마나 미안하던지…… 불쾌감이란 이루 말할 수 없을 것이었다. 그런데도 모방은 웃으며 여기도 감으라는 시늉을 했다. 자신의 흰 얼굴이 드러나면 안 된다는 것이었다. 낡은 가마니때기를 덮고 돌림병 환자를 연기했다. 부연사 일행의 마부 노릇을 하고 있던 조신철과 짐꾼으로 위장해 있던 정하상을 의심하는 사람은 없었다. 조신철은 자신의 통행증을 보이며 환자에게 당신 통행증은 어디 두었느냐고 짐짓 묻기도 했다.

"중국에 돌림병 옮기지 말고 얼른 나가라 합니다."

돌림병이라는 말에 변문을 지키는 사람들이 고개를 돌리며 보내주었다. 통행증을 보는 둥 마는 둥 어서 지나가라고 손짓으로 재촉까지 하였다. 변문을 통과한 후에는 기다리고 있던 유순이 안나의 도움을 받았다. 순이가 상복과 방갓을 내밀었다. 도성까지 오는 동안 요행히 아무 일도 없었지만 가슴이 철렁 내려앉는 순간들은 수도 없이 겪었다.

샤스탕 신부와 앵베르 주교도 조신철과 함께 가서 맞아들였다. 하수구를 통해 어렵게 변문을 넘었다. 초가에 도착해서 하수구 냄새를 씻어내면 온몸에 바늘처럼 꽂혔던 긴장과 초조가 떨어져나갔다. 샤스탕 신부와 앵베르 주교도 조선 땅에 들어서자마자 유순이 안나가 준비한 상복과 방갓을 사용했다. 샤스탕은 조선에 와서 이곳저곳 돌아다니며 사목을 할 수 있는 것은 오로지 상복 덕이라며 상복을 천사의 날개라고 불렀다.

모두 안나의 덕이었다. 어디서 그런 생각이 나왔을까? 정하상 바오로는 대견하여 바라보곤 했다.

*

돌이켜보면 글을 배우라고 자극을 준 것도 유순이 안나였다.

왜 그런 생각을 못했을까? 마현에서 정씨 일문의 구박과 냉대를 받으면서도 한 번도 자신을 구해야겠다는 생각을 해본 적 없었다. 아버지와 형의 죽음에 눌려 가족 모두 세상을 두려워하고 말을 아꼈다. 어머니가 결심을 하고 교우촌으로 들어가자고 했을 때도 무심코 따랐고 어머니가 켜는 신앙의 불을 지켜만 보았다. 배론에서 사는 동안은 글을 몰라 불편한 적이 없었다.

"그래도 삼촌이 조선 제일의 학자신데……."

순이가 어느 날 가마 속에 옹기를 넣고 돌아서다가 느닷없이 한마디 했다. 다산 정약용을 두고 하는 말이었다.

"갑자기 유배가신 어른 이야기는 왜?"

"유배지를 떠나실 날이 그리 멀지 않을 것이라 하더이다."

"누가 그런 말을? 그런 말이 실망이 된 적이 어디 한두 번이던가?"

"부보상들이 하는 이야기를 들었지요. 이번에는 좀 다르다고 하던 걸요. 그 어른이 나오시면 가문에 다른 바람이 불지도 모르는데 무엇보다 글을 모른다는 건 좀……."

순이의 눈은 창피한 일 아니냐고 묻고 있었다. 글을 배우라는 것은 배론을 나가라는 말이기도 했다.

"너도 이제 나이가 스물이구나. 순이가 나이도 적당하고 신분이 다르기는 해도 여간 당차지 않다. 네 배필로 삼고 싶다만 조상들께서 뭐라 하실지…… 그래도 네가 마음에 있다면 나는 며느리로 들이고 싶다. 너는 어떠냐?"

어머니가 벼르고 있던 말을 했다. 어머니도 말 꺼내기 쉽지 않았을 것이다. 정하상은 그것이 어머니 마음속에서 얼마나 오래 익은 말인지 잘 알고 있었다. 가슴 속에서 수도 없이 일어났다 부서지고 스러졌을 것이었다.

어머니가 가문을 떠나 배론으로 거처를 옮기기로 작정한 것은 자신의 정혼자였던 김대감 댁 여식을 마음에서 지우겠다는 뜻이기도 했다.

아버지와 형의 죽음 이후 많은 것이 달라졌다. 양반이라는 신분은 변하지 않았으나 빛을 잃었다. 천주학을 믿다가 멸문지화를 당했는데…… 불행이 옮아올까 봐 가능한 한 멀리하려는 가문 일족들의 모습은 서운하기 그지없었다. 사돈이 되기로 약조했던 김대감은 혼담을 주고받을 때의 그 사람이 아니었다. 본시 김대감 댁은 골목 하나를 사이에 두고 있었다. 집안에 액운이 닥치자 갑자기 그 집 대문은 십 리만큼 멀어졌다.

"저들의 냉대를 서운히 여기지 말아라, 제 가족들과 살아남기 위한 당연한 처신이다. 이벽의 장인 권암 대감을 보지 않았더냐? 그는 자신에게 불똥이 튈까 전전긍긍하다가 천주교를 뿌리 뽑아야 한다고 앞장서서 주청을 올렸다. 저들의 눈에 우리는 천주교를 믿다가 멸문의 화를 당한 꺼림칙한 존재다. 보통 사람이면 다 그리 한다 여기거라. 탓할 것도 없고 원망을 가질 것도 없다."

어머니는 그리 일렀지만 정하상은 세상의 모든 불이 꺼졌다고 느꼈다. 그럼에도 정혼자였던 영현의 모습을 지울 수 없었다.

영현은 죄인처럼 갇혀 있었고 그림자도 볼 수 없었다. 바느질감을 가지고 김대감 댁을 드나들던 아낙이 영현의 은밀한 부탁이라며 댓님을 내밀었다. 영현이 보내온 댓님을 보고 있으면 한낱 작은 물건이지만 꼭 기적을 불러올 것만 같았다. 댓님은 세상에 꺼지지 않는 불씨가 있다는 말을 하고 있었다. 정하상은 옷은 갈아입어도 댓님은 바꾸지 않았다. 항상 그 댓님으로 발목을 묶었다. 풀어버려야지 하면서도 풀지 못하고 발목을 묶고 다녔다. 하루를 끝내고 돌아와 댓님을 풀면 발목에 풀빛 물이 들어 있었다. 거칠고 먼 길을 걸어 지쳤을 때도 댓님에 풀빛 물을 들이던 영현의 손길을 느끼며 힘을 내었다. 어머니는 고개를 저었다.

"이 가난한 교우촌에서 비단 끈이 웬 말이냐?"

어머니는 광목으로 된 댓님을 내밀었다.

어머니는 다른 곳으로 눈을 돌렸다. 정하상은 벌써부터 어머니의 마음을 보고 있었다. 순이의 뒷모습을 눈에 담을 때마다 정겨움을 감추지 못했다. 어떤 때는 눈물로 떨어지기도 했다. 진즉부터 며느리로 점찍어 두고 있다는 것을 느끼고 있었다. 순이의 눈에도 다른 것이 있었다. 단지 같은 교인이라는 이유 때문은 아닌 듯 싶었다. 어머니의 일을 많이 도왔고 동생 정혜가 아플 때도 가족 이상의 손

길로 돌보았다.

그러나 정하상은 대답할 수 없었다. 어머니나 순이의 발목을 잡고 있는 신분문제 때문이 아니었다. 순이에게 아무 감정이 없다면 그도 거짓일 터였다. 그러나 가슴이 뛰어 가까이서 바라보고 서 있을 수 없었던 영현과는 달랐다. 그것이 순이에게 미안했다. 그럴 때면 산으로 들로 뛰어 내닫곤 했다.

"용서란 남을 위한 것이 아니라 바로 자기 자신을 위한 것이다."

어머니는 가끔 한 번씩 다짐을 두었다. 아들의 삶이 비틀리는 걸 보고 싶지 않아서일 것이었다. 아들이 세상을 아비와 형의 원수로 생각할까 봐 두렵다는 말도 했다. 그런 두려움에 사로잡힌 날은 어머니의 기도가 길어졌다.

어머니의 두려움이 자신의 두려움일 때도 있었다. 그러나 중요한 뭔가가 분명 따로 있었다. 마음속 깊은 바닥에 자리잡고 있는 그것이 무엇인지 알 수 없었다. 다만 그것이 때때로 밝아져 어쩔 줄 모르게 만들었다.

어쩌라는 말인가? 내가 무엇을 해야 한단 말인가?

토굴이 눈에 들어왔다. 그 앞을 지날 때마다 발길을 붙들었다. 아버지의 조카사위였고 제자였던 황사영이 백서를 썼다는 곳이었다. 토굴은 서늘했다. 깜깜한 벽은 멀어지고 가까워지기를 반복했다. 어렴풋하게 누군가의 얼굴이 나타났다 사라졌다. 뭔가 자신에게 주어진 소명이 있다는 막연한 느낌에 가슴이 답답해지기도 했다. 자신이 가지고 있는 다른 눈, 다른 귀가 보고 싶어 하고 듣고 싶어 하는 것이 무엇인지 알 수 없어 온몸이 저려왔다.

황사영이 동지사 편에 북경으로 보내려던 천주교 재건책은 북경에 가지 못했다. 정하상은 자신이 직접 백서가 되어 찾아가는 것이 회답을 얻는 가장 확실한 길이라는 생각이 들었다. 그러자면 먼저 배론을 떠나 세상으로 나가야 한다.

두려웠다. 몇 번이나 일어섰다 도로 주저앉았다. 결심이 무너지자 토굴은 더 어두웠다.

"나자로야, 이리 나오너라. 나자로야, 이리 나오너라."

성경 속에 있던 소리들이 토굴 밖에서 들려왔다. 어머니로부터, 아버지로부터, 두려움으로부터 나가야 한다, 저 밖에 그분이 있고 내가 있다. 정하상은 어둠을 털고 일어섰다. 묵상에 든 지 열흘이 지나서였다.

어머니가 짐을 꾸렸다. 누룽지가 불룩했다. 끼니를 거르면서도 아껴 두었던 것이었다. 순이의 아비 무봉이 주소를 내밀었다. 한양에 조증이라는 사람이 있는데 신심이 깊고 의탁할 만하다는 거였다.

"글을 알아야 교리도 제대로 배우고 할 일을 할 것 아니냐? 이분에게 가서 글을 배워라."

함경도 무산 땅에 유배 가 있는 조동섬 유스티노의 주소를 내미는 어머니의 손도 순이와 같은 말을 하고 있었다.

순이는 조동섬 유스티노가 유명한 학자였으며 아버지의 믿음직한 지기였다는 것을 어머니로부터 들어 알고 있었다고 말했다. 어머니는 자신에게 하지 못한 말도 순이에게는 하고 있었던 것인가?

"나는 다리가 아프구나, 너라도 저 산모롱이까지 배웅해 주지 않겠느냐?"

떠나는 길 멀리까지 순이의 등을 밀기도 했다.

*

조동섬 유스티노의 유배지는 산이 깊었다. 척박한 땅이지만 곳곳에 들꽃들이 피어 있었다. 꽃이 작게 핀 것은 환경이 척박한 때문인 듯 싶었다. 꽃들은 작았지만 대신 다부지고 또록또록한 눈망울을 닮았다. 지나가는 바람이 상큼했다. 아무 죄도 없는 사람이 죄인으로 살고 있는 것이 안타까웠다. 천성이 부지런하여 집 주변에 이런 저런 채소들을 보기 좋게 가꾸어 놓았고 키우고 있는 작은 강아지도 귀여웠다. 강아지는 사람이 그리웠던지 낯선 정하상을 보고 달려왔다. 흰 바탕에 검은 점이 듬성듬성 섞인 바둑이였다. 배를 드러내고 누워 쓰다듬어 주길 기다렸다. 어쩐지 좋은 인연이 이어질 것 같은 예감이 들었다. 조동섬 유스티노는 아버지의 이야기를 하면서 눈물을 보였다.

"정약종! 이 세상에서 내가 만난 사람 중 가장 좋은 사람이었다네, 자네 아버지는. 아니 어쩌면 그가 내게 전해 준 십자가가 가장 귀한 덕이라는 말을 하고 싶은 건지도 모르겠네."

조동섬 유스티노는 교리와 한문을 가르쳐주고 해야 할 일들을 알려 주었다. 정하상은 뒤늦게 글에 욕심을 내었다. 그런 정하상을 보면서 조동섬 유스티노는 그동안 어찌 참았누? 하기도 하고, 서양인 신부, 마테오리치도 천주교를 중국 땅에 심기 위해 그렇게 열심히 한문을 배웠을 것이야, 하기도 했다.

"어떻게 해서든지 이 땅에 사제를 모셔야 하네. 특히 주교를 모셔야 하지. 그렇지 않으면 천주교의 맥이 끊기고 말 것이야."

순이도 같은 말을 했었다.

"사제가 계시지 않으면 성사도 못 보고 잘못된 길을 가도 모르잖아요."

주교가 무엇인지 모르는 순이는 성사생활을 위해 사제를 모셔야 한다는 것만 알았다. 조동섬 유스티노는 사제 중에도 주교가 오셔야 한다는 것을 힘주어 말했다.

"황사영의 백서가 청하는 것이 바로 교회의 화답이었지. 얼핏 보면 외세를 불러들이는 것이라 할 수 있지만 그게 어디 외세를 청하는 말인가? 하느님께 청하는 기도였네. 절벽 끝에 내몰려 절박하게 외치는 기도였기에 감정적이고 거친 말도 있었네. 그는 지속적인 교회가 되려면 그 무엇보다 주교가 오셔야 한다는 것을 알고 있었지. 조선 교회를 생각하며 내가 써 놓은 편지들이 있네. 한 번 보겠나?"

조동섬 유스티노의 글은 짧은 서한이었다. 역시 하느님께 보내는 편지들이었다.

저희 신자들은 작은 나라에 사옵는데
처음에는 책으로
10년 후에는 전교와 칠성사를 받음으로써
다행히 거룩한 교에 들어왔나이다.

"유배지에 묶인 몸 아닌가? 게다가 누구에게 보내야 할지도 모르네. 그래서 생각이 가는 대로 조금씩 써 놓았다네."

교우들은 모두 근심과 공포에 억눌려 차차 흩어졌나이다.
그러하오나 하늘은 너무 높아
가히 올라갈 수 없사옵고
바다는 너무 넓어
신자들이 도움을 구하러 갈만한 다리도 없나이다.

신자들에게 전교 신부를 보내주실 줄로 믿나이다…….

글은 구구절절 간곡했다. 정하상은 그의 글에서 천주교의 으뜸이 교황이라는 것도 처음 알았다. 그는 유배지에서 찾아오는 사람들을 만나며 정거장 역할과 지도자 역할을 하고 있었다. 자유롭지도 못하고 요행히 찾아오는 인편이 있어야 시도해 보는 처지지만 북경의 주교와 소통을 꾀하고 있는 유일한 통로였다.

"주문모 신부마저 돌아가시자 사제를 모셔오기 위한 사제영입운동이 있었네. 권요한, 신베드로, 최모로스 같은 이들이 주축이었지. 1차로 1811년에 서신을 전달할 임무를 띠고 이여진이 북경에 파견되었지. 그리고 1812년 12월 9일자로 이 편지가 비오 7세 교황에게 전달되었다더군. 북경의 피레스 주교는 교황의 눈물과 축복과 기도를 전해주었을 뿐 조선교회를 위한 아무 대책도 세울 수가 없었다네. 안타까운 조선교회가 2차 서신을 발송했지만 그 편지를 소지하고 가던 사람이 북만주에서 죽었지. 결코 쉽지 않은 일일세."

조유스티노의 말끝은 한숨이었다. 사제영입운동을 하려면 첫째는 열의가 있는 사람이 있어야 하고, 둘째는 자금이 있어야 한다는 것이었다.

*

조증이의 집에 모이는 사람들이 헌금활동에 앞장섰다. 다행히 생각보다 많은 헌금이 모아졌다.

1816년 북만주로 출발할 때의 감격은 그 누구도 알지 못할 것이었다. 이후 9차례나 다녀왔다. 세 번째 길에 유진길을 만났다. 유진길은 만 권의 책이 움직인다고 할 만큼 아는 것이 많아 큰 도움이 되었다.

1817년의 일이 가장 안타까웠다.

작은아버지 정약용이 배교하였다 들었지만 찾아가지 않을 수 없었다. 한 번은 만나 직접 확인하고 싶었다.

"어찌 잊을 수 있었겠느냐? 나는 정조 임금의 부름을 받은 몸이었다. 관직에 나가지 않을 수 없었다. 조선에서는 관직과 서학을 함께 할 수 없다는 것을 잘 알 것이다. 황사영은 벼슬에 나간 사람들을 매도했지만 나는 해야 할 일이 있었다. 그리고 관직을 제대로 수행하면 그것이 하느님의 뜻을 펴는 것이라 믿었다."

유배지에서 만난 정약용은 회심한 듯 보였다. 청으로 갈 생각이라면 동상東商을 찾아가 도움을 청하라고 했지만 정하상은 동지사를 따라 가기로 마음먹었다.

정약용이 어찌 말을 넣었는지 동상의 윗자리에 있는 듯 보이는 장두수가 북경에서 동지사 일행을 찾아왔다. 현실에 밝은 사람이면서 믿음을 주는 구석이 있었다. 작은아버지 정약용이 추천한 이유를 알 것 같았다.

"천쇠라는 자가 있었다. 광암과 권철신이 거두어 키웠다던가. 진산사건 이후 청으로 도망치다시피 온 걸로 안다. 네 숙부가 서사에게 딸려 서양으로 보냈었다."

"작은아버님이요?"

장두수의 말은 꿈같은 이야기였다. 정하상은 숨을 죽이고 들었다.

"천쇠가 북경에 와 있다. 도움이 될 것이다."

걸쭉한 그의 말소리를 듣는 동안 정하상은 희망이 보이는 듯했다.

"어떻게 하면 만날 수 있지요?"

"지금은 아우구스티노 수사지."

"세상에? 수사가 되었단 말입니까?"

정하상은 가슴이 뛰었다. 조선인 수사라니…….

"그렇다니까."

정하상은 천쇠를 바로 눈앞에 보고 있으면서도 꿈인가 싶었다. 그는 정하상이 말하지 않아도 벌써 무엇이 필요하고 무엇을 해야 하는지 알고 있었다. 정하상을 위로하고 격려했다.

그의 노력 덕분이었을까? 여러 가지 어려운 형편을 들어 불가 통보를 보내오던 북경 교구에서 신부파견 요청을 드디어 수락했다.

그러나 기쁨은 오래 가지 못했다. 아무리 기다려도 변문에서 만나기로 한 심 신부는 나타나지 않았다. 파견 도중 사망했다는 소식을 알려온 것은 장두수였다. 정하상은 낙담했다.

"강진에 갔었네. 정약용 그 양반도 엄청 안타까워하면서 하는 말이 교황청으로 탄원서를 보내 보라더군."

"천쇠 아우구스티노 수사님이 직접 조선에 가시면 좋으련만……."

"나도 그런 생각을 안 해 본 게 아니야. 그런데 그게 맘대로 할 수 있는 것이 아닌 모양이야. 그리고 자기 한 사람 가는 것으로 되는 일이 아니라고 생각하더라구. 제 힘으로 될 일이 아닙니다, 하더라니까. 내 짐작에는 북경 교구와 교황청에 다리가 되어 주려는 것 같기도 해."

임지가 바뀐 천쇠는 소식을 전하기도 쉽지 않았다. 천쇠에 대한 기대는 그렇게 끝나는가 싶었다.

1825년 유진길, 이여진 등과 연명으로 교황에게 신부파견을 호소했으나 아무 답도 듣지 못했다.

"1831년에 그런 일이 있었던 것을 까맣게 몰랐다니……."

절망에 빠졌던 바로 그때 브뤼기에르 신부가 조선의 첫 교구장으로 임명되었고 조선을 향해 출발한 지 2년 만에 조선을 눈앞에 두고 죽었다는 말을 뒤늦게 모방 신부에게 들었다. 눈물을 흘리면서 들었다.

"아우구스티노 수사가 애 많이 썼네. 브뤼기에르 신부가 교구장으로 임명되는 일도 힘껏 거들었고 필리핀에서도 음으로 양으로 도왔지. 필리핀 교구를 설득해서 모금운동을 벌이기도 했고 중국으로 향하는 길도 살펴주었다네. 조선말도 가르치고 관습과 의복에 대해서도 많은 것을 알려 줘서 브뤼기에르 주교님이 조선말도 꽤 익혔다던 걸."

천쇠? 아니, 아우구스티노 수사가? 아, 그랬구나. 모르는 곳에 보이지 않는 손이 있었구나.

그동안의 고생이 헛것이 아니었다. 열매를 맺어가고 있던 것을 모르고 있었을 뿐이었다. 1835년 겨울 모방 신부를 처음 만났을 때 기쁨은 이루 말할 수 없었으나 무사히 국경을 넘는 일이 쉽지 않았다. 작전을 짜고 손발을 맞추어야 했다. 드디어 국경을 넘는데 성공했다. 유난히 추웠지만 정하상은 추운 줄 몰랐다. 뒤이어 샤스탕 신부가 오고 1837년 제2대 교구장인 앵베르 주교가 들어왔다.

유진길과 조신철의 도움이 없었다면 세 사람의 사제는 들어올 수 없었다. 그리고 순이가 없었다면 세 사람은 움직일 수 없었을 것이었다.

*

모방 신부가 외국인 사제로 처음 입국하고 제일 신이 난 사람은 순이였지 싶었다. 얼굴이 활짝 피고 생기가 돌았다.

"무얼 드실지 알 수가 있어야 말이지요. 도통 음식을 못 드시니 저러다 병이라도 나실까 겁나요."

모방 신부는 밤늦게까지 교리를 가르치고 성사를 주는 고된 날들을 보내고 있었다. 새벽에 미사를 드린 후 잠시 눈을 붙이고 나서 사목을 위해 산골짜기에 숨어 있는 교우촌을 차례로 돌았다. 순이는 덩달아 고생이었다. 인간의 한계가 어디일까? 딱딱한 바닥에서 잠깐씩 새우잠을 자고 일어나는 모방 신부를 보면서 정하상은 가슴이 찡했다.

모방 신부의 조선말은 불과 서너 달 만에 고백성사를 줄 수 있을 만큼 되었다. 조선말을 알아야 성사를 줄 수 있고 사목을 할 수 있었다. 처음에는 교인들이 통역을 거쳐 죄를 고백하였다. 부끄러움보다 사제를 모시게 되었다는 기쁨이 더 커서 통역을 거쳐 고백하는 일도 꺼리지 않았다.

모방 신부가 길을 가면서도 중얼거리고 손바닥에 써 놓고 외우는 것을 보면 부끄러웠다. 조동섬 유스티노에게 글을 배우던 자신의 모습과 비교가 되었다.

모방 신부를 도와 교우촌을 찾아다니는 동안 꿈을 꾸고 있는 것만 같아 종종 하늘을 올려다보곤 했다. 아버지가 보고 있다는 생각이 들 때도 있었다. 복사를 섰고 라틴어도 배웠다. 교리를 가르칠 때도 도왔고 사목에 필요한 일을 꼼꼼히 챙겼다. 모방 신부의 입에서 사제가 되라는 말을 들었을 때 온몸이 뜨거워졌다. 꿈꾸던 일이 이루어지고 있었다.

이상한 건 갑자기 순이가 배론으로 돌아가겠다고 나선 것이었다. 외국인 신부 세 사람 모두 서운한 빛을 감추지 못했다. 의복은 물론 음식과 잠자리를 순이만큼 마음 써 줄 사람이 없다는 것을 누구나 알고 있었다. 앵베르 주교도 순이가 만들어준 상복은 특별하다며 엄지손가락을 들어 보이곤 했다. 순이는 그 간단한 손짓에도 힘을 얻었다.

샤스탕 신부는 순이를 보면 곧잘 사분이라 불렀다. 정겨움을 표시하는 말이었다. 모방 신부가 비누를 찾으면서 '사봉, 사봉' 하는 소리를 듣고 순이가 '사분?' 하고 따라하였다. 그 후로 순이만 보면 사분 샤스탕 신부도 앵베르 주교도 오, 사분! 하며 웃었다. 그러나 신부들은 '사봉'을 '사분'이라고 조금 다르게 발음할지라도 순이는 비누의 존재를 알고 있는 조선 사람이라는 생각을 하고 있었다.

"사실은 내가 유순이 안나에게 묻고 싶은 말이 있었어요. 아무래도 유순이 안나가 정하상을 사랑하는 거 아닌가 싶었거든요. 사제가 되려면 독신이어야 하니까요. 그런데 유순이 안나가 먼저 나를 찾아와 말하더군요."

내포에서 사목을 마치고 배티의 교우촌으로 가는 길에 모방 신부가 정하상에게 말했다.

"다행히 그런 것이 아니니 걱정하지 말라고 하더군요. 난 또 그런 줄도 모르고 고민했었지요. 자신은 신분이 낮아서 정하상과는 혼인할 수 없다는 말도 하더군요. 그래서 사랑하는데 그것 때문에 문제가 되는 거냐고 물었더니 오로지 하느님 일을 도울 뿐이라고 잘라 말하더군요."

모방 신부가 더는 말하지 않았지만 교우촌에서 순이와 정하상을 두고 이런저런 말이 돌고 있다는 것을 느낄 수 있었다.

앵베르 주교가 다시 한 번 물었다.

"아무리 방인사제가 절실하다 해도 꼭 사제가 되어야만 하는 건 아닐세. 순이를 진심으로 사랑한다면 하느님의 뜻이 무엇인가 잘 생각해 보시게. 안나는 아니라고 했지만 내가 보기에도 좀 그런 점이 있네. 가까운 사람들이 공연한 말을 하는 것 같지는 않으이."

정하상은 고개를 저었다.

"영현이 때문이냐?"

어머니가 마음을 열어 보라고 재차 두드렸다. 어머니는 앵베르 주교와 같은 말을 했다.

"사제가 되면 좋겠지만…… 하느님을 모시고 살면 그걸로 되었다. 하느님을 몰랐다면 천민이 양반을 남자로 바라볼 수나 있었겠느냐? 오랜 사회적 관습이 닫아놓은 문을 열기가 그리 쉬운 게 아니다. 신분 같은 것에 구애받지 않고 사람을 사랑할 수 있다는 건 하느님이 순이에게 주신 희망이다."

"맞는 말이야. 그러나 나는 오빠가 반드시 사제가 되기를 바라. 어디 나쁜인가? 안나의 사랑도 그렇게 말해. 혹여 자기 때문에 괜한 구설수에 오르면 어쩌나 항상 걱정했어. 수군거리는 소리들이 자꾸 들리니까 오빠에게 누가 될까 봐 떠난 거고."

정혜가 참고 있던 말을 했다. 그날, 이제는 낡아버린 비단 댓님이 사라졌다. 정혜가 아궁이에서 손을 털며 일어설 때 짐작이 가던 일이었다.

사제가 되기를 간절히 원하는 것은 누구보다 정하상 자신이었다. 그럼에도 순이가 떠나고 난 집은 텅 빈 것 같았다. 하늘이 낮아졌다. 멀리 보이는 나무들은 뻣뻣해졌다. 공연히 골목을 서성이곤 했다.

*

정하상은 자신이 없을 때 혹시 무슨 일이 생기면 어쩌나 싶어 한동안 집을 떠나지 않았다. 이 바람이 잦아들 때까지 두 신부 곁을 떠나지 않고 지킬 작정이었다. 샤스탕 신부가 각자 다른 장소에 있는 것이 좋겠다며 갑자기 일어나 배론 행을 서둘렀다. 굳이 가겠다면 배론보다는 수원 쪽이 좋겠다고 권했지만 샤스탕 신부는 배론을 고집했다. 모방 신부도 고개를 끄덕였다. 그래도 배론이 가장 안전할 것 같다는 말은 배론에 정이 간다는 말이기도 했다.

"앵베르 주교님도 말했지. 한 사람의 신부라도 살아남아야 한다고. 유럽에도 북경에도 당분간은 조선에 더 이상 사제를 파견할 여력이 없다고. 게다가 입국하는 일이 얼마나 어려운 일이던가? 반드시 이 난국을 이겨내야 하네."

"암, 목숨 바쳐 지켜야지."

조신철과 유진길도 만나기만 하면 서로 다짐을 두었다.

배론으로 들어서는데 굽이굽이 이어지는 달빛 속을 순이가 앞서 걸어가는 것만 같았다. 배론 곳곳에 순이가 살고 있었다. 그곳에 살고 있는 추억들은 삶의 뿌리였다. 그것들이 흔들리면 알 듯 말 듯한 물결들이 몰려와 몸을 덮곤 했다.

순이가 수원에서 돌아왔을까? 앵베르 주교가 있는 수원은 배론보다 안전할 것이었다. 배론보다 사람의 발길이 뜸했고 부보상들도 잘 드나들지 않는 곳이었다. 다른 교우촌도 모두 쉽게 찾아낼 수 없는 곳이었지만 수원의 교우촌은 은신처로 삼기에 특히 좋은 지형이었다. 새로 형성되는 중이어서 아직 교우들끼리도 잘 모르는 곳이었다. 순이가 그냥 그곳에서 앵베르를 도우며 지냈으면 싶었으나 순이는 저는 배론의 팔이고 다리인 걸요, 하였다. 샤스탕 신부도 꼭 배론에 있으마 하였다. 어쩐지 배론은 정겹고 어머니가 느껴지는 땅이라는 것이었다.

모방 신부도 배론을 은신처로 삼고 싶어 했다. 그러나 아직은 정하상의 집을 고집하고 있었다. 무슨 일이 벌어지기 전에 정하상을 사제로 키워내겠다는 의지가 강했다. 모방은 두 번이나 과로로 쓰러진 후 더욱 쇠약해졌다. 그럼에도 새벽까지 일하고 잠시 눈을 붙이는 생활이 계속되고 있었다.

"신부님! 마을로 가시면 안 됩니다."

불쑥 갈참나무 숲에서 무봉이 나타났다. 갈참나무 숲에는 큰 나무와 나무 사이를 가로질러 놓은 망루가 있었다. 얼핏 보면 그저 나뭇가지들이 얽혀 있는 것처럼 보였다. 무봉은 망루 위에 앉아 정하상과 샤스탕을 기다리고 있었다. 미사가 약속된 날이었다. 다른 날 같으면 마을 앞쪽의 편한 길을 택했겠지만 정하상은 조심하는 것이 좋겠다 싶어 뒷길로 가는 중이었다. 산이 높아 마을이 한눈에 내려다 보였다. 혹시를 몰라 교우들은 골짜기에 바짝 붙여서 집을 짓고 길을 내었다.

"이 길로 오셔서 다행입니다. 다른 길로 가면 어쩌나 걱정했지요."

마을에 변고가 있다는 뜻이었다. 그래도 무봉이 망을 볼 정도면, 하는 안도감도 있었다.

"김춘성이 와 있습니다. 순이가 수원에서 돌아오는 길에 뒤를 밟힌 모양입니다. 그자가 무슨 냄새를 맡았는지 수원의 김아기네 집 앞을 서성이고 있더라는 겁니다. 권마리아네 집이 바로 코앞인데 혹여 앵베르 주교님 거처가 드러나게 될까 봐 순이가 정신이 하나도 없더랍니다. 서둘러 수원에서 멀어지자는 마음뿐이었다 합니다. 제천에 있는 박요한의 주막에서 하룻밤을 묵으며 혹시 뒤를 밟혔나 살폈는데 그런 것 같지는 않더랍니다. 헌데 그자가 누굽니까? 아니나 다를까 다음날 그자가 나타난 겁니다."

"김춘성이라면? 몇 번씩이나 회개했다던 그 사람?"

샤스탕 신부가 그를 기억했다. 교인들을 찾아와 회개했노라며 눈물을 흘리기를 몇 차례나 반복한 인물이었다. 눈물과 거짓에 속아 마음을 열고 받아주면 그는 어디어디 천주교인이 있다고 관아에 신고를 하고 상금을 타 먹었다. 몇 사람이 속아 고초를 겪은 후 그는 요주의 인물이 되었다. 앵베르 주교가 그에게 교우촌의 위치를 알리지 않도록 당부하기도 하였다.

"무릎을 꿇고 눈물을 흘리며 회개한다고, 이번엔 진심이라고 믿어달라고 합니다. 고백성사를 보기 전에는 돌아갈 수 없다는 겁니다."

무봉은 그가 배론을 의심하고 온 이상 그냥 둘 수 없다고 말했다. 그의 진심은 믿을 수 없고 그가 일단 배론을 나가면 떼죽음을 몰고 올 것이라는 걱정이었다. 느낌이 좋지 않았다.

"그렇다고 그를 무슨 수로 이곳에 묶어둡니까?"

샤스탕 신부가 한숨을 쉬며 물었다. 그리고 곧 이어 혹시라도 해칠 생각 같은 건 절대 해서는 안 된다고 다짐을 두었다. 무봉이 고개를 툭 떨어뜨리는 것으로 보아 이미 그런 논의가 있었다는 것을 알 수 있었다.

"일단 다른 곳으로 신부님을 모시고 가지요."

정하상은 샤스탕 신부와 돌아서 오던 길을 되짚었다. 다시 산을 내려가야 했다. 발길이 무거웠다.

"아니, 저건?"

무봉의 외마디 소리에 돌아보니 마을이 소란스러웠다. 마을이 잘 보이는 바위 위에 올라서 보니 관군이 들이닥쳐 집안을 마구 짓밟기 시작했다. 사람들을 포승줄로 묶어 공터에 무릎 꿇렸다. 관군의 위압적인 고함과 외마디 비명 소리가 골짜기를 메우고 산 위로 올라왔다.

누군가 토굴 쪽으로 내달았다. 순이였다. 토굴로 들어가려는 포졸들의 앞을 순이가 막아섰다. 아무도 못 들어간다는 몸짓이었다. 토굴에는 성물이 있었고 성경과 교리서가 있었다. 그리고 조정에서 척사윤음斥邪綸音을 돌렸을 때 천주교를 변호하기 위하여 올렸던 정하상 자신의 상재상서上宰相書가 보관되어 있었다.

토굴 입구에 팔을 벌리고 서 있는 순이를 포졸이 밀쳐 넘어뜨렸다. 쓰러진 순이의 허리를 포졸의 무지막지한 발이 짓밟았다. 용케 몸을 빼낸 순이가 다시 일어섰다. 그리고 팔을 벌려 토굴을 막아섰다. 포졸이 들어 올린 방망이가 순이의 얼굴을 향해 날았다. 순간, 정하상은 순이의 피가 튀어 자신의 얼굴과 가슴을 덮었다고 느꼈다. 허리가 꺾이고 누군가가 짓눌러 숨이 멎을 것 같았다. 순이의 붉은 피에 가려 앞이 보이지 않았다.

"순이야!"

무봉이 외마디 소리를 내며 마을로 내달았다. 잡을 새도 없이 무봉이 미끄러지며 넘어지며 산을 내려가고 있었다. 가파른 절벽을 지탱하고 있던 흙더미가 와르르 무너져 내렸다.

17
정화경 안드레아

“알아, 알아 안다구, 그렇지만 내 말 한 번만 들어 봐. 한 번 더 속는 셈치고 들어 봐. 일단 들어만 보라구. 아니면 그만이잖아. 내 지난번에는 정말 어쩔 수 없었다구. 이경아 아가타가 박 환관 나리의 성질만 돋우지 않았어도 그렇게까지는 되지 않았을 거야. 나도 정말 마음이 아팠어.”

“난 나를 못 믿어. 혹 실수라도 해서 여러 사람 목숨 잃게 할까 봐 두려워. 그러니 두 말 말고 네 갈 길로 가.”

정화경은 눈도 주지 않고 어서 가라는 소리만 반복했다. 어려서부터 머리가 부족하다는 것을 스스로 잘 알고 있는 터라 제 이익에 밝고 약삭빠른 사람을 만나면 두려운 마음부터 들었다. 김춘성 때문에 많은 사람들이 끌려갔고 고초를 겪었다는 것을 들어 알고 있었다. 교우촌에서 요주의 인물이 된 김춘성을 오래 상대하고 있다가 탈이라도 날까 겁이 났다.

“정말이야. 박 환관이 남자로서야 능력이 없지만 물밑 세도야 그만이잖아. 박 환관도 애초에는 천주교에 대해 별 말 없던 사람이야. 그런데 생각해 봐. 앵베르 주교가 속아서 한 결혼이라며 이경아의 결혼을 무효로 만들었으니 앵베르 주교가 안 밉겠어? 무능력도 서러운데 노리개 하나 들인 걸 가지고 인권이 어쩌구 사기 결혼이 어쩌구 했으니 독이 오른 거지. 너 같으면 안 그럴 거 같아?"

그가 어디서부터 자신을 보았는지 알 수 없어서 계속 마음이 쓰였다. 혹시라도 유기전에서 나오는 것을 보았다면 유기전을 하는 박 시몬이 의심받을 수 있었다. 유기전에 특별한 볼일이 있는 것이 아니었던 것처럼 행동해야 했다. 공연히 어물전도 둘러보고 약재도 만져보고 하면서 아까부터 길을 빙 둘러 걷고 있는 중이었다. 어느새 넓은 길이 끝나가고 있었다. 집이 멀지 않은데 김춘성을 떼어 낼 방도가 없었다. 교우 중에 누군가가 집에 와 있을지도 모르는데, 김춘성의 눈에 띄어서 좋을 거 없는데, 어쩌자고 오늘따라 이리 달라붙는단 말인가. 거머리가 따로 없지. 싫은 내색을 보여도 개의치 않고 집에까지 따라붙을 기세였다.

"박 환관이 이경아 아가타의 가족들까지 죽인 건 네가 거처를 알려줘서잖아? 그리고 그동안 한 짓을 생각해 봐. 누가 너를 믿을 수 있겠나. 냉담자가 회두했다고 함께 감사기도를 드리고 나면 관가에 고해서 사람들을 잡혀가게 만드는 인간이 너잖아. 그러고도 얼마 후에 또 나타나서 회두했다고 하고…… 그 짓이 어디 한두 번이었어?"

앵베르 주교가 그 결혼은 무효라고 선언한 이후 김숙희 막달레나의 집으로 피신한 것을 김춘성이 찾아내 박 환관에게 고했다. 뿐인가? 권진이 아가타를 노리는 사헌부 관리 김성구에게 매수당해 권진이 아가타를 그의 첩실로 만들려고 했었다. 권진이 아가타의 노래와 재능을 아끼는 포도대장이 아니었더라면 꼼짝없이 당할 뻔했다.

"그 일은 권진이 아가타를 위한 일이기도 했어. 생각해 봐. 김성구의 본처는 병이 깊어 있으나마나한 여자야. 권진이가 그 집에 가면 팔자 피는 거야."

"그렇게 강제로? 첩살이가 될 바에는 차라리 죽겠다잖아? 유방제 신부의 시중을 들 때부터 김성구가 눈독 들이고 있었던 것도 다 아는 이야기야. 제 사람으로 만들려고 신부님 하고 뭔 일이 있는 것처럼 소문까지 낸 것도 내가 다 알고 있어. 그리고 그때도 네가 앞잡이였지?"

"무슨 소리야? 난 그 일에는 발도 담근 적 없어."

"얼마 전에 배론 사람들이 잡혀간 것도 네 짓 아니야?"

"무어? 그게 어찌 내 탓이야? 난 전혀 상관없는 일이야. 그리고 나도 피해자야. 나도 잡혀 들어갔다가 이틀이나 썩다가 나온 거 너도 알잖아?"

하긴 아무 증거도 없는 심증일 뿐이었다. 배론에 포졸들이 들이닥쳤을 무렵 제천 근처에서 김춘성을 보았다는 사람이 있었고 다음날 그가 찾아와 성사를 청하며 버티고 있었지만 누구도 더 이상 캐물을 수 없었다. 사람이 죽어나가고 그 불이 언제 어디로 튈지 모르는 판이었다.

"정말 배론하고는 아무 상관없는 거야?"

"아, 그렇다니까. 그리고 나도 인간인데 왜 내 잘못을 모르겠어. 그동안 신자들이 순교하는 것을 보고 정말 내가 나쁜짓을 많이 했구나, 후회하고 하느님께 빌었어. 다른 사람은 몰라도 너만은 날 이해해 줄 거라고 생각해서 이렇게 온 거야. 네가 얼마나 순수한 영혼인지 잘 아니까. 앵베르 주교님도 칭찬했었잖아."

"앵베르 주교님이 날 특별히 아끼고 믿어주시는 건 사실이지."

"암, 그러니까 너를 회장으로 세웠지. 그래서 말인데 너도 회장 값을 해야 할 거 아니야?"

"어떻게?"

"너는 나를 죽일 놈이라고 생각하지만 이 세상에 어디 좋은 일이 좋기만 하고 나쁜 일이 나쁘기만 한 거 봤어? 좋은 일 속에 나쁜 일이 시작되고 나쁜 일 속에도 좋은 일이 숨어 있는 법이야. 내가 그동안 관가에 드나들면서 얼굴 익힌 관리가 몇인데? 이제는 그게 다 내 소식통이기도 하거든. 박 환관, 김성구는 물론 포도대장까지도 나한테 못 하는 말이 없어."

"그 사람들이 네 청을 들어 준다구?"

"아, 그러엄. 배론 일도 내 한 번 찾아가서 힘을 써볼 게. 도울 일이 있을지도 모르지."

그의 표정 어디를 보아도 그가 배론 일에 관여한 것 같지는 않았다. 모르고 있었음이 분명해 보였다.

어느새 모퉁이 하나만 돌면 집으로 이어지는 골목이었다. 골목 어귀를 지키는 개가 컹, 짖었다. 한 마리가 짖자 다른 집 개들까지 덩달아 짖어댔다.

"그런데 중요한 건 말이야. 근본적으로 문제를 풀어야 해."

김춘성이 개 짖는 소리와 동시에 말을 시작했으므로 정화경은 제대로 알아듣지 못했다. 김춘성이 개 짖는 소리보다 크게 다시 말했다.

"근본적으로 문제를 풀어야 한다고."

"어떻게?"

"실은 임금님이 천주교에 관심을 보이신다는 거야. 도대체 얼마나 좋길래 그 많은 사람들이 목숨을 바쳐서까지 신앙을 지키려 드는지, 어떻게 죽으면서까지 행복한 표정일 수 있는지 알고 싶다고 하셨대. 그리고 조정에서도 사람 죽이는데 지쳐서 어지간하면 자유를 주자고 의논이 되었다는 거야. 외국에서 오셨다는 주교님이 가서 천주교가 얼마나 좋은 것인지 잘 설명하면 이번 기회에 인정을 받을 수 있을 것 같대. 임금님이 허락하면 더 이상 박해 같은 건 없을 거 아니야? 게다가 임금님도 감동받아 영세할지도 모르지."

"정말 임금님이 그랬대?"

"그렇대두. 임금님이야 우리보다 글이 높으시니 말귀가 밝으실 것 아니야? 주교님이 가신다면 꼭 설득할 수 있을 거야."

정화경은 머릿속이 밝아지는 느낌이었다. 글귀 밝은 임금님이야 주교님으로부터 교리를 들으면 당장 영세 받겠다고 하실지도 모르지, 싶었다. 더 이상 사람이 죽지 않을 방법을 찾아야 하는 거라는 김춘성의 말이 틀리지 않는다 싶었다. 그러면서도 짐짓 한 번 눈을 치켜뜨고 물었다.

"너 혹시 주교님을 관가에 고발하려는 수작 아니야?"

"이번에는 진짜래두. 너, 하느님 믿는 사람 아니야? 하느님을 믿는다면서 회두한 친구를 끝까지 냉대하려는 거야? 앵베르 주교도 그랬잖아. 잘못된 삶에서 돌아서는 것이 천국 길의 시작이라구. 아니지. 네가 나를 못 믿는 거 당연해. 나라도 못 믿을 거야. 너를 볼 때마다 생각하는 건데 나는 늑대를 모시고 살지만 너는 천사를 모시고 사는 거 같아. 그게 우리의 차이점이지. 그래서 내가 너를 마음속으로 존경하고 있는 거고. 그런데 너 그거 알아? 나도 너처럼 살고 싶다구. 넌 모를 거야. 천사의 소리가 마음 저 깊은 바닥에서 크게 울려오면서 나를 꾸짖을 때 내가 얼마나 비참한지. 그래 네 말대로 나는 쓰레기 같은 놈이야. 사실이야. 그래…….”

“나를 존경한다고?”

그가 고개를 떨어뜨리고 혼잣말처럼 중얼중얼 털어놓는 소리들이 마음을 흔들었다. 불쌍한 생각마저 들었다.

“존경하고말고. 너처럼 순수한 영혼은 본 적이 없지. 그렇지만 나도 이 내 본심은 하느님이 준 거라구. 허니 그건 바로 하느님 아니겠어? 그래서 욕을 먹으면서도 자꾸 교우들을 찾아와 문을 두드리잖아. 나 한 번 믿어 봐. 더 이상 엄한 사람 죽어나가지 않게 만들어 보자구.”

얼굴을 스치고 지나가는 바람에 비가 들어 있다고 느꼈다. 더위를 꺾을 비가 쏟아질 것 같았다.

“그렇게만 된다면야…….”

“한시라도 빨리 가야 옥에 갇힌 사람이 한 명이라도 덜 죽어나갈 텐데 말이야. 지금 우리 함께 가면 어떨까? 아무래도 너보다야 내가 내막을 잘 아니까 도움이 될 거 아니겠어?”

“안 돼. 느티나무 집 할머니가 다쳤어. 장용원이 함께 가자고 올 거야. 이미 우리 집에 와서 기다리고 있을지도 몰라.”

같이 가 보자고? 그럴 수는 없지. 저를 온전히 믿을 수가 있어야 말이지, 고개를 저었다. 그러나 곧 다른 마음이 고개를 들었다. 아니지. 나보다 더 설명을 잘 할 수 있을 테니 같이 가는 게 좋을까?

망설여졌지만 정화경은 혹시를 모르니 조심하는 게 낫겠다 싶어 혼자 가기로 마음먹었다.

"긴한 일이 있는 게야? 그렇담 할 수 없지. 그럼 난 갈 테니까 잘 생각해 보고 낼 다시 이야기하자구."

김춘성도 더는 고집하지 않았다. 집에까지 들어서면 어쩌나 했는데 김춘성은 카앙, 캉, 캉, 개 짖는 소리를 맞받아 흉내 내면서 돌아섰다.

장용원 베드로가 이미 마당에서 기다리고 있었다. 한참 기다리고 있었던 듯, 엘리사벳 할머니의 집으로 서둘러 길을 잡았다.

몇 발이나 걸었을까. 정화경 안드레아는 내가 지금 이럴 때가 아니라는 생각에 마음이 급해졌다. 산속 교우촌에서 힘들게 살다가 관가에 끌려가 죽임당하는 일을 막을 수 있는 길이 보이는데, 환자를 위한 기도야 베드로와 다른 몇 사람에게 맡기면 될 일. 나는 서둘러 주교님께 이 사실을 알려야 하고말고. 주교님에게 빨리 이 말을 전하는 것이 급선무지.

돌아서서 걸음을 재촉하는데 메뚜기 한 마리가 어깨 위로 올라왔다. 함께 가자고? 그래 어서 가자. 걸음이 휘청거렸다. 돌에 걸려 넘어질 뻔하기도 하고 서두르다 무릎이 꺾이기도 했지만 정화경의 머릿속은 온통 한시라도 빨리 전해야 된다는 생각뿐이었다.

*

앵베르 주교는 정화경을 보는 순간 얼굴이 굳었다.

"어쩐 일인가? 여기까지? 또 배론에서처럼 엄청나게 잡혀갔는가?"

다급하게 묻는 소리에서 떨림이 느껴졌다.

"아니, 그런 게 아닙니다. 주교님. 하느님께서 우리 조선 교회에 은총을 내리실 모양입니다. 우리 임금님께서 천주교 교리를 듣고 싶어 하신답니다. 어지간하면 잡혀가 있는 교우들을 풀어주고 신앙의 자유를 보장해 주려고 한답니다."

정화경이 말을 마치자 앵베르 주교는 흐음! 신음을 삼켰다. 잠시 고개를 들어 하늘을 보더니 일어나 종이를 꺼냈다.

……자수해라, 내가 잡혀가게 되었으니 조정에서 반신반의 하던 외국인 신부의 존재를 확인하게 되고 다른 신부가 더 있다는 것도 곧 알려질 것이다. 두 사람을 찾으려고 산속까지 뒤지게 될 테고 그나마 남아있는 교우들마저 다 죽게 된다.

"이것은 속히 전해야 하네. 인편이 되는 대로 서둘러 주게."

서둘러 달라는 편지는 모방 신부와 샤스탕 신부에게 내리는 명이었다.

손에 편지를 쥐어주고는 몸을 돌려 나가는 앵베르 주교의 뒷모습을 보면서 정화경은 왜 주교가 이런 반응을 보이는지 이해가 되지 않았다.

"주, 주교님, 갑자기 왜?"

정화경은 이 이해할 수 없는 상황이 꿈인지 생신지 알 수 없었다. 무슨 일이 벌어진 걸까? 식은땀이 났다. 누군가 머리를 망치로 내리친 것 같았다. 순식간에 지옥으로 떨어진 느낌이었다.

"안드레아 때문이 아니네. 단지 때가 되었을 뿐이지."

뒤돌아 한 마디 하고는 허위허위 마당을 걸어 나가는 앵베르 주교를 향해 포졸들이 달려들었다.

태풍이 시작되는지 바람이 거세졌다. 마당에 서 있는 감나무가 몸을 떨었다. 김춘성의 얼굴을 본 듯 싶었다. 감나무 밑에서 서서히 몸을 일으키는가 싶더니 김춘성은 어느새 늑대로 변해가고 있었다. 가장 먼저 눈을 찌른 것은 그의 날카로운 이빨이었다. 이빨 사이에서 크르륵, 크륵, 괴성이 새나왔다.

"하아, 네가 그렇게 쉽게 앵베르 주교를 넘겨줄 줄 몰랐어. 설마 내가 뒤따라오는 걸 몰랐다고 말할 생각은 아니겠지? 걱정 마. 너는 무사할 거야. 무사한 정도가 아니라 큰 상을 받게 될 거야."

이빨 사이에서 나오는 것은 말이 아니라 뱀이었나 보았다. 온몸을 감아 오르는 징그러운 뱀들이 팔다리를 묶고 목을 조여 왔다. 숨을 쉴 수 없었다.

*

……아, 내가 도대체 무슨 짓을 한 거야? 나란 놈은 어쩌자고 이리 못난 짓만 한단 말인가?

"나를 가두시오. 저분은 풀어 주시오."

아무리 몸을 들이밀어도 포졸들을 밀치고 감옥으로 들어갈 수 없었다.

"거, 참, 귀찮아 죽겠네."

거들떠보지도 않는 포졸들에게 애원하다 저만치 나가떨어져 흙투성이가 되기를 몇 번이던가. 다시 기운을 내어 일어나 애걸복걸 사정을 해보지만 소용없는 일이었다.

"미친놈 아냐? 남들은 들어가랄까 봐 벌벌 떠는데 허구한 날 찾아와서 제 발로 들어가겠다고 난리를 치니 원, 썩 꺼지지 못할까?"

"정말 칵, 처넣을까 보다."

정화경은 끝내 앵베르 주교와 함께 감옥에 들어가지 못했다. 샤스탕 신부와 모방 신부는 그간의 일을 다 듣고 나서도 당신 죄가 아니라고 담담하게 말했다. 눈빛은 끝까지 살아남아 교회의 기둥이 되라는 당부였다.

앵베르 주교는 유순이의 도움으로 권마리아네 머물다가 두 차례 더 거처를 옮겼었다. 모두 자신이 주선한 집들이었다. 앵베르 주교가 가장 오래 지낸 곳은 수원에 있는 자신의 집에서 그리 멀지 않았다.

키 높은 은행나무가 두 그루 있었다. 앵베르 주교도 올려다보기를 좋아했던 나무였다. 고향을 떠나 처음 마련한 수원 집에도 은행나무가 있었다. 가깝다면 가깝고 멀다면 먼 거리였지만 암수가 마주 보고 있어 은행이 열린다는 말에 앵베르 주교가 고개를 끄덕이며 쓰다듬던 나무였다.

그 중 높은 가지를 골라 줄을 걸었다. 목을 들이밀었다. 발밑을 지탱해주던 나무토막을 차내자 목이 졸린다 싶었는데 뚜둑, 뚝 소리와 함께 땅에 떨어지고 말았다. 줄을 걸었던 가지가 부러져버리다니……. 앵베르 주교가 잡혀가는 것을 다 내려다 본 나무였다. 너는 이렇게 죽을 수 없다, 죽더라도 죄를 씻고 죽으라고 소리치고 싶은 모양이었다.

한동안 자주 드나들던 도성이 낯설어졌다. 지나가는 사람들이 모두 수군거리는 것만 같았다. 교우들은 이 어리석은 놈아, 하는 눈으로 바라보았다. 몸을 돌리는 곳마다 질타하는 소리들이 쏟아졌다.

"너 때문이야, 네 어리석음 때문이야. 얼마나 어렵게 모셔온 주교님이랑 신부님들인데……."

사방은 질타하는 손가락들로 어지러웠다. 손가락질 앞에 무릎 꿇다가 일어서면 눈이 부셔 아무것도 볼 수 없었다. 감히 바라볼 수 없는 빛이 쏟아졌다. 아무 생각도 나지 않았다.

머리를 쥐어 뜯어보지만 죄를 씻을 궁리가 없었다. 집과 앵베르 주교가 숨어 지내던 은행나무 집 사이를 오고 가면서 가슴을 쳤다. 순교는커녕 감옥에도 들어갈 수 없는 신세라니, 목을 걸었던 나무마저 부러져 버리다니…….

차라리 땅을 파자. 거기 구덩이 속에 누워 하늘을 맘껏 우러러보다 굶어죽든 죗값에 죽든 함께 죽자. 지금부터 땅을 파면 순교는 못할지라도 하느님 앞에 함께 가 엎드릴 것 아닌가.

정화경은 은행나무가 내려다보고 있는 평상 아래를 파기 시작했다.

삽자루가 묵직해지면 은행나무 쪽으로 흙을 던졌다. 은행나무 뒤로 둘러놓은 싸리나무들이 흙을 뒤집어쓰고 쓰러졌지만 아랑곳하지 않았다. 싸리나무들이 완전히 흙에 묻히자 집과 바깥의 경계가 사라져 완만하게 이어지는 산이 한 발 앞으로 다가선 듯 싶었다. 높지 않은 산이 어깨를 맞대고 있는 모양이 날개를 펴는 새를 연상케 했다. 헛간 쪽으로만 멀리 논밭이 보이는 외진 곳이어서 숨어 지내기에는 그저 그만이었다. 이렇게 딱 맞는 집을 구했으면 뭐 하나. 내 발로 포졸을 끌고 온 것을…… 삽질이 빨라졌다. 삽 위에 얹히는 것들은 발등을 찍고 싶은 후회와 무거운 죄였다. 은행나무 쪽으로 던지고 나면 절망과 자괴감으로 삽은 더 무거워졌다.

앵베르 주교도 샤스탕과 모방 신부도 이백 명이 넘는 교우들도 새남터에서 순교했다. 정하상 바오로도 순교하였다. 추석이라고 달이 휘영청 높이 떠오른 날이었다.

"초대 교구장이었던 브뤼기에르 주교는 아예 조선 땅을 밟아보지도 못했지. 조선 땅을 눈앞에 두고 돌아가셨네……. 이 년 넘게 숨어 지낸 것은 기적이라 할 만하지. 사목의 결실 또한 적지 않으니 그나마 다행 아닌가. 이렇게 한 걸음씩 나아가는 걸세. 브뤼기에르 신부님 말씀대로 곧 떠날 것처럼 영원히 머물 것처럼 살겠다 다짐했었지. 목자가 양을 위해 목숨을 버리는 것은 결코 슬픈 일이 아니네. 자책하지 말게, 이제 와 하는 말이지만 정화경 안드레아 같은 열심한 신자가 있어 나 앵베르가 있을 수 있는 거야, 하는 말을 내 몇 번이나 들었네."

죽음을 앞둔 정하상은 고문으로 일그러진 몸을 일으켜 손을 잡았다. 위로하려 애쓰는 모습에 눈물이 핑 돌았다.

"이 어리석은 자야, 죽을 고비를 몇 번이나 넘기면서 모신 분들인데 어쩌자고 일을 이 지경으로 만들어? 어떻게 모셔온 사젠데!"

그렇게 호통이라도 쳐 주었으면 좀 나을 것을…… 아, 나의 어리석음으로 수많은 사람들의 공로와 희망이 와르르 무너졌구나.

조정은 앵베르 주교가 전하려는 것이 무엇인지 알아보지도 않고 죽일 궁리부터 하였다. 귀에 화살촉을 꽂고 물을 뿌리며 조롱하다가 회칠을 하고 망나니들이 둘러서서 칼춤을 추며 괴물로 만들어 목을 쳤다. 그가 흘린 피는 자신의 피이기도 하였다. 그의 귀를 꿴 화살촉은 자신의 귀를 뚫고 심장을 뚫었다.

은행나무를 올려다보면 목을 매고 늘어진 자신의 시신이 보였다. 안 돼, 안 되고말고. 나무도 나 때문에 가지를 떼어버렸잖아……. 황급히 눈을 거두었다.

불어난 물을 건너면서 이대로 뛰어들까 걸음을 멈추기도 했었다. 은행나무 위, 까마득한 하늘이 두려워서가 아니었다. 쿠르릉 콰르릉 흙탕물이 되어 몰려가는 난폭한 강물이 무서워서도 아니었다.

정하상은 고문 끝에 자살하는 사람이 생길까 걱정했었다. 정화경에게도 하느님을 믿는 사람이 목숨을 제 마음대로 쓰면 안 된다고 다짐을 두었다.

그의 평생의 수고를 망친 장본인이 그의 말을 어길 수는 없지, 유혹을 못 이기고 또다시 죄를 보태려 들다니, 하지만 고개를 들고 살 수가 없다, 하늘을 올려다 볼 수 없으니 어찌하랴. 구덩이 속에 누워 죽음이 찾아오기를, 어둠이 되기를 기다리는 것도 안 되는 걸까? 오, 하느님, 제발 그도 안 된다 하지는 마십시오.

마음이 들끓어 잠시도 가만 있을 수 없었다.

정화경은 반 시진만 쉬리라 평상에 걸터앉았다가도 이내 삽을 들고 땅을 파내려갔다. 손에 물집이 잡히고 터졌지만 쉬지 않고 삽질을 했다. 들어가 누울 만한 구덩이면 족하다 싶었던 것이 삽질이 주는 위로에 몸을 맡기게 되었다. 자신이 지금 할 수 있는 유일한 일이 그것뿐인 것처럼 삽질을 했다. 구덩이는 제법 깊어졌다. 혼자 눕기에는 충분했는데도 조금만 더 파면 이 부끄러운 몸을 깊이 푹 파묻을 수 있겠다 싶었다.

삽으로 파낼 수 없는 무엇인가가 삽자루 끝에 걸렸다. 돌이라기에는 너무 큰 것이었다. 삽을 버리고 괭이로 주변을 파기 시작했다. 조금씩 둘레의 흙을 제거하자 주춧돌만한 크기가 되었다. 곧 파낼 수 있겠다 싶었는데 의외로 뿌리가 깊었다. 괭이와 삽을 번갈아 들이대면서 뿌리째 파내고 말리라 오기를 부렸다. 이제 여기만 파면 뽑히겠다 싶어 허리를 펴는데 또 다른 곳으로 뻗은 뿌리가 보였다. 파내려갈수록 더 큰 몸통이 드러났다. 놀라움을 넘어 두려운 마음까지 들었다. 이제 그만 두자, 마음 한쪽에서 말렸지만 그만 둘 수 없었다.

힘이 빠져 비틀거리다 고꾸라졌다. 이마를 찧었을까? 피가 뺨 위로 흘러내려 입으로 들어왔다. 찝찌름하였다. 일어서자, 일어서자 애써보지만 몸이 움직이지 않았다.

누군가 겨드랑이에 손을 넣어 일으켜 주었다. 평상에 눕히고 땀을 닦아주는데 바로 정하상이었다. 아, 그는 죽지 않았던가?

"안드레아, 자네 지금 여기서 뭐 하나?"

"나를 파묻을 구덩이를 파고 있습니다."

"제 몸을 제가 묻으려고? 헛심 쓰지 말게. 누구나 몸은 다른 사람이 묻어주는 법이지."

"구덩이를 파다가 깨달은 건데 제 안에 꼭 파내야 할 것이 있었습니다. 굳어서 쉬이 꺼낼 수 없는 어리석음이 있더라 이 말입니다."

"누군들 없겠나? 존재하는 모든 것들 속에 있고 어디에나 있네. 사람들이 모이면 그 안에 어느 틈엔가 떡 하니 자리잡아 약하고 순한 존재들을 위협하지. 저만 굳어지는 것이 아니라 주위 사람 모두에게 껍질을 뒤집어쓰고 자신을 보호하라 강요하지. 살아남자는 이야기를 하는 것 같지만 결국 죽어가는 건데, 저도 남도 그렇게 점점 굳어져 가는 것을 당연하다 여기지. 사람마다의 가슴에 다른 바람이 불기 전에는, 그것은 끄떡도 하지 않을 걸세."

"그 바위가 그토록 고약하고 깊이 박힌 것이었습니까?"

"지금 자네가 하고 있는 일은 낡은 방법일세. 다른 눈으로 보게."

"힘으로 없애려 들지 말라고요?"

"성스러운 영혼을 가진 분들이 빛을 밝히는 걸 보지 않았나? 순교자들은 스스로 불이 된 사람들이지. 그러나 그 어떤 불도 시간이 흐르면 꺼지는 법, 불이 꺼지지 않으려면 손에서 손으로 불이 이어져야 하네."

"저더러 불을 이어가라는 말씀입니까?"

"혼자 힘으로 그걸 파내겠다고? 괜히 애쓰지 마. 너만 쓸쓸히 죽음에 이르게 될 뿐이야. 어느 세상이라도 저런 힘이 박혀 있어서 사람들이 살 수 있는 거야. 도대체 하는 짓마다 어찌 그리 미련한 것이야?"

헛것이던가? 정하상인 줄 알았던 것이…….

김춘성이 내려다보고 있었다.

"꼭 파내야 할 것이 있다니 그게 뭔 소리야? 그리고 며칠 째 이게 뭐하는 짓이야? 정신 나간 사람처럼. 그리고 내가 신신 당부해서 겨우 옥살이 면하게 해 줬더니만 허구한 날 옥 앞에 가서 몸을 들이민다면서?"

"춘성이? 어쩌자구 아직도 내 주변엘 맴도는 거야? 제발 내게서 떨어져. 그래 네 눈엔 내가 정신 나간 걸로 보이겠지."

"한 삽씩 떠내다 보면 언젠가 뽑아버릴 수 있을 거라구 말하고 싶은 거야? 그렇게 퍼낸 흙이 산이라도 만드나? 다른 세상을 만들 수 있을 거 같아? 아니, 또 다른 바위가 그 안에 들어앉을 뿐이야. 너 하는 짓은 바닷물을 밥그릇으로 퍼내는 꼴이야. 이 딱한 친구야. 그러다가 죽으면? 헛수고로 인생 끝나는 거잖아."

바위는 구덩이 안에 작은 산처럼 버티고 앉아 있었다. 건드릴수록 더 큰 몸통을 드러내 보이며…… 흙더미만 벌건 속살을 드러낸 채 은행나무 주변에, 싸리나무 둘레에 쌓여가고 있었다. 김춘성은 삽을 팽개치듯 흙더미에 깊이 찔러 넣고는 돌아섰다. 그것들은 다 죽은 몸이라고 중얼거리며 구덩이 속 바위 위로 뛰어 올랐다.

"곧 네게 상을 내릴 거야."

그가 바위의 입이 되어 말했다.

"상이라고?"

그건 저주였다.

"넌 고마운 줄도 모르나? 너도 천주학쟁이라고 감옥에 처넣으려는 걸 막아주고 살려준 게 누군데?"

되레 눈을 부릅떴다.

"날 씻을 수 없는 죄인으로 만들고 고마워하라고?"

정화경이 맞받자 김춘성은 씨근덕거리며 바위 위에 주저앉았다. 이제 바위는 눈, 코, 입을 갖춘 괴물이었다.

"넌 나를 돈만 아는 속물이라고 생각하고 있지? 그래 난 내 이익을 위해서 할 수 있는 모든 수를 다 쓰는 놈이야. 그런데 나만 그럴까? 너야 원래 부자로 태어났으니까 그럴 필요가 없었겠지. 하지만 하느님을 믿는다는 사람들도 결국 탁 까놓고 말하면 하느님과 거래를 하는 거야. 생각해 봐. 하느님 앞에 꿇어 앉아 자신에게 복을 달라고 비는 거잖아. 조금 여유 부리는 사람들은 천국을 보장받으려는 거고. 하느님이 나를 믿는다고 복을 받는 것은 아니다, 라고 한마디 하면 대부분이 당장 돌아설 걸?"

김춘성의 말은 그것의 컴컴한 뱃속에서 나오고 있는 것이 틀림없었다.

"앵베르 주교의 시신이 길에 방치 되어 있네. 벌써 이십 일이나."

아, 정하상은 헛것이 아니었다. 떠난 것도 아니었다. 사라진 것은 김춘성이었다. 정하상이 흙더미 위로 걸어가 그 위에 올라섰다. 팔을 벌리고 흙들을 껴안을 듯이 엎드렸다. 흙더미에 자신의 몸을 보태는 몸짓이었다. 그의 육신이 흙더미의 일부처럼 보였다. 어디선가 흙이 쏟아져 그의 팔을 덮었다. 다리 위로, 허리 위로 계속 흙이 쏟아졌다. 끝내는 머리마저 덮어버렸다. 정화경은 다가가 그의 몸을 흔들었다. 손 안에서 그의 몸이 점점 작아졌다. 부드러워졌다. 어느 순간, 푸슬푸슬 흙덩이로 흘러내렸다.

"앵베르 주교의 시신이 길에 방치 되어 있네, 벌써 이십 일이나."

반복되는 소리는 점점 안타까워졌다. 끝내는 흐느낌이 되었다.

……그래, 노고산이라면 이백 명의 뼈와 살도 받아줄 것이다.

정화경은 삽과 자루를 들고 일어섰다.

18
김춘성 요한

“봐, 하느님처럼 굴더니 육신은 다 똑같잖아. 한 그릇 국밥 값도 안 되는 것을 가지고 말이야. 이런, 그새 상하고 문드러져서 누가 누군지도 모르겠네.”

“말 같은 소리를 해. 우리네 눈과 귀로 가늠할 수 없는 가치를 가지신 분이야. 어디 국밥 값에다 대려고 그래? 네 보기엔 같은 눈이고 같은 다리겠지만 그렇지가 않아. 이분은 마음이 하느님의 사랑과 가르침으로 가득 차 있었으니까 같은 눈이 아니야. 우리가 보았던 것과는 다른 것을 보던 눈이라구.”

“달라 봤자 보이는 거 봤겠지 안 보이는 거 봤을까?”

김춘성이 빈정거리면서 다가섰다. 무명의 한끝을 잡아주겠노라 내미는 손을 정화경은 자신도 모르게 내쳤다.

“비켜!”

소리가 너무 매몰찼나 싶어 스스로 멈칫 했건만 김춘성은 아무렇지도 않은 얼굴로 몇 발짝 물러섰다. 앵베르 주교의 시신을 조심조심 감싸는 동안 삽자루에 한 발을 올린 채 말없이 지켜보았다.

“여긴 왜 또 왔어? 너, 눈을 번뜩이고 살펴 봤자야. 아직 잡아넣을 사람이 더 있을 거라고 생각하는 건 아니지? 이제 제발 그만 하고 가. 주교님도 네가 있는 거 반기지 않을 거야."

정화경은 김춘성에게 주먹 한 번 날려보지 못하는 자신에게 화가 났다. 주먹을 날리기는커녕 욕 한 번 제대로 해준 적이 없다. 기껏 한다는 게 눈길을 주지 않고 차갑게 말하는 것 정도다. 그러니 다른 사람들의 눈에 한패로 보일 수밖에 없을 것이었다.

"나만 보면 가란 소리지…… 주교님이 보고 있다면 죄를 씻고 싶어 하는 내 마음이 진심인 거 다 알 테니까 걱정 마. 그리고 이 새벽에 도와주려고 온 사람한테 너야말로 눈 희게 뜨지 마. 사람들 눈에 띄기 전에 노고산으로 가얄 것 아니야. 다른 사람은 그냥 두고 주교님만 모시고 갈 거야?"

"우선은 그럴 거야."

"넌 나보다 더 나쁜 놈이다. 어떻게 그러냐? 순교는 다 마찬가진데. 여기 함께 목 잘린 사람들더러 순서가 있으니 방치된 채 기다리라고? 사람은 다 평등하다더니? …… 사람이 다르다고 또 말하겠지."

"그래, 달라. 그분은 우리보다 하느님과 가까웠어. 나무로 치면 뿌리에 더 가까운 분이지. 그러니까 오직 믿음 하나로 이 먼 나라까지 왔지. 그리고 주교님은 나 때문에 이리 되셨으니 내 죗값이야."

"속으로는 나 때문이라고 말하고 있지?"

"아니, 나 때문이야. 물론 너 때문이기도 하지만 난 내 가슴을 칠 테니 넌 네 가슴을 쳐."

"말은 그렇게 해도 네가 나를 보는 눈은 나를 원망하고 있어. 나한테 속아서 그런 일이 벌어졌다고 말하고 있다고. 네가 암만 그래도 우린 한배를 타고 있어. 모르겠어? 자세한 내막을 모르는 사람들은 다 너랑 나랑 한패라고 본다고."

"알아, 알아. 내 죄가 무엇인지 갈수록 또렷해지고 그래서 갈수록 무겁다구. 내 목을 죄고 있는 중이라구."

"그렇게 벌게지지 마. 내가 말하려는 건 너만 죄를 씻고 싶어 한다고 생각하지 말라는 거야. 나도 씻고 싶다구."

"한두 번 속았어야 말이지. 그래. 또 믿어 줘야 되겠지. 그렇지만 이제 제발 나와 엮이지 마. 보속을 해도 혼자 하라구."

"그래도 내가 돕게 해줘. 한 사람이라도 더 묻어 줘야 할 거 아니야."

"내 혼자 어떻게든 해볼 테니 걱정 마."

"나처럼 더러운 인간이 손대는 건 싫다는 뜻이야? 숨 떨어진 사람들이 그런 거 상관할까? 벌써 문드러지고 벌레가 꼬이는 판인데? 고상 떨다가 불쌍한 시신 더 불쌍하게 만들지 마."

제대로 미워하지도 못하는 것까지 다 꿰고 있음이 분명했다. 김춘성은 말마디마다 여유까지 부렸다. 정화경 안드레아는 시신이 더 이상 훼손되는 것보다는 그의 도움이라도 받는 쪽이 나을지도 모르겠다는 생각이 들었다. 시신들은 이미 훼손되어 수습하기도 쉽지 않았다. 구더기가 끓고 역겨운 냄새가 진동했다. 온전한 몸을 묻을 수 없는 시신도 많았다. 가을비치고는 사나웠던 지난 비로 일부가 쓸려나간 시신도 있었다.

……아, 내가 왜 좀 더 일찍 오지 않았을까? 왜 할 일이 있다는 걸 생각하지 못했을까? 그렇게 어리석어 사람을 죽게 만들었으면서 시신을 거둘 생각조차 못하다니. 정말 뭐 하나 제대로 하는 것이 없구나. 나라는 인간은…….

정화경은 김춘성을 탓할 처지가 아니라는 생각에 더 이상 김춘성을 말리지 못했다. 시신에 손대지 말라는 말도 죄만 보탤 것이었다.

산은 아직 희부연 빛 속에 있었다.

김춘성은 줄곧 한 발 앞서 걸었다. 적당한 자리를 물색하는 눈썰미도 정화경보다 나았다. 가을이 깊어 새벽은 제법 쌀쌀했다. 한기가 들면서 기침이 났다. 김춘성은 다른 사람보다 추위를 덜 타는 체질이었다. 웃옷을 벗어 정화경의 어깨에 둘러 주었다.

김춘성은 숨도 안 돌리고 삽질을 시작했다. 삽질도 힘이 있었고 흙을 덮고 봉분을 올리는 손도 매웠다. 그가 있어 앵베르 주교를 고생시키지 않고 안장할 수 있었다. 김춘성은 제가 거두어 온 다른 순교자들의 시신들을 빠른 손으로 묻었다.

"야, 그런데 말야, 이분들은 왜 이 먼 곳까지 와서 이렇게 비참하게 죽는 걸까? 제 나라에서 대접 받고 잘 살 수 있었을 텐데 왜 꼭 선교를 하려고 애를 쓰다가 이런 변을 당하는지 그게 암만 생각해도 이해가 안 된단 말야."

"예수님의 죽음으로 모든 것이 끝나면 되겠어? 이 세상을 하느님 나라로 만들자면 또 다른 예수님이 자꾸 나와야 될 것 아니야……."

"개뿔! 죽고 나면 무슨 소용?"

말은 그렇게 하면서도 김춘성은 무릎을 꿇었다. 정화경은 작은 소리로 기도하고 성호를 그었다.

아, 이 차디 찬 땅 속에 이렇게 초라하게 묻히시다니…….

감정이 북받쳐 울음이 터졌다.

김춘성이 큰 소리로 망자를 위해 기도했다. 우렁우렁한 목소리에

막힘이 없었다. 제법 남의 감정까지 움직이는 기도였다. 무릎 꿇은 그의 모습 어디에도 밀고자는 없었다. 조금 전까지 개뿔 소리를 내뱉던 모습도 찾아볼 수 없었다. 바로 눈앞에 있는 그를 보면서도 그가 누군지 알 길이 없었다. 기분이 묘했다. 무덤 속 앵베르 주교도 같은 마음으로 보고 있을 것만 같았다.

김춘성의 무릎 꿇은 몸 뒤로 커다란 바퀴가 보였다. 수많은 사람들이 개미떼처럼 달라붙어 바퀴를 밀고 있었다. 바퀴를 굴리고 있는 사람들 중 바퀴가 어디로 굴러갈 것인지 확실히 알고 있는 사람이 있을까? 인간이란 그저 저 바퀴에 달라붙어 자신의 작은 힘을 보태고 있는 보잘 것 없는 존재일 뿐이겠지…….

바퀴를 스치듯 지나가는 것들은 날아가는 것처럼 빠르게 지나갔다. 바람과 함께 몰려가는 낙엽인가 싶기도 하고, 해가 뜨기 전에 서둘러 다른 세상으로 떠나는 순교자들인 것도 같았다.

뭔가 잘못되어 바퀴가 방향을 잃고 사람을 향해 반 바퀴쯤 뒷걸음질했다가 뒤뚱거리며 제자리를 찾아갔을 때 바퀴는 아무 일도 없었다는 듯이 제 모습을 지켰다. 그에 비해 사람들은 혼란스럽기 짝이 없었다. 바퀴에 깔려 일어나지도 못하거나 바퀴에 깔리지 않았더라도 그 서슬에 저만치 튕겨나가 주저앉은 사람들, 서로에게 탓을 하며 삿대질을 하는 사람들…… 바퀴는 처음부터 그들과 아무 상관도 없었던 것처럼 천천히 구르기 시작했다. 어디선가 또 다른 사람들이 나타나 바퀴에 달라붙었다. 바퀴만 두고 보면 언제 무슨 일이 있었던가 싶었다.

바퀴는 해가 떠오르자 해와 한 덩어리가 되었다. 서서히 하늘 가운데로 방향을 잡는데 그 움직임을 따라가 볼 수 없었다. 보고 있는 동안은 꼼짝도 하지 않다가 잠시 한눈을 팔고나면 어느새 자리를 옮겨 앉았다. 자신이 그리는 궤적은 그것과 일치할 수 없는 것이라는 생각이 들었다.

"그런데 말이야, 광암 이벽은 똑똑한 사람이 왜 이런 불상사를 몰고 왔을까?"

삽을 왼쪽 어깨에서 오른쪽 어깨로 옮기며 김춘성이 물었다.

"박해 말이야? 그게 왜 그분 탓이야?"

"탓이라기보다, 그가 서학을 퍼뜨리지 않았더라면 이렇게 많은 사람들이 잡혀 죽었겠어? 아닌 말로 그렇게 좋으면 자기 혼자 조용히 믿든가."

"사람이라는 게 제 몸과 마음만으로 살 수 있는 게 아니잖아. 저를 둘러싸고 있는 것들이 저 자신 못지않게 중요하잖아. 그러니 당연히 좋은 사회를 만들어야 좋은 삶을 살 수 있는 거 아니야? 물에 사는 물고기를 봐. 아무리 크고 좋은 물고기라 하더라도 나쁜 물에 넣으면 어떻게 되겠어? 얼마 못가 죽을 거 아니야. 사람이라고 다를까?"

"네 말은 좋은 물이 물고기와 별개가 아니라 물고기의 일부라는 이야기지? 그건 맞는 말이야. 그러나 햇볕이며 공기나 물이야 하늘이 주시는 건데 사람이 어째 볼 수 있남? 사람이 원시시대에 태어났으면 원시시대를 살면 되는 거고 조선에 태어났으면 조선에 맞게 살면 되는 거지 난 다른 시대 사람으로 살고 싶다, 하고 아우성쳐서 될 일이야?"

"그게 무슨 말이야? 서학을 받아들인 사람들이 그랬다는 거야? 자연 환경이야 네 말대로 어쩔 수 없지, 그래. 그렇지만 사람 사는 환경은 그 안에 살고 있는 사람들이 서로 힘을 합해 좋게 만들 수 있는 거잖아."

"좋은 물이야 딱 보면 알 수 있는 거지만 사람 사는 사회의 돌아가는 판이야 누군가는 좋다고 할 거고 누군가는 나쁘다고 할 거 아니겠어? 누구나 다 좋다고 할 세상을 어떻게 만들 수 있겠어?"

"그러니까 그게 바로 하느님 보시기에 좋아야 한다는 거잖아."

"야, 근데 말하다보니까 너 굉장히 유식해졌다. 언제 그렇게 변했지?"

"그런 말 마. 내가 얼마나 어리석은지 누구보다 네가 잘 알잖아. 지금도 넌 내게서 뭔가 찾아내려고 궁리 중이지? 나를 이렇게 놔두는 것도 내가 혹 쓸모가 있을지 모르니까 그러는 것 아니야?"

"내가 네게서 뭘 찾아내려고 한다고? 아니야. 목에 칼이 들어와도 분명하게 말할 수 있어. 난 정말 너만은 잃고 싶지 않아. 언젠가도 말했지만 네가 얼마나 순수한 인간인지 가장 잘 아는 사람이 날거야. 실은 나도 내가 네게 왜 이리 마음을 쓰는지 잘 모르겠어. 넌 어려서부터 내가 골탕 먹이면 늘 그대로 당했지. 때리면 맞았고. 나 같으면 다시는 상대도 안 하겠다고 앙심먹었을 법한데도 넌 그럴 줄 몰랐어. 그런데 너 그거 알아. 그런 일이 거듭될수록 내가 작아졌어. 맥이 빠졌어. 언제부턴가 나는 너만 보면 혼란스러워졌어. 왜 아무 힘도 없는 네 앞에서 난 힘이 빠질까? 요즘 내가 가장 두려워하는 게 뭔지 알아? 바로 네가 죽는 거야. 자다가도 네가 잡혀가는 꿈을 꾸면 손을 내저으며 현실로 돌아오곤 해. 네가 잡혀간다면 난 정말 지옥에 떨어지고 말 것 같아."

"나도 그날 이후 악몽에 시달려. 정하상 바오로의 편지라며 네가 들고 왔던 가짜 편지가 자꾸 날아다녀. 그걸 앵베르 주교에게 전해야 한다고 날 꼬드기는 네가 자꾸 나타나. 그리고 대꼬챙이로 온몸을 찌르는 포졸들이 보여. 치도곤을 백 대나 맞고 정신을 놓는 순간 꿈에서 깨어나곤 해."

"오, 이런, 만일 네가 잡혀간다면 배교하겠다고 말해. 그렇게만 하면 내가 무슨 수를 써서라도 너를 빼내줄 것이야."

"결단코 그런 일은 없어. 난 그날 이후 순교하기만 기다리고 있어. 네가 진정으로 나를 도울 양이면 이 시신들을 위해 내가 마지막 힘을 다하게 해 줘."

"그 무슨 소리야?"

"지금도 포졸들이 확실한 증거를 잡기 위해 네 뒤를 밟고 있을 거라는 생각이 들거든. 내 아무리 고지식하기로 그것도 모를까? 너의 친절이 과하다 싶으면 그 다음엔 꼭 나쁜 일이 기다리고 있었지."

"아, 정말 그런 일이 일어날지도 몰라. 저들은 네가 쓸모가 없어졌다고 판단되면 널 잡아가려고 할 거야. 설사 그런 일이 닥친다 하더라도 배교한다는 한 마디면 돼. 제발 부탁이야. 그렇게 해 줘."

아, 바로 앞에 있는 이 친구, 생각해 보면 한 번도 이 친구처럼 납작 엎드린 적이 없었다는 생각이 들었다. 나보다 겸손한 인생일까? 설사 제 속이 따로 있다 치더라도 이렇게 간도 쓸개도 다 빼놓기는 쉽지 않을 것이었다.

가랑잎 부스럭거리는 소리가 들려왔다. 두런두런 말소리까지 들리는 것으로 보아 다가오고 있는 사람이 한두 사람이 아니라는 것을 알 수 있었다. 포졸들의 창끝이 산을 올라오는 것만 같았다.

19

천쇠 아우구스티노

"수사님, 안토니오입니다. 세례를 받겠다고 찾아오는 사람들이 늘었습니다. 아무래도 교리 시간을 한 번 더 잡아야 할 것 같습니다."

"이 교난 중에 입교자가 늘고 있단 말인가?"

"예, 저도 그것이 신기합니다."

터지고 찢긴 상처에서 구더기가 끓는 모습까지 보이면서 죽어 가는데도 그 길을 함께 가겠다고? 그런 사람들이 한둘이 아니라고?

아, 오묘하신 하느님…….

박해가 극심했다.

앵베르 주교가 잡힌 후 제일 먼저 권베드로가 사형장으로 갔다. 상처투성이의 몸으로 부러진 다리를 끌며 형장으로 끌려갔다. 뼈가 드러나 보였다. 매질이 여러 번 지나간 자리는 살이 패여 구멍이 나 있었다.

교우들은 아무 말도 없이 서로의 손만 움켜잡았다. 누구도 그것이 남의 모습이라 여기지 않았다. 언제가 될지 모르지만 그 자리에 있는 사람은 자기 자신이기도 할 것이었다.

은총을 구하면서 돌리고 있는, 손 안에 꼭 쥐고 있는 딱딱한 장미 꽃송이들은 권베드로가 만든 묵주알이었다. 그는 성구를 만들어 팔았으므로 죄가 더 무거웠다.

"네 동교인同教人들을 대라."

포청에서 형조로 이송된 후에도 한 달 동안 모진 고문을 받았다. 두 번이나 죽은 줄 알고 내버려두기까지 하였다.

이바오로는 체포되기 얼마 전, 꿈 이야기를 했었다.

……제가 무엇인가가 적혀 있는 방을 보고 있었겠지요. 벽은 온통 눈부신 빛이었어요. 방이 붙어 있다는 것은 알고 있었는데 그 내용은 들여다볼 수가 없었지요. 마침 옆에 있던 교우가 말하기를 '자네 이름이 제일 위에 붙어 있네' 하는 겁니다. '자네가 과거에 붙었다는구먼' 하는데 기가 막혔습니다. 내가 어떻게 급제를 한단 말인가? 하였더니 '자네가 임금께 가까운 신하를 사귀어 급제하였네' 하는데 그 소리는 바로 제 온몸에서 들려오고 있었습니다. 어디선가 향기가 났고요. 두리번거리다 잠이 깨었습니다.

이상하게도 아우구스티노는 그의 꿈 이야기를 듣는 순간 그가 순교할 것임을 직감했다.

그는 천주교가 부모의 은혜에 배반하는 종교라는 말에 성교를 믿으면 다른 사람을 사랑하지 않으면 안 됩니다. 라고 반박했다가 모진 매를 맞았고 제사를 지내지 않으니 짐승만도 못하다는 말에 사람이 죽은 후 음식을 먹는다고 생각하는 것은 어리석지 않습니까? 영혼은 갈 데로 가고 육체는 썩어질 시체밖에 아무것도 아닙니다. 하였다가 허리와 다리를 곤장으로 마구 얻어맞았다. 하느님을 버리느니 오히려 자신의 생명을 버리겠다고 말하는 바오로에게 조금이라도 아픈 소리를 내면 배교한 행위로 볼 것이다, 라고 하며 모진 형벌을 가했으므로 그의 몸은 더 이상 견디지 못하였다.

누이와 함께 순교하자는 약속을 두고 먼저 순교하였다.

천쇠 아우구스티노는 그들과 함께 가고 싶었다. 형장에 뛰어들어 나도 죽이시오! 하고 외치고 싶었다. 그럴 때마다 어깨를 누르는 손이 있었다. 수사님은 지금 조선 교회의 구심점 아니오? 교회를 찾는 사람들의 발길이 끊이지 않는데 누군가 기다리고 있어야 할 것 아니오? 아우구스티노는 그건 허울 좋은 핑계요, 아, 나는 비겁자요……. 하고 외치다가 끝내 무릎을 꿇고 말았다.

두 사람의 순교 후 눈에 띄게 배교자가 많아졌다. 그러나 놀라운 것은 입교자들이 계속해서 늘어나고 있는 것이었다. 이바오로에게 매질을 가했던 포졸 두 명이 입교를 하게 된 것도 놀라운 일이었다.

순교자와 입교자들을 보면서 아우구스티노는 기도가 길어졌다.

*

잡혀 들어간 사람들의 수를 이제 헤아리기도 어려웠다.

김일수 안토니오에게는 특별한 발이 있었다. 그는 번뜩이는 감시의 눈을 뚫고 교우들에게 소식을 전하러 다녔다. 순교자 문제에서 입교자 교리까지 희생과 열정으로 아우구스티노를 도왔으나 그를 이끌어준 남경문 베드로가 흔들리자 그도 잠시 흔들리는 빛이었다.

"딸이 너무 빼어나도 화근이지요."

처음 남경문 베드로가 데려온 것은 김일수의 출중한 딸 홍이었다.

원래는 그의 아비를 입교시킬 생각으로 그 집엘 드나들었는데 차일피일 미루는 기색이었다. 이미 혼처가 정해진 딸을 양반댁 도령이 내놓으라 떼를 써서 애를 먹는다는 하소연이었다. 깨소금 뿌리듯 소문이 돌았지만 듣는 이도 전하는 이도 시간이 가면 해결될 일, 하며 웃어 넘겼다. 그러던 것이 그 양반댁 도령이 홍이네 집 마당에서 제 몸에 불을 붙이고 죽는 바람에 너나 할 것 없이 넋이 나가고 말았다. 양반댁에서 어떻게 나올지 걱정이 이만저만이 아니었지만 당장은 제 이름을 부르며 불에 타던 도령의 모습을 씻어낼 수 없어 넋이 나간 딸이 문제였다.

"제발 말이라도 한 마디 해 보렴."

애를 끓이던 시간이 그리 긴 것이 아니었음에도 부모는 애간장이 녹았다. 말문이 열린 날, 홍이는 제 스스로 남경문 베드로를 찾아와 하느님께 인도해 달라고 부탁했다. 남경문 베드로가 권면하는 것을 옆에서 보면서 마음이 기울었다는 고백이었다. 이삼일 간격으로 홍이의 아비와 어미가 입교하여 신앙생활에 열심이더니 이제 거꾸로 그가 남경문 베드로를 걱정했다.

"남경문 베드로가 첩을 끼고 홍청망청 호색한으로 살고 있다니까요. 교회가 금한다는 것을 알고는 제까닥 대금업을 폐하고 이자도 돌려주고 그랬던 사람이 지금은 하느님을 몰라요."

남경문의 냉담을 안타까워하는 김일수 안토니오의 한숨 섞인 말이 처음엔 믿어지지 않았다. 아니, 믿고 싶지 않았다.

"사람이 이랬다저랬다 어디까지 변할 건가? 남경문 그 사람, 회심하더니 한겨울에 불도 때지 않은 방에서 지낸다는구먼요."

안토니오가 다른 말을 했다.

"며칠이나 가나 했지요."

며칠 후 박라우렌시오가 와서 또 다른 말을 했다.

그래, 어디 순교가 한 번의 결심만으로 되는 일이던가. 고문을 못 견뎌 배교를 약속하고 나왔다가도 다시 들어가는 사람이 한둘이 아니었다.

"박해가 끝날 때까지 몸을 사리려는 거 아닐까요?"

박라우렌시오의 말은 기회주의자라는 비난이었다.

"약한 게 인간 아닌가? 베드로가 아름답다는 말도 있지 않은가."

진정한 종교적 실천이 내적인 과정 없이 될 일이던가. 남경문 베드로가 버리기로 했던 이익과 그것으로 누릴 수 있는 즐거움과 쾌락 같은 것들은 인간이 버리기 쉽지 않은 것들이었다. 하느님과 건강한 관계를 맺기 위한 노력이 그만하기가 어디 쉬운가.

"그는 반드시 돌아올 것입니다."

아우구스티노는 내적 자유를 누려본 그가 결코 하느님을 떠날 수 없을 것이라 믿었다.

기해년, 교난이 시작되면서 교우들은 몸도 마음도 힘들어졌다. 남경문 베드로는 방탕한 생활 중에도 불쑥 나타나 감당하기 어려운 일들을 거들어 주고는 사라졌다. 박라우렌시오는 한 번 배반한 사람은 또 배반하는 법이죠, 했다. 그러나 아우구스티노는 시신을 수습하는 일이며 교우촌을 찾아다니는 일도 그를 의지했다.

*

"수사님, 도와주세요. 제발요."

새벽잠을 깨운 건 남경문 베드로의 처, 허바르바라였다.

"김일수 안토니오네 집에 불을 지르고 있어요. 베드로가 달려가서 말렸는데 하인들이 달려들어 베드로까지 기둥에 묶어 놓았어요."

"불을 질러요? 누가?"

이데레사가 물었다. 아우구스티노는 대답을 들을 것도 없이 김일수 안토니오네 집으로 뛰었다. 마루 가운데 있는 기둥에 묶어 놓고 불을 질렀다면 금세 화마에 휩싸일 것이었다.

양반댁 도령이 홍이네 집 마당에서 제 몸에 불을 붙이고 죽지 않았던가. 홍이네는 양반댁에서 어떻게 나올지 두려워 잠도 제대로 자지 못했다. 아무 말도 없는 것이 오히려 더 불안했다. 시간이 흐르면서 그냥 넘어 가려나? 하는 기대가 고개를 들기도 했다. 이미 혼처까지 정해진 홍이를 두고 양반댁 도령이 저 혼자 몸 달았고 어차피 신분이 달라 될 일도 아니었으니…… 맞아, 정승 벼슬까지 올랐던 댁이니 함부로 나오지는 않을 거야. 사람들은 그렇게 말했지만 아우구스티노는 머지않아 어떻게든 터질 거라고 예견하고 있었다. 양반이 그런 이치를 따질 리 없었다. 제 자식 죽은 것만 생각하고 독을 품을 거였다. 김일수 안토니오도 치도곤 정도는 각오하고 있었다. 악하게 나오면 죽거나 불구가 될 만큼 변을 당할지도 모를 일이었다.

온 가족을 다 죽이겠다고? 묶어둔 채 불을 지르다니…….

김일수 안토니오의 집에 닿았을 때는 이미 불길이 세상을 삼킬 기세로 타오르고 있었다. 누구도 그들을 구해내지 못하도록 집을 에워싸고 접근을 막던 양반댁 사람들이 아우구스티노가 뛰어드는데도 막지 않았다. 오히려 하나둘 무기를 내리고 돌아섰다. 이미 소용

없는 일이라는 소리였다. 장정들이 물을 끼얹으며 뒤를 따라 들어섰다. 그들은 남경문 베드로부터 풀었다. 장정이 업고 나가는 남경문은 나중에 묶여서인지 겉으로는 말짱해 보였다. 부엌에 묶여 있던 김일수 안토니오의 다리가 보였다. 장작처럼 그을렸고 고개를 죽은 사람처럼 툭 떨어뜨리고 있었다.

남자들은 살았다. 남경문 베드로는 늦게 매어달린 데다가 장정들이 제일 먼저 구해낸 덕도 있었다. 밖에서 발을 구르다 달려들어간 장정들은 남경문 베드로와 거래하는 장사치들이었으므로 걸린 것이 많은 사람들이었다. 인정도 인정이지만 이권이 걸려 기를 쓰고 구해낸 듯했다.

김일수 안토니오는 가족을 잃고 홀로 살아남았다. 남경문 베드로가 돌아앉은 별채를 내 주었다. 화상이 심했다. 몸이야 옷으로 가린다 해도 망가진 얼굴은 가릴 수도 없었다. 바깥출입이 뜸해졌다. 처음엔 위로 차 드나들던 발길도 그 얼굴을 바로 보기 민망해서, 어지간해야 말이지…… 하며 멀어졌다. 천쇠 아우구스티노만이 성체를 모시고 그를 찾았다.

*

아우구스티노는 심란해지면 두물머리를 찾는 버릇이 생겼다.

두 물줄기가 만나는 곳은 여전히 우루루루 소리를 내며 엉키고 솟구치고 가라앉느라 혼란스러웠다.

언덕 위에는 여전히 최간난 카타리나가 앉아 있었다. 늦가을 바람이 찬데 옷은 얇았다. 허리가 불편해 보였지만 씩씩하고 당당함을 읽지 않은 모습이었다. 머리카락 몇 올이 뺨 위에서 흩날렸다. 평소 처럼 등 뒤로 길게 땋아 내린 댕기머리가 단정했다. 빨간 댕기는 정약용의 아내가 선물로 준 것이었다. 손 안에 꼭 쥐고 있는 종이에서는 먹물이 새어 나와 바닥에 스며들었다.

커다란 그림자가 뒤에서 다가왔다.

"천쇠야!"

부르는 소리가 정겨웠다. 아, 다산 정약용이었다.

"선생님?"

"저기 우리가 두물머리에 앉아 있는 것이 보이느냐?"

그가 손을 들어 가리키는 곳에 두 개의 물줄기가 합쳐지는 것을 내려다보며 두 남자가 말없이 앉아 있었다. 몸이 불편해 보이는 한 남자는 풍증이 있는 듯했다. 곁에 있는 남자는 자신을 꼭 닮았다. 풀들이 이미 누렇게 변색해서 보잘 것 없는 언덕은 그래도 푸근한 느낌을 주었다. 키 큰 나무 두 그루는 제법 늠름했다. 조금 떨어진 곳에는 보다 작은 나무 대여섯 그루가 서로 의지하고 서 있었다. 자세히 보니 나무 아래 제법 많은 사람들이 앉아서 강을 내려다보고 있었다. 그들 중에 아는 얼굴이 있을 것 같아 실눈을 떠 보았으나 너무 멀었다.

……천쇠야, 밤 가시에 찔리지 않도록 앞을 잘 보며 걸어야 한다.

……천쇠야, 내일부터 부처님 오신 날 쓸 등을 만들 것이다. 도담 스님이 김대감 댁에 갈 것인데 너도 따라 가겠느냐?

온몸에서 들려오는 정안 스님의 소리는 온화하고 부드러웠다. 주어사에서 동자승들을 따라 다니던 길이 멀리 보이고 오며 가며 올라앉아 쉬던 치마바위가 아직도 길옆을 지키고 있었다.

……천쇠야, 이제부터는 나를 아비라 여기거라. 내가 너를 가르

치고 키울 것이니라. 나는 천주교를 믿는단다. 주어사에서 지낼 때와는 보고 듣는 것이 좀 다를 것이다. 허나 그 바탕이 선하고 진실하기는 하나이니라.

처음 광암 이벽을 따라와 그의 집에서 자던 날, 어린 마음속에 불던 낯선 바람, 그 바람이 이토록 생생하다니……. 그날의 그 바람이 다시 깊은 바닥에서부터 올라와 몸과 마음을 흔들었다. 그런데 왜 이리 한기가 드는 걸까? 그의 죽음은 충격이었다. 권철신을 따라가 위로를 얻고 글을 읽지 않았다면 어찌 되었을까?

광암도 권철신도 권일신도 두물머리에 앉아 물줄기가 얽혔다가 풀리며 흘러가는 것을 바라보곤 했었다.

돌이켜보면 그들은 모두 하느님이 보내주신 천사였던 것을…….

곧 겨울인데 아직 남은 나뭇잎들이 제법 많았다. 바람에 그것들의 그림자가 흔들렸다. 언덕에서는 간난이가 흥얼흥얼 노래를 불렀다.

정약용은 아우구스티노 수사님이라고 부르지 않고 어린 아이를 부르듯 천쇠라고 불렀다. 오두막의 베드로에게 내 작은 손을 쥐어주며 허리를 굽혔었지. 베드로 신부의 오두막에 남겨두고 떠나면서 몇 번이나 뒤를 돌아보았었다. 그때마다 천쇠야! 하고 불렀고. 아쉬운 눈 속으로 나를 끌어당겼었다. 지금 나를 부르고 있는 다산은 그날의 다산처럼 여전히 젊고 패기 있다. 이 어찌 된 일인가? 아직 그들이 내 곁을 떠나지 않았던가?

아, 아니다. 그는 죽었으므로 언제 어디서고 어떤 모습으로도 만날 수 있는 것이리라.

"광암이 죽기 직전에 내게 주어사 암자에 보관한 그림을 가서 보라고 하였었지. 나무마다 특별한 뿌리가 있었네. 뿌리를 강조해 그린 듯한 그림이었지. 그런데 그 뿌리라는 것이 다 누군가의 얼굴이었네."

"얼굴이었다고요?"

"어느 핸가 정조를 모시고 봄 가운데 앉아 있었을 때 긴 수평선이 눈을 끌었네. 그때 본 수평선이 그 그림의 지표면과 다르지 않다는 걸 나중에 알았지. 두 세계의 중간에 있었지만 존재감이 없는 수평선에서 그분은 눈을 떼지 못했었네. 있는 듯 없는 듯 있는 수평선을 사이에 두고 두 세계가 대칭을 이루며 하나의 종을 완성하고 있었지. 수면이 너무 고요해서 어느 쪽이 헛것인지 구분이 되지 않았어. 정조께서는 왕이나 관리라는 자들이 저 수평선처럼 있는 듯 없고 없는 듯 있으면서 꿈꾸는 세상과 현실을 완벽하게 이어주는 존재일 수는 없을까? 하셨지……."

"돌아보니 삶이 그 종이었다 싶으신 겁니까?"

"바로 그러하이. 나야 완벽한 대칭을 이루지는 못했지만, 두 세계가 무엇을 만들어내는가는 개개인의 고유함 아니겠나? 뭐 어디 종의 형상뿐이겠나? 꽃도 되고 얼굴도 되고…… 형상이야 구체적으로 무엇이 되든 마찬가지지. 아무 것도 아닌 것 같으면서도 중요한 건 그 수평선이란 말이지."

"하느님과 나와의 관계도 그렇겠군요."

"암, 뿌리와 지상의 몸이 합해서 하나의 나무가 되는 쪽도 결국 같은 말을 하는 것이야. 뿌리와 지상의 나무가 본질이 같은 하나의 몸이 되도록 애써서 아름다움을 탄생시키는 것, 광암이 내게 꼭 보라고 한 것이었지……. 이리 이야기를 나누고 있는데도 아무 말이 없는 것을 보니 자네는 까맣게 잊은 게로군."

"예? 무슨 말씀이신지요?"

"그때 오두막에서 베드로 신부가 한 소년에 대해 말했었지. 기억이 전혀 없나?"

"글쎄요, 제가 그때는 아직 어렸기에……."

"하긴 채 열 살도 안 되었을 때이니…… 나이도 부모도 전혀 모르는 상태였지만 내 보기에 여덟 살쯤 되어 보였네. 베드로 신부가 자네를 보자마자 안토니오 꼬레아 수사 이야기를 또 꺼냈었지."

"안토니오 꼬레아 수사요? 아, 베드로 신부님이 유럽에서 수도원에 넣어주시며 너는 조선인으로서 두 번째다. 하신 기억이 납니다. 그러나 마음에 담아 두지 못했습니다. 그냥 흘려버린 말이었지요. 낯설고 두려운 상황에 짓눌려 있었으니까요. 베드로 신부님이 잘 살펴주셨지만 그래도 두렵고 불안한 시간이었습니다. 한동안 적응하기에 급급했었지요."

"왜 아니 그랬겠나? 그 어린 나이에 아무도 없는 낯선 땅에 홀로 갔으니, 더구나 수도원이라는 곳이 좀 엄한 곳인가?"

"그럼 그분이 조선으로 돌아왔습니까?"

"아니, 그의 수도원 이후 삶은 알 길이 없네. 그러나 그 그림은 바로 그 안토니오 수사가 그린 그림일세."

"그분의 그림이 조선에까지 전해졌다는 말씀입니까?"

"베드로 신부도 말만 들었고 그림만 몇 장 보았을 뿐이라고 했었네. 오두막에 있을 때 베드로가 그 이름을 땅에 적어 보여주었었지. 그 이후로 내가 서양말까지는 못 익혔어도 간단한 몇 마디 낱말과 글자 정도는 익혔네. 주어사에서 본 그림의 구석에 그 이름이 분명하고 또렷하게 박혀 있었네."

"하느님이 하시는 일은 참으로 신비롭군요."

"안타깝게도 광암은 그런 사실까지는 모르고 갔지."

아우구스티노는 나무들이 서 있는 강 건너 언덕으로 눈을 돌렸다. 전쟁고아를 수도원으로 이끄셨다니, 그것도 이역만리 로마의 수도원이었다니…… 이 얼마나 놀라운 은총인가.

"지금 자네가 역사 위에 올려놓고 싶어 하는 순교자들의 일생은 우리 눈으로 보는 것이 다가 아닐세. 하느님이 하시는 일은 우리 눈에는 다 보이지 않지. 그러니 순교자를 볼 때나 입교자를 볼 때 너무 괴로워하지 말게. 하느님 일에 어찌 괴로워하고 망설이는가?"

정약용이 어느새 노쇠한 노인의 모습으로 자신을 바라보고 있었다. 천쇠가 아닌 아우구스티노를 바라보고 있었다.

"아, 저도 생각은 그리 합니다. 그리고 순교자들은 하느님을 잘 사랑하는 일이 무엇인지 저를 깨우쳐 주면서 죽어갑니다. 저는 도와주지도 함께 하지도 못합니다. 순교자들이 보여준 용기와 은총이 부럽기만 합니다. 새로 입교하겠다는 사람들을 보면 포승줄이 먼저 보이고 칼이 먼저 보입니다. 모진 고문으로 망가진 순교자들의 참담한 모습이 앞을 가로 막습니다."

"아, 아우구스티노 수사님! 제가 고향에 있을 때 덫에 걸린 새 한 마리를 구해주려 한 적이 있었지요. 그런데 그 녀석은 구해주려는 걸 해치려는 줄로만 알았지요. 마구 물려고 들었어요. 상처가 났지만 저는 구해주어야 한다는 생각뿐이었어요. 지금 수사님이 하시는 일은 비할 수 없이 고통스럽고 외로운 일이겠지요. 하지만 하느님이 힘을 주실 것입니다."

간난이가 다가와 손을 잡으며 말했다. 샛별 같은 눈으로 바라보고 있었다.

"그리 생각을 다잡는데도 가슴은 칼로 에이는 것만 같아."

"수사님은 수많은 사람들이 뜻을 모아 겨우 켠 빛이에요. 꺼지지 않도록 스스로 지켜내셔야 해요."

간난이가 일어나 물 가운데로 성큼성큼 걸어 들어갔다. 반대쪽에서 밀어 닥치는 커다란 강물이 순식간에 간난이를 집어삼켰다.

마치 강물이 그를 뱉어내듯 간난이의 몸이 이내 물 위로 떠올랐다. 물은 간난이를 어쩌지 못하는 것 같았다.

……아, 간난이도 죽어 시간과 공간에 구애 받지 않는 존재가 된 게다.

그녀는 무서운 기세로 요동치는 물속에서 자유자재로 움직였다. 간난이의 손 안에서 무엇인가가 뭉클뭉클 쏟아져 나왔다. 먹물로 쓴 순교자들의 이름과 행적이었다. 그녀의 손에서 끊임없이 쏟아져 나오는 글자들…… 아우구스티노를 향해 날아들기도 하고 강에 풀리기도 하였다.

모방 신부가 물결을 따라 흘러가고 있었다. 그는 혼자가 아니었다. 장엄한 강을 끌고 가는 수많은 사람들…… 그들은 마치 한 몸인 것처럼 함께 가고 있었다. 사람들은 물속을 들락거리며 물이 되었다가 몸을 뒤집어 거품이 되기를 반복하면서 강의 일부가 되어갔다. 아, 앵베르 주교, 샤스탕 신부, 이바오로, 정요한, 권베드로……. 바로 그들이었다.

"순교자들의 강을 보면 만감이 교차한다네. 초기 교회 건설자들은 조선의 물과 바람을 바꾸고 싶어 하였지. 하늘이 준 귀한 생명이 함부로 상하는 일 없이 어디서 무슨 일을 하며 살든 제 생명을 귀히 여기며 살 수 있기를, 가슴을 펴고 숨 쉴 수 있기를 바랐네. 나도 간절히 원하는 바였네. 다만 나는 관직에 있는 사람의 역할이 크고 빠르고 구체적인 효과를 가져 올 수 있을 거라 믿었지. 그러나 돌아보면 빠르지도 구체적이지도 않았네."

정약용은 아직도 쇠사슬로 몸을 묶고 있었다. 그가 허리를 세우려들자 쇠사슬이 부딪치며 찌그덕 찌그덕 소리를 냈다. 아우구스티노는 그것이 그가 지난 세월을 돌아보며 가슴을 치는 소리 같다고 생각했다.

"이제 그 쇠사슬은 그만 풀어버리십시오. 혼자 살아남았음을 자책하시는 모습에 황경한도 저도 늘 마음이 아렸습니다. 학자의 잉크는 순교자의 피와 같다는 말도 있지 않습니까?"

"아니, 잉크와 피는 분명 다르네. 어느 해 봄이던가, 내가 임금님과 함께 한참 동안 수평선을 바라보고 있었다고 하지 않았던가……. 존재감이 없는 수평선을 두고 정조께서 감탄하신 이유가 무엇이었겠나? 수평선이라는 게 그저 평평하고 조용한 것이 아니라고 믿었기 때문이었을 걸세. 생각해 보게. 내부에서 솟구쳐 오르고 끌어내리는 치열한 과정이 끊임없이 이어져 평정에 도달했다면, 그러기 위해선 수많은 죽음이 있지 않았겠나? ……순교가 없이는 하늘나라에서 지상으로 강은 흐를 수 없네. 그리고 저 강이 없이는 이상에서 현실로, 뿌리에서 새 몸으로 아무것도 흐를 수 없네……."

정약용의 말소리가 점점 잦아드는가 싶더니 빠르게 멀어져 갔다. 그가 있던 자리에 안개가 덮이면서 모든 것이 희미해졌다.

"아, 가지 마세요."

아우구스티노는 그를 향해 손을 뻗었다. 정약용도 손을 내밀었다. 닿지 않을 먼 거리라고 생각했는데 온기가 느껴졌다. 정약용은 다른 누군가의 손도 잡고 있었다. 아우구스티노도 다른 한 손으로 누군가의 손을 잡았다. 그 누구도 또 다른 손으로 누군가의 손을 잡았다. 손은 안개 속까지 이어져 있었다. 손에서 건너오는 것이 안개인 것도 같고 강물인 것도 같았다.

*

깜빡, 잠이 들었던가. 손 안에서 부스럭 소리가 났다. 구겨진 것은 이바오로의 순교일지였다. 잠이 달아났다.

바람이 거세지고 있었다. 무심코 문을 열어젖혔더니 바람이 기다렸다는 듯이 달려들었다. 바람이 기록물들을 휘저어 사방으로 흩뿌리자 부엌에서 나오던 이데레사가 재빨리 손으로 덮쳤으나 종이들은 이미 사방으로 흩어지고 있었다. 발이 엇갈려 넘어진 이데레사의 입에서 피가 배어 나왔다. 용케 잡은 이바오로의 일지 한 장에 핏물이 튀었다.

아우구스티노는 날아가는 그것들이 마치 순교자들의 넋이라도 되는 양 멀거니 바라보았다.

— 너 같은 무지렁이까지 합세할 거 뭐 있나? 천당도 좁을 텐데, 교리도 제대로 모른다면서?

포졸들의 빈정거림에도 순교자들은 꿋꿋했다.

— 포졸 나으리는 배우고 익힌 것들이 머릿속이 좁아서 다 못 들어가더이까? 자식이 많아지면 나눠 줄 사랑이 부족하더이까?

치마저고리들이 펄럭펄럭 앞서거니 뒤서거니 하늘 길을 가고 있었다. 정하상 바오로가 성큼성큼 제일 먼저 하늘 길을 걸어 사라졌다. 뒤를 잇는 이바오로의 어깨가 듬직했다.

꿈에서도 정약용은 순교일지를 적으라고 몇 번이나 당부했다. 자신이 모아둔 자료들을 황경한에게 맡겨두었다는 말과 함께.

아우구스티노는 다산의 말이 아니더라도 그리할 요량이었다. 황사영의 백서, 정하상과 유진길 등이 교황청으로 보낸 서신, 조선의 천주교가 소통하는 통로는 고작 그 정도였다.

언제 누구에게 무슨 일이 닥칠지 아무도 모를 세월이었다. 누가 뒤를 밟혀 관병들과 함께 들이닥칠지 모른다는 불안감에 자면서도 긴장을 늦추지 못했다. 아우구스티노는 복사본을 기회가 닿는 대로 황경한에게 전했다. 다행히 동상의 장두수가 다리가 되어 주었다. 직접 만나 전하기가 여의치 않으면 장두수를 통하기로 약조가 되어 있었다. 뱃길에 밝은 장두수는 넉살까지 좋아서 어려운 일도 쉽게 처리했다. 황경한은 한문에 능해 기록을 보충하고 정리할 수 있었으므로 적임자였다. 혹시 필요할 때가 있을까 싶어 불란서 말로 적은 기록도 맡겼다. 관병들이 추자도까지 뒤지지는 못할 것이었다.

이데레사가 닦는다고 닦았어도 이바오로의 이야기가 적힌 종이 곳곳에 얼룩진 핏자국은 말끔하게 지워지지 않았다. 가장 큰 얼룩은 과거에 급제했다던 그 이상한 꿈을 누르고 있었다.

"아, 나도 뒷장 어디 한 줄로라도 남았으면…… 그런데 정화경 안드레아는 순교일지에 넣어야 할까요?"

이데레사가 물었다.

"당연히 넣어야지. 하느님을 위해 목숨을 아끼지 않은 사람인데……."

"앵베르 주교님을 죽게 만들었잖아요?"

"아무 잘못도 저지른 적이 없는 사람들만 성인이 되는 것은 아닐 것이야."

"김춘성은요? 정화경 안드레아를 이용하기 위해서였겠지만 어쨌든 그 둘은 붙어다닐 때가 많았잖아요?"

"지금 감옥에 있다던데 회두했다는 말을 입에 달고 사니 그 속을 알 수가 있어야지?"

"보나마나 배교한다 말하고 풀려나서 또 다른 교우들을 찾아가 이번에는 정말 회두했다고 눈물을 흘리겠죠. 밀고한 후 함께 있다가 관군이 오면 함께 잡혀들어 가기를 반복할 거예요."

이데레사는 다 간추린 종이들을 몇 번이고 다시 쓰다듬었다.

*

"아, 동상의 장두수 어른이 오시나 봐요."

이데레사가 밖을 내다보며 말했다.

"아, 아니, 남경문 베드로의 딸 데레사예요. 그 뒤로 달려오는 건 허바르바라인가 봐요. 또 무슨 일일까요?"

예감이 좋지 않았다. 아우구스티노가 마루로 나서는데 두 사람이 벌써 마당으로 뛰어들었다.

"수사님, 큰일 났어요."

"누가 또 잡혀 갔는가?"

"아니, 그게 아니라요. 김일수 안토니오가 불을 질렀어요."

"그게 무슨 소린가? 자살을 하려 했단 말인가?"

"그, 그 양반댁에 불을 질렀다구요."

이 무슨 말인가? 아우구스티노는 서둘러 길을 잡았다.

양반댁은 뭉클뭉클 검은 연기를 뿜어내며 불길에 휩싸이고 있었다. 남자들은 하인까지 모두 사냥터로 나가고 없는 날이었다. 그래서 김일수 안토니오가 쉽게 담을 넘은 것이었다. 미리 알고 벼르고 있었다는 소리였다. 생각해보니 몽땅해진 초를 탐내던 것이 다 그런 계획이 있어서였던 것을 한 번도 의심할 줄도 몰랐다.

"아이고 이를 어쩌나? 젖먹이 손녀와 유모가 못 나왔는데……."

종으로 보이는 젊은 여자가 손으로 가리키는 곳은 이미 불지옥이었다. 불길 속으로 지붕이 무너져 내리기 시작했다. 그 기세에 누구도 감히 들어갈 엄두를 내지 못하고 발만 굴렀다. 젖먹이와 유모라니? 아우구스티노는 불길 속으로 뛰어들었다.

"악, 안 돼요. 수사님."

뒤에서 이데레사와 허바르바라의 급박한 비명소리가 무너지는 불기둥에 깔리는가 싶었다.

〈참고문헌〉

·『103위 성인전』, 『한국천주교 사상사(1,2,3)』 (김옥희 수녀)

·『일본 키리스탄 순교사와 조선인』 (박양자 수녀)

·『하늘로 가는 나그네(상,하)』 (김길수 교수)

| 발문 |

순교에도 색깔이 있다

2014년 여름, 프란치스코 교황님의 주례로 드디어 124위의 순교자들이 복자품에 올랐다.

프란치스코 교황님의 시복식 강론 말씀처럼 순교자들은 '하느님 사랑의 힘에 대한 증언'이다.

모든 인간 윤리, 도덕, 제도, 법률 등이 인위적이고 사회적으로 제작된 것이 아니라 절대적인 천리天理에 의한 것이라 생각하는 주자학이 사회를 지배하던 때였다. 권력을 가진 사람들이 약자에게 일방적으로 요구하는 것을 당연하다 여기고 부자, 부부, 주종主從, 군신君臣, 군민君民 등의 상하관계로 구분하는 시대에 신앙 선조들은 모든 사람이 함께 인간다운 생활을 할 수 있는 세상을 꿈꾸었다.

그 시대에 그런 믿음으로 살고 순교까지 할 수 있었던 것은 하느님의 크신 사랑을 체험했기 때문일 것이다.

신앙 선조들의 삶을 살펴보면 순교에도 색깔이 있다는 생각이 들곤 한다.

제주도 대정성지에는 정난주 마리아가 잠들어 있다. 어머니가 이벽의 누님이고 정약종, 약용이 삼촌이 되신다. 그리고 백서사건으로 유명한 황사영의 아내이다. 천주교 박해사의 중심에 있었기에 노비로 살아야 했다. 순교자 못지않은 그리스도의 사람이었다. 백색 순교자다.

'두물머리 사람들'에 등장하는 신앙 선조들 모두에게 존경을 드려야 하지 않을까 싶다.

조선초기교회 건설자들은 당시 조선사회가 '창조된 만물은 모두 하느님 앞에서 평등하다'고 말하는 사람을 그냥 둘 리 없다는 것을 누구보다 잘 알면서도 온 생애를 바쳤다.

복음이 약자, 소외 계층을 특별히 배려하고 있으니 억눌려 살던 사람들의 입장에서는 이미 지상에서 천국을 맛볼 수 있었을 것이다. 하지만 사회적 지위를 누리고 있었던 양반 계층의 사람들이 복음을 살겠다고 하는 것은 결코 쉽지 않은 일이다. 혹자는 정치적으로 수세에 몰려 있었던 계층이 아니냐고 물을 수 있다. 그러나 그들의 행적을 살펴보면 양반의 특권을 버리기를 주저하지 않았고 내가 죽더라도 그분이 살기를 갈구하였다.

하느님을 향하여 나가는데 도움이 되는 모든 덕행들이 교회에 있다고 믿어 제사 문제로 모든 이들이 교회를 떠날 때도 홀로 교회를 지켰던 권일신, 고문 끝에 수결을 하고 순교의 영광에 들지는 못했지만 그는 분명 초기 교회의 가장 밝은 별이다. 관직을 지키는 길이 자신의 소명이자 십자가라 믿었던 정약용 역시 하느님 사랑을 펴기 위하여 살고 죽은 초기 교회의 보석이다.

이처럼 수많은 별들이 신앙의 밑거름이 되어 있다. 그 바탕 위에서 우리는 선조들이 들이마시던 그 호흡을 오늘 이어받고 있다.

하느님의 오묘한 섭리가 피가 되어 흘렀고 물이 되어 넘쳤다. 그 덕분에 땅을 울리고 하늘을 두드리는 믿음의 외침이 한양의 한복판에서 새롭게 증명되었음을 감사드린다.

신앙의 첫 증언들의 삶을 로사 자매님의 글을 통해 느낄 수 있음을 감사드린다. 믿음을 증언할 도움이 되기를 기대하며 '두물머리 사람들'이 널리 알려지기를 바란다.

신사동 성베드로 성당

주임신부 방정영 요셉

| 추천사 |

영혼의 문을 두드리는 신앙

말이든 행동이든 다양한 요소들로 조화를 이루어내야 할 때가 가장 어려운 법입니다. 그런 의미에서 사실과 통찰 혹은 의도, 어느 한쪽으로도 치우지지 않아야 할 막중한 무게가 느껴지는 것이 역사소설이 아닌가 합니다. 게다가 거기에 신앙의 가치마저 담아낸다는 것은 결코 쉽지 않은 일이겠지요.

곽정효 로사님의 작품은 이미 그러한 것으로 시공에 아로새겨진 생생한 역사와 그 시공을 뛰어넘어 영원의 문을 두드리는 신앙, 그리고 이 시대에까지 다다르지 못한 채 송송 비어 있는 무심한 시간의 틈들을 메워주는 의미 있는 상상들이 잘 어우러져 읽는 이로 하여금 두려움 없이 시간 여행을 할 수 있도록 이끌어줍니다.

뻔뻔하게 그저 목숨을 이어가는 처세가 당연시되는 세상에서 잃어버린 가치를 찾으려 한다면, 그리고 옛것이 구태로만 여겨지는 변화무쌍한 세상에서 변치 않는 중심을 얻으려 한다면, 저는 이 작품을 추천합니다.

이승주 대건안드레아 신부